流逝与记忆

——艾兴多夫作品中的诗人形象

唐艺军　著

南開大學出版社
天　津

图书在版编目(CIP)数据

流逝与记忆 ：艾兴多夫作品中的诗人形象 / 唐艺军著. 一天津：南开大学出版社，2018.8
ISBN 978-7-310-05636-1

Ⅰ. ①流… Ⅱ. ①唐… Ⅲ. ①浪漫主义一诗歌研究一德国一近代 Ⅳ. ①I516.072

中国版本图书馆 CIP 数据核字(2018)第 174952 号

南开大学出版社出版发行
出版人：刘运峰
地址：天津市南开区卫津路 94 号　　邮政编码：300071
营销部电话：(022)23508339　23500755
营销部传真：(022)23508542　　邮购部电话：(022)23502200
*
北京建宏印刷有限公司印刷
全国各地新华书店经销
*
2018 年 8 月第 1 版　　2018 年 8 月第 1 次印刷
230×155 毫米　16 开本　14.25 印张　2 插页　212 千字
定价：45.00 元

如遇图书印装质量问题，请与本社营销部联系调换，电话：(022)23507125

自　序

约瑟夫·封·艾兴多夫是德国晚期浪漫派的重要作家之一，他的创作曾受浪漫派领袖施勒格尔、诺瓦利斯、蒂克，海德堡浪漫派代表人物格勒斯、阿尔尼姆和布伦塔诺，浪漫主义哲学家费希特、谢林与施莱尔马赫的影响。在这些浪漫派作家的创作中，诗人起着拯救世人的作用。而在艾兴多夫的作品里，诗人的刻画与描绘也具有十分重要的意义，在他的思想和创作中处于中心地位。然而，长期以来德国对艾兴多夫作品中诗人问题的研究只有三部专著，研究的重点在于上述浪漫派作家和哲学家对艾兴多夫的影响以及艾兴多夫诗歌和一部小说中所蕴含的诗人形象。国内对艾兴多夫的研究侧重于其诗歌分析，对他小说的研究还处在起步阶段。因此，本书就其作品中的诗人问题进行探讨是有其必要性的。本书分为四个部分，分别论述艾兴多夫作品中的三类诗人形象和女性对诗人的影响。本书将主要使用文本分析及解释学方法研究作品中的诗人形象，同时还将综合运用文化学中文本——语境、实证主义和女性主义等方法对诗人形象以及使命的变化及其原因等进行论述。

首先，诗人的形象在艾兴多夫的作品中是一位自身充满矛盾的“无用人”，他将成为吟咏自然的民歌诗人，对小市民狭隘的思想观和实用的职业观不屑一顾，向往无忧无虑的生活，对远方有着无法抑制的渴望。他是一个矛盾的个体，既有漫游的乐趣，又有着对故乡的思念；既有对自然的热爱，又有着道德上的责任感，在这种矛盾之中他与现实不断进行着抗争。除了《一个无用人的生涯》中的“无用人”，《幸运骑士》中的克拉里内特是这类民歌诗人的又一代表。他曾经迷茫困惑，脱离了诗人的行列，陷入小市民的情感生活难以自拔，但最终在邓克莉歌咏的帮助下摆脱了狭隘的小市民生活，重新投身到大自然的怀抱之中。艾兴多夫注重用自己的心灵体验与感受自然，时时刻刻与自然保持着紧密的接触，有意识地探寻自然的语言及其魅力。对他而言，自然本身就可回答人类生存成长的许多问题。民歌诗人产生于自然当中，其天真的性格以及自然纯朴的歌唱深受诗人艾兴多夫喜爱与推崇，从而使他把自然的民歌诗人看成是拯救世界的诗人类型之一。

诗人在艾兴多夫作品中的另一种形象是充满神秘隐士色彩并且带有骑士特点的行吟诗人，其特征难以通过其行为得到解释及证明，表现得最为明显的是《雷声大雨点小》中的主人公维利巴尔德。如维利巴尔德一样，《诗人及其同伴》中的弗特纳特像骑士一般游历世界，在生活的体验和碰撞中逐渐成为真正的诗人，他曾以自己的实际行动挽救和说服那些因为生活贫困而甘愿堕落的普通人以及因为心智迷惘而不知所措的诗人。在艾兴多夫看来，要使大众尽快脱离过于理性、工于算计、讲求实际的小市民世界，必须通过行吟诗人经历人生的考验，保持真诚的信仰，传播诗的理念、使世界诗意化，或者说诗人必须行动起来，有所作为，通过诗的教育功能来促成一个新的“黄金时代”的建立。

在艾兴多夫的作品中还有胸中满怀真诚信仰的宗教诗人，《预感与现实》中的弗里德里希是其中的典型。作为诗人，他先后经历了诗歌改造人的理想的破灭、情感的失利、改革社会愿望的失败和战争的困惑，最后回到故乡的修道院成为宗教诗人。《诗人及其同伴》中的维克多是一位满怀真诚信仰、不避尘世的宗教诗人，他心怀救世的目的，无须经历任何考验即可显示诗人的天赋。不论是弗里德里希心怀救世济人的理想进入修道院，还是维克多成为修士后又满怀信念走向大众世界，他们都找到了自己的生活方式，这种方式同时也是浪漫派诗人的理想：成为隐士，通过诗间接为世界服务。他们的诗在宗教中形成，从生活中吸取力量。他们的目标只有一个，那就是回归世界——拯救尚未觉悟的普通民众，因为诗人应该注意行动一直是诗人艾兴多夫的生存原则。艾兴多夫始终相信，宗教本身可以结束人世间的混乱状态，重新建立有组织、有秩序的生活。真正的宗教把即将沉沦之人和神性的重新统一作为自己的目标，让人再次获得和谐。

在艾兴多夫的文学作品中，不管女性是什么样的形象，在诗人的成长过程中，她们都对其有着各种各样不同的影响。女性的性格特征代表着生命、自然以及所有充满活力的诗人的渴望与追求。其中玛利亚是女性的神圣象征。玛利亚的形象在诗人发展中的地位举足轻重。

女性在作品中、尤其是在诗人的心中是一尊圣像，无论诗人走到哪里，她总是永恒地植根于诗人的心中，形影不离地伴随着他，直至寻找到生命中永恒的真谛，《一个无用人的生涯》中的奥罗拉即是其典型代表。“无用人”的漫游就是一个不断追求梦想与实现理想的过程，这个过程没有终点，更不会完结，伴随他们的是永不满足的渴望与追求。对于“无用人”来说，奥蕾丽就是他的诗歌女神——奥罗拉。

在艾兴多夫的作品中，女性也是诗人生命中的路标，给诗人指明漫游和生活的方向。这种特征鲜明地表现在《诗人及其同伴》中的菲娅美塔和《雷声大雨点小》中弗洛伦婷两位女性身上。对《诗人及其同伴》的主人公弗特纳特而言，菲娅美塔是典型的清晨之礼，时时沐浴着朝霞之光，以至于弗特纳特最终将她看成了曙光女神奥罗拉，把她称作“妖媚的诗人之妻”。菲娅美塔成为诗歌的象征，其特征与《雷声大雨点小》中的诗歌女神奥罗拉——弗洛伦婷相似，两者都是真正的诗歌拟人化的表现，是虔诚骑士行吟诗人弗特纳特和维利巴尔德所追求的典范。

女性是诗人的救星，她们能够拯救诗人，使他们不会错过生活的目标。《一个无用人的生涯》和《幸运骑士》等作品中，诗人在寻找自己真正追求的目标的过程中，都曾出现过短暂的迷茫与混乱，是他们心目中的女神帮助了他们，使他们没有迷失自己。而对《诗人及其同伴》中的维克多（洛塔里奥）来说，则是女神尤安娜拯救了他。在艾兴多夫看来，诗人必须接受具体的历史及其条件而不能逃避到幻想当中，迟钝麻木且无所作为地听任现实的摆布。此外，爱情作为人类美好的象征必须引入永恒的隐秘范围之中，正是由于对女性充满真诚纯洁的爱意，诗人才能决定自己的人生道路，担当自己应有的使命——拯救世界。

著者

2017 年 6 月

目　录

第一章　引　言

第一节　艾兴多夫的生平和创作历程

约瑟夫·封·艾兴多夫（Joseph Freiherr von Eichendorff，1788—1857）是德国海德堡浪漫派的重要作家之一，海涅眼中"多么杰出的诗人"，[①]勃兰兑斯笔下的"超浪漫主义者，一个虔诚可爱的心灵"。[②]1801 年至 1805 年，他就读于布雷斯劳天主教完全中学，自此开始对戏剧产生了浓厚的兴趣，学习之余他经常去剧院观看歌德、席勒等名家以及其他受欢迎的剧作家的戏剧，这些最初的戏剧体验对他的个性发展产生了积极而重要的影响。1806 年，艾兴多夫前往哈雷大学学习法学，同时研修古典文学，听过施莱尔马赫（Friedrich Daniel Ernst Schleiermacher，1768—1834）的哲学讲座。在此期间，他还曾经徒步游历哈尔茨山、汉堡及吕贝克等地，亲身体验了大自然无限美好的风光。大学期间，经由朋友推荐接触了诺瓦利斯（Novalis / Friedrich Leopald Freiherr von Hardenberg，1772—1801）和蒂克（Johann Ludwig Tieck，1773—1853）的作品，从此与浪漫文学运动产生了不可分离的紧密联系。1807 年至 1808 年，因为拿破仑关闭哈雷大学而被迫转到海德堡大学，和海德堡浪漫派代表人物格勒斯（Johann Joseph von Görres，1776—1848）及诗人勒本（Otto Heinrich von Loeben，1786—

---

① [德]亨利希·海涅：《浪漫派》，薛华译，上海：上海人民出版社，2003，第 151 页。

② [丹麦]勃兰兑斯：《十九世纪文学主流》第二分册《德国的浪漫派》，刘半九译，北京：人民文学出版社，1985，第 224 页。

1825）成为朋友。此间，他开始阅读浪漫派作家阿尔尼姆（Ludwig Achim von Arnim，1781—1831）和布伦塔诺（Clemens Brentano，1778—1842）合编的民歌集《男童的神奇号角》（Des Knaben Wunderhorn，1800—1808）。1808 年由多瑙河经雷根斯堡去维也纳进行当时颇为流行的教育之旅。通过勒本的推荐，首次以“弗罗伦斯”为笔名在《科学与艺术杂志》（Zeitschrift für Wissenschaft und Kunst）上发表诗歌作品。

1809 年冬天，在柏林正式与阿尔尼姆、布伦塔诺及米勒（Adam Heinrich Müller，1779—1829）交往，聆听费希特（Johann Gottlieb Fichte，1762—1814）的《普遍知识学》（Wissenschaftslehre in ihrem allgemeinen Umrisse）讲座。1810 年在维也纳大学学习，1811 年经勒本介绍认识弗·施勒格尔（Friedrich Schlegel，1772—1829）夫妇，在施勒格尔的指导下阅读《新历史讲座》（Vorlesung über die neuere Geschichte），参与其《古今文学史讲座》（Vorlesung über die Geschichte der alten und neuen Literatur）。1812 年创作完成长篇小说《预感和现实》（Ahnung und Gegenwart，1815），后由弗·施勒格尔的妻子多罗苔娅（Dorothea Friederike Schlegel，1764—1839）修改并且经浪漫派作家富凯（Friedrich de la Motte Fouqué，1777—1843）出版。这是艾兴多夫的第一部长篇小说，它以歌德（Johann Wolfgang von Goethe，1749—1832）的《威廉·麦斯特漫游时代》（Wilhelm Meisters Lehrjahre，1795—1796）为典范，描写了一个有理想、有抱负的青年如何历尽种种磨砺，最后走向心智成熟的故事。1818 年秋，《一个无用人的生涯》（Aus dem Leben eines Taugenichts，1826）作为富凯编辑的丛书之一出版，它是“诗人最有代表性的中篇小说”。[①]1832 年出版讽刺性中篇小说《雷声大雨点小》（Viel Lärm um nichts，1833），反映了 1830 年左右柏林思想界和文学界的混乱状况。1834 年出版第二部长篇小说《诗人及其同伴》（Dichter und ihre Gesellen，1834）。按照艾兴多夫的设想，这部

① [德]冯·艾兴多夫：《一个无用人的生涯》，韩瑞祥注释，北京：外语教学与研究出版社，1997，第 2 页。

小说“应当描绘诗人生命的不同发展方向”，[①]其核心是重新寻找诗意生活存在的可能性。这种生活不只是由文学活动本身构成，还应该包括文学创作的乐趣和快乐自由的游历，唯有如此才能摆脱狭隘的空间限制，而能够成功达到这一目的才是真正的诗人——隐者。这部小说的主题是真正的诗人和虚伪的诗人气质的争论，提出了人的诗意生存能否得到保障以及怎样才能得到保障的问题。作者通过不同的诗人形象，表现了诗意人生观与世俗人生观的分裂，同时还表明了他不赞同浪漫派不分诗歌良莠，笼统以诗来革新世界的观念以及对渴念的狂热崇拜及艺术至上主义。1841 年完成的小说《幸运骑士》（Der Glücksritter，1841）中的故事发生于 1648 年三十年战争末期，其风格已明显受到格里美尔豪森（Hans Jakob Christoffel von Grimmelshausen，1621—1676）《痴儿西木传》（Der abenteuerliche Simplicissimuss Teutsch，1669）的影响而带有现实主义色彩，并且艾兴多夫在哈雷大学求学时的经历也在其中得到了反映。

1846 年至 1847 年艾兴多夫居住在维也纳，开始写作文学历史论文集，先后完成并出版《德国浪漫文学的伦理与宗教意义》（Über die ethische und religiöse Bedeutung der neueren Romantik in Deutschland，1847）、《18 世纪德国长篇小说与基督教的关系》（Der deutsche Roman des 18. Jahrhunderts in seinem Verhältnis zum Christentum，1851）和《德国诗意文学史》（Geschichte der poetischen Literatur Deutschlands，1857）。

第二节 艾兴多夫的作品在中国

根据《德语文学汉译史考辨：晚清和民国时期》记载，艾兴多夫

① Sibylle von Steindorff (Hrsg.): Sämtliche Werke des Freiherrn Joseph von Eichendorff. Historisch-kritische Ausgabe. Band XII. Briefe. Tübingen: Max Niemeyer Verlag, 1992, S44.

最早被介绍到中国应该与著名反法西斯诗人贝歇尔（Johannes Robert Becher，1891—1958）几乎同时，"郑振驿在其《文学史纲·十九世纪的德国文学》（《小说月报》17卷9号，1926年9月10日）中，已经把他与查米莎（即沙米索）和慕劳（Wilhelm Müller）并称为那个时期'三个重要诗人'，并谈及这位'爱秦杜夫'的代表作之一'《一个废人的生活》'"。[①]1931年周梦蝶编著的《中外文学名著词典》（乐华图书公司）也曾列有词条《懒虫的生活》（爱馨陶尔夫），里面记录从1934年至1935年近一年的时间里，上海有三家出版社分别推出了这部小说三个不同的中译本，分别是绮纹翻译的《荒唐游记》（霭沈都夫，上海亚东图书馆，1934年3月）、廖辅叔译的《饭桶生涯的片段》（埃贤朵夫，上海商务印书馆，1934年9月）以及毛秋白翻译的《游荡者的生活》（爱痕多夫，上海中华书局，1935年2月），"这种情况在中国翻译史上实不多见"。[②]这部小说的书名实际上是 Aus dem Leben eines Taugenichts，现在通常译为《一个无用人的生涯》。三个译本中廖辅叔翻译本的卷首附有译者题记，毛秋白译本书前则有译者序言，简介作者生平与创作。1968年郑寿麟再次翻译了这本小说，书名是《饭桶生涯记趣》，但是《德语文学词典》中没有记录出版社名称和出版时间等详细信息。[③]1978年刘德中编译的《德国古典中短篇小说选》（上海译文出版社）收录了由编译者本人翻译的艾兴多夫的《没出息的人》。2010年上海译文出版社出版了一套德国浪漫派文学丛书，其中由袁志英、刘德中等翻译的富凯《水妖》这一卷中，又一次收录了艾兴多夫的《没出息的人》，译者仍然是刘德中。

艾兴多夫的叙事作品翻译成汉语的不多，诗歌作品的译介同样也不尽如人意。毛秋白在他的译本序言中不仅介绍了他翻译的艾兴多夫的中篇小说《一个无用人的生涯》，还评论了当时似乎仍无人译介过的

① 卫茂平：《德语文学汉译史考辨：晚清和民国时期》，上海：上海外语教育出版社，2004，第44页。

② 卫茂平：《德语文学汉译史考辨：晚清和民国时期》，上海：上海外语教育出版社，2004，第44页。

③ 张威廉主编：《德语文学词典》，上海：上海辞书出版社，1991，第938页。

艾兴多夫的诗歌：

> 他的诗似乎过于优柔一点，不免有单调之嫌，但却非常深邃真诚轻快。随处用着两三个人物，窗前的姑娘，黄昏的亭榭。闷热的夏夜，露深的早晨，沉静的森林，幽默的山谷，流动的川河，歌唱的小鸟等用语，但随处都能赋予新鲜活泼的印象，这种鬼斧神工，除非精神与大自然融合的人，绝不能做到。[①]

新中国成立以后，艾兴多夫诗歌的译文散见于钱春绮翻译的《德国浪漫主义抒情诗选》（江苏人民出版社，1985）、张威廉翻译的《德国名诗一百首》（上海译文出版社，1988）以及孙凤诚编选的《德国浪漫主义作品选》（人民文学出版社，1997）中；2006 年曹乃云翻译出版了艾兴多夫的诗歌专集《艾兴多夫诗选》（上海文艺出版总社百家出版社），[②]至于 1955 年由启明书局出版的《德国名诗选》有无收录艾兴多夫诗歌还有待考证。艾兴多夫散文的翻译只有一篇，收录在孙凤诚编的《德国散文精选》（北岳文艺出版社，1999）中，而艾兴多夫的戏剧、文学论文集、政治论文集、书信、日记及自传在国内则鲜有翻译。

第三节 艾兴多夫作品的研究现状

艾兴多夫的作品语言优美，情感丰富，充满意象，蕴含哲理，耐人思考和寻味。1917 年在艾兴多夫全集历史评论版的编者威廉·科施倡议下，德国成立了艾兴多夫联盟。[③]1929 年，艾兴多夫协会专门出

① 转引自卫茂平：《德语文学汉译史考辨：晚清和民国时期》，上海：上海外语教育出版社，2004，第 45 页。

② 此书和张威廉先生的《德国名诗一百首》都是德汉对照版本。

③ Eberhard Lämmert: Eichendorffs Wandel unter den Deutshen. Überlegungen zur Wirkungsgeschichte seiner Dichtung. In: Hans Steffen (Hrsg.): Die deutsche Romantik. Poetik, Formen und Motive. Göttingen: Vandenhoeck & Ruprecht, 1978, S.222.

版了研究艾兴多夫的专刊《奥罗拉》，除第二次世界大战期间中断外，刊物一直出版至今，每年一期。而且它还收集每年度德国研究艾兴多夫论文和论著的目录。从中可以看出，研究艾兴多夫诗歌及其小说代表作《预感和现实》《大理石像》以及《一个无用人的生涯》的论文和著作较多，比较而言，关注其他小说、戏剧、文学论文集和政治论文集的偏少。研究其作品结构和语言特征的文献比较丰富，而涉及艺术和艺术家、尤其是诗人问题的文献相对缺乏。近年来研究的重点是艾兴多夫和其他德语文学作家例如瑞士作家凯勒（Gottfried Keller，1819—1890）、德国作家黑塞（Hermann Hesse，1877—1962）[①]以及奥地利作家施蒂弗特（Adalbert Stifter，1805—1868）、[②]霍夫曼斯塔尔（Hugo von Hoffmansthal，1874—1929）和汉特克（Peter Handke，1929— ）[③]等的相互关系以及艾兴多夫与音乐等跨学科的研究，[④]而艾兴多夫作品的现代性研究[⑤]和用文化学感知与媒介理论进行研究是一种新的尝试。[⑥]

具体说来，研究领域主要涉及以下四个方面：一是艾兴多夫的生平研究，每隔几年都有新的艾兴多夫传记问世，最新的传记出版于

---

① Rudolf Käch: Eichendorffs Taugenichts und Taugenichtsfiguren bei Gottfried Keller und Hermann Hesse. Bern und Stuttgart: Haupt, 1988. 本书是比较新的研究成果，之前还有关于艾兴多夫与荷尔德林、莱瑙以及布克哈特之间关系的论著三部。

② Roland Schneider: Naturgestalten. Zum Problem von Natur, Kultur und Subjekt in den Erzählungen Joseph von Eichendorffs und Adalbert Stifters. Marburg: Tectum-Verlag, 2002. 艾兴多夫和施蒂弗特很多诗学观点一致，且艾兴多夫的妹妹一直和施蒂弗特关系良好，1996 年另有一部专著曾就他们对“空间”的认识进行过比较研究。

③ Claus Sommerhage: Romantische Aporien. Zur Kontinuität des Romantischen bei Novalis, Eichendorff, Hofmannsthal und Handke. Paderborn [u.a.]: Ferdinand & Schöningh, 1993. 这部著作探讨浪漫派诗学观的传承和发展，另外还有一部著作研究了艾兴多夫和豪普特曼以及托马斯·曼之间的关系。

④ Christiane Tewinkel: Vom Rauschen singen. Robert Schumanns Liederkreis op. 39 nach Gedichten von Joseph von Eichendorff. Würzburg: Königshausen & Neumann, 2003. 其他论著还包括艾兴多夫在艺术歌曲中的影响以及艾兴多夫与舒曼关系的研究。

⑤ Michael Kessler und Hermut Koopmann (Hrsg): Eichendorffs Modernität. Akten des Internationalen Interdisziplinären Eichendorff-Symposions. Tübingen: Stauffenburg-Verlag, 1989. 这是一部会议论文集，从不同角度论述了艾兴多夫及其作品与现代性的问题。

⑥ Nikola Kaminski: Kreuz-Gänge. Romanexperimente der deutschen Romantik. Paderborn: Ferdinand & Schöningh, 2001, S.376.

2007 年；[①]二是艾兴多夫与浪漫派文学之间的关系，尤其是他对诺瓦利斯、施勒格尔、布伦塔诺、格勒斯和霍夫曼等作家文学理论和创作方法的继承以及发展；[②]三是艾兴多夫作品中反映的历史、政治和社会问题的研究，其中艾兴多夫对法国大革命和当时德国境内发生的自由运动的看法与主张是学者们讨论的主要议题；[③]四是对艾兴多夫作品中不同主题或母题的研究，渴望、自然、诱惑以及死亡等占有特别重要的地位。[④]

关于艾兴多夫作品中的诗人问题，目前有四部专著，它们是福克马尔·施泰因（Volkmar Stein）的博士论文《艾兴多夫〈预感和现实〉中的诗人形象》(1964)、汉斯·于尔格·吕蒂（Hans Jurg Lüthi）所著的《约瑟夫·封·艾兴多夫作品中的诗与诗人》(1966)、里塔·罗德里格斯·伊里亚特（Rita Rodriges Iriarte）于 1968 年在科隆完成的博士论文《艾兴多夫的诗人形象》，以及罗尔夫·克拉夫特·利格尼茨(Rolf Krafft Liegnitz) 1943 年就已经完成但一直到 2003 年才得以出版的博士论文《艾兴多夫抒情诗中的诗人形象》。施泰因的论文研究的重点是浪漫派诗人和哲学家施勒格尔、诺瓦利斯、蒂克、格勒斯、阿尔尼姆、布伦塔诺和谢林对艾兴多夫的影响和《预感和现实》这部小说中反映的诗人形象和特征。在作者看来，作品中出现的人物基本上是诗人，由于现实的影响，这些诗人有的蜕变为庸俗的小市民，如罗莎和罗曼娜；有的远走他乡寻找新的出路，如雷奥恩廷和尤利娅；有的虽然继续留在德国作诗，但始终不知道诗应当遵循的方向，成了写作

① Günther Schiwy: Eichendorff. Der Dichter in seiner Zeit. Eine Biographie. München: Beck, 2007. 这本传记以近 800 页的篇幅详尽介绍了艾兴多夫的生平以及他的文学创作活动、政治活动等。

② Saskia Fetten: Der romantische Frauengesang als Existential. Eine Deutung des weiblichen Außenseitertums in Prosatexten Joseph von Eichendorffs und E.T.A. Hoffmanns. Würzburg: Königshausen & Neumann, 2010. 本书是在作者硕士论文基础上修改而成的，艾兴多夫与其他浪漫派作家的关系一般著作中都多有论及。

③ Reinhard Siegert: Die Staatsidee Joseph von Eichendorffs und ihre geistigen Grundlagen. Paderborn [u.a.]: Ferdinand & Schöningh, 2008. 作者以艾兴多夫政治论文集为依据，详细讨论诗人的国家理念，其他论著还包括艾兴多与法律及艾兴多夫作为普鲁士官员的政治活动评述等。

④ Vgl. Ansgar Hillach und Klaus-Dieter Krabiel: Eichendorff-Kommentar. Band II. München: Winkler Verlag, 1972, S.230.

的机器。作者认为，小说的主人公弗里德里希虽然是一个“预言诗人”（Verkündender Dichter），但最后却与现实妥协，退回到修道院中，从而放弃了诗。吕蒂的专著涉及艾兴多夫的诗学观，包括艾兴多夫的创作理念，对小说、戏剧和抒情诗三种文学体裁的看法，以及艾兴多夫对格勒斯、施勒格尔、谢林和诺瓦利斯的接受，论述了艾兴多夫诗歌和小说中的诗人问题，重点是诗人的时间、空间、自然和精神观，从而探讨诗人应该具备的气质和特性。

伊里亚特的博士论文对艾兴多夫抒情诗以及小说《预感与现实》《大理石像》《一个无用人的生涯》《诗人及其同伴》和艾兴多夫的文学论文集中的诗人形象进行了论述。他关注的焦点问题依然是诗人形象与浪漫派核心诗学理论及其诗人气质的关系。利格尼茨主要论述了两个问题：其一，“歌手”（Sänger）在许多情况下应该是与“诗人”（Dichter）同义的；其二，在艾兴多夫的抒情诗中，很多诗人主要是自然诗人，“唯有在自然中，诗人才能焕发出生命力”。[①]显然，这一课题的研究还存在大片空白，这也是本书选择这个研究主题的初衷之一。

国内目前研究艾兴多夫的论文和论著较少，数量有限的文章和为数不多的有关德国浪漫派的论著侧重于其诗歌的分析，例如《痛苦的追寻——评德国浪漫主义诗人约瑟夫·封·艾兴多夫及其诗歌》、[②]《艾兴多夫自然诗的中国阐述》[③]和《王维与艾兴多夫的自然诗——关于“同”与“异”的例说》，[④]其他则散见于各种教学研究论文集以及刊

---

① Rolf Krafft Ligniez: Das Bild des Dichters in Eichendorffs Lyrik. Herausgegeben von Roger Schöntag. München: Utz, 2003, S.75.

② 姜爱红：《痛苦的追寻——评德国浪漫主义诗人约瑟夫·封·艾兴多夫及其诗歌》，见张玉书等编《德语文学与文学批评（第一卷·2007）》，北京：人民文学出版社，2007。论文从诗歌的“情”“诗歌的画面色彩”、诗歌的母题以及诗中景物动静结合等方面，论述了艾兴多夫诗歌所包含的特征。这篇文章经过修改后也曾经发表在《北京大学学报（哲学社会科学）》（2009 年第 4 期）上，其德语译文发表在《文学之路——中德语言文学文化年刊》上。

③ 刘润芳：《艾兴多夫自然诗的中国阐述》，载于《四川外语学院学报》，2006 年第 3 期，第 40-44 页。文章从艾兴多夫自然诗的意境、情景交融的特点以及韵味无穷的含义，探讨艾兴多夫自然诗不同于传统的“异质”。

④ 刘润芳：《王维与艾兴多夫的自然诗——关于“同”与“异”的例说》，载于《长江学术》，2008 年第 3 期，第 27-46 页。论文从“如画的诗境”“感发与表现”“意致与言传”三个方面，讨论了两位诗人诗歌创作的同与异。

物中。[①]而对他小说的研究仅限于《一个无用人的生涯》，可以说还处在起步阶段。[②]其中《德国浪漫派与中国原生浪漫主义——德中浪漫诗歌的美学探索》这本著作专门辟出一个章节论述艾兴多夫，简述他的生平和诗歌创作的分期，指出他的抒情诗创作以自然诗为主，而叙事诗多采用民间素材。另外，本书还概述了他的世界观和政治立场，认为艾兴多夫的“根本关切在世俗”，他是“一个信仰上帝，但热爱尘世生活、热爱生命的人间诗人”。艾兴多夫与早期浪漫派的诗人施勒格尔、诺瓦利斯等一样，对“现实社会持批判态度”。他“从宗教、社会、艺术、道德等方面对自己所处的时代提出批评”。[③]此外，这一章节重点分析了艾兴多夫作为诗人的浪漫特质，表明他诗歌的主题是渴望回归自然，而这和诗人热爱自然、把自然看作自己的故乡紧密相关；艾兴多夫的诗歌具有民歌的形式和神韵，他喜欢使用民歌的主题或者母题；最后，艾兴多夫具有深厚的宗教情结，“作为诗人，他以自己的方式把这种感情写进了诗里”。[④]总体而言，当前对于艾兴多夫的系统研究还比较欠缺。因此，本书就艾兴多夫小说中的诗人问题进行探讨是有其必要性的。

---

① 韩瑞祥：《德语文学教学中的跨文化视角——以四年级德语文学选修课第一课教学实践为例》，见北京外国语大学德语系编：《北京外国语大学德语系特色专业建设研究论文集》，北京：外语教学与研究出版社，2010. 文章对艾兴多夫的《月夜》和李白的《静夜思》进行了比较研究。

② Li Changke: Verdient—Joseph von Eichendorff. „Aus dem Leben eines Taugenichts“. In: Zhang Yushu und Winfried Woesler: Literaturstraße—Chinesisch-deutsches Jahrbuch für Sprache, Literatur und Kultur (Band 1·2000). Beijing: Volksliteratur Verlag, 2000, S.137-150. 文章论述了自然对于艾兴多夫创作的重要意义以及对现时代读者的作用。

③ 刘润芳、罗宜家：《德国浪漫派与中国原生浪漫主义——德中诗歌的美学探索》，北京：中国社会科学出版社，2009，第 211-212 页。

④ 刘润芳、罗宜家：《德国浪漫派与中国原生浪漫主义——德中诗歌的美学探索》，北京：中国社会科学出版社，2009，第 243 页。

第四节　研究问题的缘起

艾兴多夫作品中的主人公通常都是诗人，他们的思想和创作、他们的所见所闻和所思所感构成了作品的重要情节，他们的幸福和痛苦以及性格与命运成为作品的主题。艾兴多夫把自己的经历与情感、思恋和认识都寄托在这些人物身上，他们就是艾兴多夫内心历程的再现。艾兴多夫始终认为，“真正的诗存在于思想而不是人的天才中，通过其使用而变得伟大和有意义”。[①]

德国浪漫派时期是艺术及艺术家小说比较盛行的时代，诺瓦利斯、瓦肯罗德（Wilhelm Heinrich Wackenroder，1773—1798）和 E.T.A. 霍夫曼（Ernst Theodor Amadeus Hoffmann，1776—1822）等人的创作中都涉及了这一问题。他们作品中的主人公都或多或少与艺术家及诗人相关，这些人物通过漫游内心日渐成熟，最终成为真正的艺术家或诗人。他们的行为举止不受社会要求的束缚，而主要是由心灵来引领。因此，这意味着，他们成为艺术家或诗人是一个十分自然的过程，他们以极其奇妙的方式进入了梦寐以求的童话世界。促使他们达到这未知世界的是倾听各种扑朔迷离的故事和各种类型的人物交谈，以及与各种生活领域接触，不断的内心观察使他们的力量一步一步地得到发展并形成独特的自我意识。作品中所包含的童话和梦幻表明他们已经处于更高的发展阶段，常常是爱情的力量唤醒并促使他们成长为真正的艺术家或诗人，是幻想力赋予平凡的生活以奇异的光辉和无限的光泽。与其他浪漫派诗人相比，艾兴多夫更多地思考着真正和虚伪的诗人气质这个问题，“诗人一直是艾兴多夫所喜爱和钟情的文学题材，这

① Joseph von Eichendorff: Schriften zur Literatur. Werke. Band III. München: Winkler Verlag, 1976, S.44.

一主题从当时的历史情况来看具有非常现实的意义”。[①]

而艾兴多夫作品中的艺术家大多是天生的，无论是音乐家和诗人，还是画家和木偶戏演出者，他们都把自己的艺术天赋看作上天的恩赐；他们周游世界，为的是反对过于理性化的小市民世界，摆脱对物质世界的依赖。然而，他们和现实世界是紧密联系在一起的，在漫游的过程中，艺术家们的内心得到发展和完善。“爱情”对于他们而言犹如“诗人的外衣”，[②]能给冷漠的世界带来温暖，并且引导他们走向渴望的远方。在他们的生命中，充满迷惘、困惑及混乱，这些更赋予作品以喜剧性的色彩；快乐的天性使他们愈显富有和独立，从而使他们最终都能获得梦寐以求的幸福。在他们无忧无虑的心境中，只有自然的美丽和生命的阳光才是永恒的，只有诗才是他们永远追寻的目标。

艾兴多夫的创作早期受浪漫派领袖弗·施勒格尔和海德堡浪漫派代表人物格勒斯、阿尔尼姆和布伦塔诺的影响，但又有自己鲜明的特色和倾向，具备一定的现实主义因素。尤其值得注意的是，诗人的刻画与描绘对艾兴多夫而言具有十分重要的意义，在他的思想和创作中处于中心地位，与蒂克的《弗兰茨·施特恩巴尔德的游历》（Franz Sternbalds Wanderungen，1798）所开创的浪漫派艺术家小说一脉相承。可以说，艾兴多夫一生都在探寻着诗人的生存。

那么，在艾兴多夫众多的叙事作品当中，哪些诗人才是真正的诗人呢？诗人在艾兴多夫的作品中起着什么样的作用？什么样的诗人才能承担拯救人类和世界命运的使命呢？是什么因素促使他们成长为这样的诗人呢？这些诗人有哪些鲜明的特点，在他们成为诗人的过程中他们遇到了一些什么样的问题，他们依靠什么解决这些问题呢？在他们的生活道路上是什么给了他们重要的影响？通过这些诗人的特点反映了艾兴多夫怎样的诗学观、宗教观和人生观呢？本书将着重探讨艾

① Volkmar Stein: Die Dichtergestalten in Eichendorffs „Ahnung und Gegenwart“. Winterthur: Keller, 1964, S.5.

② Joseph von Eichendorff: Leben eines Taugenichts. In: Mathias Jung, Bernhard Pöllmann (Hrsg.): Eichendorff. Ausgewählte Erzählungen. Dortmund: Hardenberg Kommunikation Verlags- und Mediengesellschaft, 1984, S.114.

兴多夫作品中的诗人形象，通过分析作者不同时期的代表作品《预感和现实》(1815)、《一个无用人的生涯》(1826)、《雷声大雨点小》(1832)、《诗人及其同伴》（1834）和《幸运骑士》（1841）以及他的传记、书信和文学论文集等，深入研究艾兴多夫作品中真正诗人的形象、女性在诗人成长中的重要作用以及艾兴多夫对于诗人的看法等问题。

第五节　研究方法概述

本书分成四个部分，分别论述艾兴多夫小说中的三类诗人形象和女性对诗人的影响。本书将主要使用文本分析及阐释学等方法研究所选艾兴多夫作品中的诗人形象问题，同时还将综合运用文化学中文本——语境、实证主义及女性主义等方法对诗人形象和使命的变化及其原因等进行论述。

文本分析方法是对文学作品本身进行研究的方法，在文学分析过程中始终予以关注的是文本本身，即作品的语言、内容和形式，以此表明作品的艺术特征。这种文学评论方法分析研究的对象是单一的作品，目的是按特定的规则理解作品并在作品中找出相应的研究及证明材料。超越作品本身的历史、文学史、传记、社会、世界观——政治及题材——母题等问题不在讨论之列。[①]通过对不同文本的解读，从而可以推断出什么样的诗人在艾兴多夫的心目中才是真正的诗人，他们具有哪些性格特征，经历了怎样的人生之路。

阐释学研究是一种解析文学作品的方法，它是在理解研究作家所有作品及当时文学创作的基础之上来分析研究某一部作品。用阐释学方法来解析文学作品是一个动态的过程，其依据是阐释学循环论证的结构，它可以包含不同的范围，如作家的某部作品及作品全集、单一

① Jürgen H. Petersen und Martina Wagner-Egelhaaf: Einführung in die neuere deutsche Literaturwissenschaft. Berlin: Erich Schmidt Verlag, 2006, S.195-196.

作品与当时时代的全部文学创作、某一种文学体裁代表作家与此体裁的整个历史等等，既可以部分决定整体，也可以是整体决定部分。

阐释学研究方法是对文学作品的思想背景的探讨，是对文本分析方法的补充，其循环论证结构表明，文本以外的各种因素也是文学作品研究的重要领域，纯粹的文本分析已不可能全面理解一部文学作品，文本以外的知识的研究也是文本分析方法的补充。施莱尔马赫将文本的分析理解分为两类，"一类是认识作品的语言及历史要素，而另一类则是建立在体会与认同基础上的理解，前者涉及作品本身即作品历史语境的关系等，后者则牵涉创作者的思想和心理"。[①]他希望通过批评的解释来揭示某个文本中的原意，也就是说，"研究者必须通过批评的解释来恢复本文产生的历史情境和揭示原作者的心理个性，从而达到对作品的真正理解"。[②]施莱尔马赫把"'理解'过程描述为重新认识本文作者所进行的精神过程的艺术"，狄尔泰称解释学的目的在于"比作者本身更好地理解作者"，赫希则坚持认为，"作者的意向是判断解释正确与否的标准，解释者应该按照作者的意向来理解作品"。[③]艾兴多夫晚年主要致力于自传和文学史写作，在其一系列文学史著作中，艾兴多夫不仅记录了德意志民族文学的发展过程，而且还批判性地深入分析了浪漫派文学运动，提出了自己的文学见解；其自传、书信、日记等则详细记录了其生命的历程，从而能够解释艾兴多夫为何对几类真正的诗人情有独钟，赋予这几类诗人以崇高的使命。

社会历史语境对作家及作家的创作或作品有着重要的影响，尤其是当时的宗教、文化及文学思潮等，都可以在作品人物形象的塑造和情节结构的安排等等之中深刻地体现出来。因此，格林布拉特将文学理解成流逝之生命的反映，它将时代的各种要素有机联系起来，处于中心地位的是文本，作家、作品及社会不是封闭的个体，它们都会在

① Peter Szondi: Einführung in die literarische Hermeneutik. Frankfurt am Main: Surhkamp, 1975, S.166-169.

② 胡经之、王岳川主编：《文艺学美学方法论》，北京：北京大学出版社，1998，第 293 页。

③ 胡经之、王岳川主编：《文艺学美学方法论》，北京：北京大学出版社，1998，第 320-321 页。

文本中留下历史的印记。文化是各种各样的语篇构成的整体，每一个语篇都是各种相互关系的总和。一个完整的篇章是由文化语篇中各要素构成的网络，社会历史背景则成为其中的一个重要环节。这种文学评论方法认为文学篇章处于不同的语篇现象之中并对此加以研究，从而使文学文本与所有社会现象如政治、美学、世界观背景等结合在一起，这些社会现象是它所赖以产生的历史条件，文本以内和文本以外的因素具有相同的重要地位。[①]巴赫曼—梅迪克也主张“结束对文本意义的解释，阐释篇章中的文化要素才是重点。通过分析文化中的关键因素如家庭、爱情等展现篇章形成的条件，其目的是表现写作本身的意义”。[②]艾兴多夫成长于德国浪漫派文学的语境中，法国大革命、德国民族解放战争、1848 年革命及资本主义工业的发展等他都曾经亲身体验，社会所经历的变革和动荡对其影响非常深刻；尤其是浪漫派文学先驱施勒格尔、诺瓦利斯、阿尔尼姆和布伦塔诺对他成长为诗人起了至关重要的作用。因此，艾兴多夫才在作品中以诗人为核心，特别重视诗人在社会历史中的作用和地位。

女性主义形象研究也是这两种因素结合的一个方面：女性在文学中的形象可使研究者需要思考女性形象在作品中是如何构造的，以及在由男性所决定的社会与文化当中，女性是怎样行使其职能的。尤其值得注意的是女性形象的两极分化，“一方面是理想化的女性形象，另一方面则为被妖魔化的女性形象。她们要么是圣女、富有牺牲精神的善良母亲及亟须保护的温婉女性，要么就是巫婆、善于算计及引诱他人者”。[③] 因此，肖沃尔特也认为，妇女形象问题，一直是女性主义批评的切入点和重点。[④]这两种女性形象的划分在当时浪漫主义语境中有着重要意义，在不同作家的作品当中，女性在情节的构成及故事

① Vgl. Jürgen H. Petersen und Martina Wagner-Egelhaaf: Einführung in die neuere deutsche Literaturwissenschaft. Berlin: Erich Schmidt Verlag, 2006, S.224-225.

② Markus Fauser: Kulturwissenschaft. Darmstadt: Wissenschaftliche Buchgesellschaft, 2004, S.31.

③ Lena Lindhoff: Einführung in die feministische Literaturtheorie. Stuttgart·Weimar: Verlag J.B. Metzler, 2003, S.16-18.

④ 张首映：《西方二十世纪文论史》，北京：北京大学出版社，2002，第 506 页。

的发展过程中起着重要作用，对男主人公本身的成长具有深远的影响。1808—1809 年创作出版最早的叙事小说《秋日魔法》（Die Zauberei im Herbste，1808）时，艾兴多夫即采用了“维纳斯”的母题，此后在《大理石像》（Das Marmorbild，1819）中再次深入地塑造了这一女性形象。作为充满诱惑力的异教女神，她还以不同的变体出现于艾兴多夫的多部作品中，对诗人的成长和发展起着阻碍作用，她隐身于大自然之中，时时刻刻在诱惑诗人。而在艾兴多夫的作品中，女性形象大致分为三类，第一类是引诱人的“维纳斯”，第二类则是使人变得圣洁的“玛利亚”，而第三类则是两者的混合体“狄安娜”。[①]不论是何种形象，它们在诗人成长中的地位都不容忽视。

此外，赫尔德提出，要理解一部作品，需要认识作品赖以产生的各种要素，如民族、国家、历史、语言及思想等，尤其必须体会作者的心灵与情感。在分析作品的过程中可以发现，作家本人的性格特征、受教育状况、生活阅历、道德观念及行为举止等都会在作品中留下不可磨灭的痕迹。为了更深入透彻地评论作品，有必要理清决定和影响作家创作作品的种种因素，包括其禀性、出身、气质、社会政治环境及历史时代，只有认识了产生作家的这些条件，才能解释与理解作品。实证主义方法将注意力主要集中于自然天性、外在的生活条件及促使作家写作的形形色色的影响力，研究作家生命中的细节，探寻作家生活与作品的因果关联，从而更准确地把握文学作品本身的含义。[②]一般说来，这种方法要求把作品置于作者的全部经历之内来研究。它要研究作者的自传材料、整理与作者有关的其他人的材料、分析作者的时代状况，它悉心探究作品与作者的联系，“试图透过作品寻找作者经历、人格，并根据作者经历、人格去解释作品”。[③]圣佩韦从作家个人条件去解释作品，把作品看作是作家生活经历、性格、气质、心理因

① Theresia Sauter Bailliet: Die Frauen im Werk Eichendorffs. Verkörperungen heidnischen und christlichen Geistes. Bonn: Bouvier Verlag Herbert Grundmann, 1972, S.80-87.

② Vgl. Jürgen H. Petersen und Martina Wagner-Egelhaaf: Einführung in die neuere deutsche Literaturwissenschaft. Berlin: Erich Schmidt Verlag, 2006, S.147-150.

③ 胡经之、王岳川主编：《文艺学美学方法论》，北京：北京大学出版社，1998，第 44 页。

素的投影，他认为“作家的灵魂是作品生命之源”。[①]考察艾兴多夫本人的生命历程可以发现，他在哈雷与海德堡求学时期深受德意志民歌的影响，在其早期诗歌创作尤其是海德堡时期的创作中模仿民歌格调进行写作；此外，其叙事作品中插入的很多诗歌也具有民歌的风味；再者，艾兴多夫曾参加对拿破仑的民族解放战争，如十字军骑士一般四处征战，并且他本人出生于虔诚的天主教家庭，这些因素都极其隐秘地融入到了他的创作当中，使他作品中的诗人或多或少都有他自己的影子存在。通过他们，艾兴多夫表现了自己的世界观和诗学观，丰富和完善了其作品中诗人的形象。那么，艾兴多夫在小说中着力刻画的是什么样的诗人形象呢？

① 胡经之、王岳川主编：《文艺学美学方法论》，北京：北京大学出版社，1998，第 50 页。

第二章　德国浪漫派文学的文化语境

第一节　德国浪漫派的历史语境

18世纪末德国浪漫主义文化运动的产生和发展，一方面与当时德国的政治和经济形势有着密切的联系；另一方面，这场运动也是德国文化在经历了启蒙运动和狂飙突进运动之后对德国社会面临的一系列问题所做出的相关回应，其影响一直延续到了19世纪。早在人文主义时期，学者对道德、人格的培养和对自然美的感受表现出特殊的兴趣。他们倡导独立思考，弘扬文学艺术。那时神秘主义在德国蓬勃展开，为提高个人的虔信打好了基础。18世纪下半叶，德国的社会矛盾日趋尖锐，市民阶级在经济方面的实力已经占有绝对优势，在文化方面成为了主导力量，但是他们在政治上却继续受宫廷贵族的统治。金钱也已经具有向信仰挑战的实力，逐渐显示出其威力。德国知识界普遍认为，健康朴实的自然生活遭到了破坏。

1789年爆发的法国大革命是人类历史上一次前所未有的历史巨变，公元961年由德国皇帝奥托一世建立的德意志民族的神圣罗马帝国解体，德国广大民众的思想得到解放，德国走上了政治现代化的道路。同时，拿破仑对德意志民族的统治、对德国资源和财富的掠夺，尤其是他在欧洲四处征战的政策，给德国人民造成了极大的负担。由于普鲁士在与法国的战争中惨遭败绩，使国家社会生活中的种种弊端暴露无遗。披着军事强国外衣的普鲁士实际上仍然是一个在政治、社会、教育和经济诸方面都还很落后的国家。最明显的标志就是它在政治上没有一部完整的宪法，没有人权和公民权，并且依然在实行世袭的等级制度等等。那时候普鲁士的农奴虽然得到了解放，但是他们既没有能力购买田地，也无力向容克地主支付高额的补偿金，更没有相应的生产资料，不得不去打零工或者流入城市成为无产阶级。随着时代的发展，启蒙运动日益显示出其功利性的一面，德国的教育体制也表现出功利化的倾向和追求特殊化以及过分强调目的的片面趋势，把人的各种能力割裂开来，“使受教育者只能发展一种能力，变成畸形的人”。①

由于德意志国家的分裂，严重阻碍了政治和经济的发展，因为社会世俗化进程加快，精神及文化领域中则出现了猥琐、褊狭的市侩风气，而“普鲁士古典主义者大多是理想美妙、行动软弱，只尚理想不尚行动的”。②“他们虽然强调个人意志的自由，号召人们用自己的理性去摆脱外力的支配和奴役”，③但是往往屈服于现实的强大压力，只能追求精神上的所谓自由，他们认为“真正的进步不在于社会，而在于人的人格和良心”，④他们在对国家、民族及战争等问题上产生了迥然相异的看法。

虽然自由、民主、平等和博爱的伟大思想，经过启蒙主义者的宣传，已经深入人心，但是现实生活本身并没有因此有任何进展。一部分对社会矛盾感觉特别敏锐的青年知识分子，就试图以另外的方式表达他们心中的积怨和不满，表现他们的理想和向往。他们认为，个人应该得到全面和充分的发展是他们所追求的目标。他们把屈从和适应看作人生最大的耻辱。受“启蒙运动之父”托马修斯（Christian Thomasitus，1655—1728）和沃尔夫（Christian Freiherr von Wolf，1679—1754）等启蒙哲学家的影响，从 18 世纪中叶开始，崇尚自然、注重情感逐渐成为社会的主流。随之德国兴起了重情主义（Empfindsamkeit），“重情主义与虔诚主义（Pietismus）一脉相承，可以说，重情主义是世俗化

① 李伯杰等：《德国文化史》，北京：对外经济贸易大学出版社，2002，第 171 页。
② 丁建弘、李霞：《普鲁士精神和文化》，上海：上海社会科学院出版社，2012，第 153 页。
③ 丁建弘、李霞：《普鲁士精神和文化》，上海：上海社会科学院出版社，2012，第 153 页。
④ 丁建弘、李霞：《普鲁士精神和文化》，上海：上海社会科学院出版社，2012，第 153 页。

以后的虔诚主义。他反对把理智放在首位，强调直觉、情感”。[①]启蒙运动、虔诚主义[②]和重情主义的共同作用使人们更注重“内心修养”或者“内在教化”，关注“自我”。

对于这一时期特别主张进行彻底教育改革的德意志文化名人威廉·封·洪堡（Wilhelm von Humboldt，1767—1835）来说，“教育的目的是按照自然本性发展个人的所有天赋和能力，……教育不同于训练，教育机构与训练场所之间有天壤之别”[③]。他反对启蒙主义功利的一面。经过启蒙精神的熏陶，技术进步和科学昌明逐渐成为时代的主旋律，社会发展也越来越快。人的力量借助科学技术的发展得到极大的延伸，这一方面展示了欧洲人的探索和进取精神；另一方面也会使人感觉自身凌驾于自然之上，这使得他们甚至可以抛弃自己的信仰。

随着启蒙运动理性主义的崛起，人们开始怀疑一切，他们认为一切都得经过理性的检验。这种精神动摇了过去由基督教神学提供的恒定不变的终极价值体系，而世俗化的进程也动摇了人们原有的各种认知和观念，“世界变得越来越冰冷，人生的诗意越来越淡薄，心灵似乎失去了归宿。物质长足进展之日，却是精神无所适从时”。[④]这时候的德国社会正处于从农业文明向工业文化过渡的转型时期，在由机器文明主导的工业社会中，整个生产过程都已经被分解，“劳动分工肢解了人的能力，从事某一职业的个体人，只能发展其能力中的一个部分。因此，按照古典文化的理想寻求完美发展的理想破灭”。[⑤]人类不断地对自身以及世界进行反思，他们感觉自己生活在其中的这个世界变得越来越复杂，人的命运也变得越来越难以捉摸和把握，整个世界都笼罩在迷茫和失落之中。“精神失去依托，心灵失去慰藉。人与自然的关

① 范大灿：《德国文学史》（第 2 卷），南京：译林出版社，2006，第 25 页。

② 虔诚主义是 17 世纪末在德国兴起的一种宗教运动，它把个人信仰放在中心地位，主张对上帝的信仰应该融入内心深处，做到上帝在我心中。一个真正信仰上帝的人必定是从内心深处对上帝虔诚的人，因此倾听自己的心声，发掘自己灵魂深处的信仰感觉，就等于聆听上帝的启示，感受对上帝的虔诚；按照自己的感觉和情感行动就等于服从上帝的意志。范大灿：《德国文学史》（第 2 卷），南京：译林出版社，2006，第 24 页。

③ 李伯杰等：《德国文化史》，北京：对外经济贸易大学出版社，2002，第 171-172 页。

④ 李伯杰等：《德国文化史》，北京：对外经济贸易大学出版社，2002，第 178 页。

⑤ 李伯杰等：《德国文化史》，北京：对外经济贸易大学出版社，2002，第 179 页。

系、人与人的关系、人与自我的关系都发生了前所未有的变化”。[①]然而对学者来说，人不可能没有信仰。文化精英面临的主要问题是精神文化的高度繁荣与社会现实生活的极度压抑和狭隘之间的尖锐对立。科学观念的普及导致了人们的思维日趋理性化，整个社会都处于彻底的转型之中。随着科技进步的成果深入到日常生活，神话逐渐失去了其赖以生存的土壤，人们的思维方式和行为方式发生了巨大改变，社会的巨大变化更是导致人们的生存处境出现了与过去完全不同的改变，生活在这个时代的人面临着新的生活选择，因此也必须面对新的问题。

第二节　德国浪漫派的哲学语境

启蒙运动的政治思想也包括“人和人相爱，共同幸福”[②]这种思想，在启蒙运动哲学家莱布尼茨（Gottfried Wilhelm von Leibnitz，1646—1716）看来，“所有的事物都是和谐的”；[③]《德国文学史》中提到德国启蒙运动的祖师托马修斯时有如下论述：

> 人的本质就是对他人的爱。这是一种来自理性的爱，是一种普遍的爱。正是“普遍的爱”把所有人都连接起来，以致他们彼此间能平等看待每个人都向别人——不管他是谁——献出自己在同样情况下也会从别人那里得到的东西。
>
> 起初世界上只有公有财产，但因为“爱的纽带”断裂了，就产生了私有财产。如果没有私有财产，也就不会有贫富和等级区别。他还认为，任何国家政权的统治都是一种强制，都是对公民自由的剥夺，因为它也是由于人的天性的堕落，缺少了理性的爱

① 李伯杰等：《德国文化史》，北京：对外经济贸易大学出版社，2002，第 179 页。
② 范大灿：《德国文学史》（第 2 卷），南京：译林出版社，2006，第 7 页。
③ 范大灿：《德国文学史》（第 2 卷），南京：译林出版社，2006，第 19 页。

而产生的。假使所有的人都互爱，就用不着强制，当然也就用不着专门监督、管理别人的政府和其他统治机构。[①]

托马修斯也看到，私有财产和国家政权既然已经存在，就无法取消，因而只能把"爱注入人们中间"，以便逐步改善现状。浪漫主义者面对这种社会情况，都致力于在精神的范围内寻求对以上种种问题的解决之道。"他们针对当时盛行的物质化潮流，强调主体的意义"，"对启蒙主义本身，理性也提出质疑"。[②]其中浪漫主义哲学对浪漫派文学和艺术影响非常大，浪漫派作家和诗人施勒格尔兄弟、诺瓦利斯和蒂克等人无不从这种哲学中汲取精神养分。

首先，康德（Immanuel Kant，1724—1804）是德国古典哲学的奠基者，他"认为人的自由意志应与道德规范相符……，信仰乃是绝对的命令"。[③]在他的哲学中把研究的重点从客体转移到了主体，从外在世界转移到了人的内在精神世界。康德认为，人天生就具有的理性是自身认识世界的前提，人的头脑中先天存在"范畴"以及时间和空间的观念，使人能够把杂乱无章的世界整理成一个有序的、规范的世界，即"人为自然界立法"。[④]"康德强调主观的审美判断，指出艺术是人类本身固有的一种能力"，[⑤]并且他还明确地承认艺术王国的存在。康德在他的伦理学中"把道德规范内化为人的内在要求，从而使道德成为人的自律行为"。[⑥]

法国伟大的启蒙思想家、哲学家、教育家、文学家让—雅克·卢梭（Jean Jacques Rousseau，1712—1778）是18世纪法国大革命的思想先驱，杰出的民主政论家和浪漫文学的开创者，启蒙运动最卓越的代表人物之一。卢梭曾经说过：

---

① 范大灿：《德国文学史》（第2卷），南京：译林出版社，2006，第21页。

② 李伯杰等：《德国文化史》，北京：对外经济贸易大学出版社，2002，第179页。

③ 转引自丁建弘、李霞：《普鲁士精神和文化》，上海：上海社会科学院出版社，2012，第154页。

④ 李伯杰等：《德国文化史》，北京：对外经济贸易大学出版社，2002，第180页。

⑤ 丁建弘、李霞：《普鲁士精神和文化》，上海：上海社会科学院出版社，2012，第154页。

⑥ 李伯杰等：《德国文化史》，北京：对外经济贸易大学出版社，2002，第127页。

> 人类的原始状态是人类的黄金时代，那时没有私有制，没有不平等；生活简单，思想朴素，和平共处，没有争斗；不知什么是恶，只有本能的同情心。总之，那时人生活在一种自然状态。人类进入文明社会，由于私有制的产生，就有了阶级，从而导致了奴役和不平等，人与人的关系变得不自然，人类的各种罪恶相继出现。克服这些罪恶的途径就是“返回自然”（Zurück in die Natur）。[①]

他认为，“启蒙运动对人的理性，实际上是对人的智信的过分弘扬，破坏了人的和谐”，“在卢梭看来，精神世界和物理世界中潜藏着和谐，自然就是这种和谐的象征”。[②]为此，卢梭提出了“返回自然”这个口号，促使人们去改变对自然的看法。他认为启蒙运动推崇的理性是冷酷的，所谓进步的理念不过是一个臆想，人本来是善良的，社会、科学和技术等这些人类理性的产物败坏了人的本性；在理性统治下，一切原始的、自然的都被整齐划一的要求所扼杀，所以他提出通过高扬情感来对抗理性，因为真理首先存在于人的心灵而非头脑中，听从内心的召唤并非为所欲为，良心（Gewissen）是判断一切是非的准则。[③]

浪漫主义哲学家深深认同这一理念，在哲学研究中他们专注于具有认识能力的主体，认为精神是有决定性的深远力量。在浪漫主义哲学家的代表人物费希特看来，“只有理念的、精神的处于绝对自由中的自我才是存在的”。[④]“从这个观点出发走下去，费希特认为一切现实都是自我的行动创造的，世界当中的一切最终必然归结到自我，即人这个主体上来。”[⑤]他曾经着重指出“人在限制面前，要意识到自己的力量感，要不断做出超越限制的努力”。[⑥]他认为美好的愿望，必须表

① 范大灿：《德国文学史》（第 2 卷），南京：译林出版社，2006，第 203 页。
② 李伯杰等：《德国文化史》，北京：对外经济贸易大学出版社，2002，第 143 页。
③ 参阅李伯杰等：《德国文化史》，北京：对外经济贸易大学出版社，2002，第 143 页。
④ 李伯杰等：《德国文化史》，北京：对外经济贸易大学出版社，2002，第 180 页。
⑤ 李伯杰等：《德国文化史》，北京：对外经济贸易大学出版社，2002，第 180 页。
⑥ 丁建弘、李霞：《普鲁士精神和文化》，上海：上海社会科学院出版社，2012，第 169 页。

现在行动之中，为此他曾说："不仅要认识，而且要按照认识而行动，这就是你的使命……你在这里生存是为了行动；你的行动，也只有你的行动才决定你的价值。"[①]他渴望全体德国人都行动起来，摆脱他们在精神上以及道德上的腐朽状态。

由此可以看出，在费希特哲学中，"人处于至高无上的地位"，[②]人的自我意识被费希特提高到了至尊的地位。而哲学家谢林（Friedrich Wilhelm Joseph von Schelling，1775—1854）则认为神性（das Göttliche）才是最高的存在，"无论是人的精神还是人以外的自然，都从属于这个最高的存在"。[③]在谢林看来，神性不仅存在于人身上，它同样存在于自然当中，由此不难得出这样的结论，"人不能仅仅是被赞美，而且还被诗化"。[④]对谢林来说，"上帝的实现通过自然和精神得以完成，这个过程的终点是艺术。在上帝实现自我的过程中，历史由低向高，经由自然（无意识）——精神（意识）——达到艺术。艺术是人类自由的产物，所以是人类精神的最高成就"。[⑤]谢林"用艺术哲学来完成他的哲学体系，使理论活动与实践活动之间不可克服的矛盾在艺术中获得解决"。[⑥]晚年时他更是"把宇宙看成是脱离上帝的堕落，把自己的哲学称为基督教哲学"。[⑦]

德国哲学的集大成者黑格尔（Georg Friedrich Hegel，1770—1831）则认为，"生命原来是统一的，出自一个相同的源；但是在现实中必然要自我异化，导致分裂，体验到分裂的痛苦，承受着被肢解的煎熬，亟待重归统一"。[⑧]当然，"人格的完善亦要经历痛苦的过程"。[⑨]为此，他创立了爱的辩证法，其核心观念是：

---

① 丁建弘、李霞：《普鲁士精神和文化》，上海：上海社会科学院出版社，2012，第160页。
② 李伯杰等：《德国文化史》，北京：对外经济贸易大学出版社，2002，第180页。
③ 李伯杰等：《德国文化史》，北京：对外经济贸易大学出版社，2002，第101页。
④ 李伯杰等：《德国文化史》，北京：对外经济贸易大学出版社，2002，第181页。
⑤ 李伯杰等：《德国文化史》，北京：对外经济贸易大学出版社，2002，第181页。
⑥ 丁建弘、李霞：《普鲁士精神和文化》，上海：上海社会科学院出版社，2012，第162页。
⑦ 丁建弘、李霞：《普鲁士精神和文化》，上海：上海社会科学院出版社，2012，第162-163页。
⑧ 李伯杰等：《德国文化史》，北京：对外经济贸易大学出版社，2002，第183页。
⑨ 李伯杰等：《德国文化史》，北京：对外经济贸易大学出版社，2002，第183页。

一个人若是爱上另一个人，他首先必须设定他自己的存在，……其次，这个心中萌动着爱情的人必须走出自身，全身心地投入到被爱的对象上去，全部意识，整个自我都停留在爱人的身上，把自我忘掉，与自我产生疏远和隔阂，……在这个过程中最重要的是爱者因投入到被爱者身上而遗忘自身时，重新意识到自我，重新找到自我，异化被扬弃，达到综合。[①]

第三节 德国浪漫派的文学语境

一、德国浪漫文学前的诗学观

随着十字军东征，骑士的地位凸显，12 世纪后骑士文学应运而生，在埃申巴赫（Wolfram von Eschenbach，1170—1220）的作品中达到了高峰，《帕尔齐伐尔》（Parzival，1200—1210）是骑士史诗的代表作。“史诗宣扬基督教教义，认为人的内心和平和心灵创伤的康复只能通过对上帝的忠实信仰才能实现。”[②]16 世纪德语文学在民间文学方面收获较大，其主要形式是民间故事书和民歌。民歌的收集始于 15 世纪，民间故事书为 13 至 15 世纪民间笑话的发展。在《有关语言起源的两篇书评和一篇附录》（Zwo Recensionen nebst einer Beilage，betreffend den Ursprung der Sprache，1771）和《骑士冯·罗森克兰茨关于语言源于神与人的最后看法》（Des Ritters von Rosendrenz letzte Willenmeynung über den göttlichen und menschlichen Urprung der Sprache，1772）这两篇文章中，“狂飙突进运动”的先驱哈曼（Johann Georg Hamann，1730—1788）指出：“语言是所有人的共同财富，每个人都可以使用它，方言属于语言的一部分，民间文学多用方言创作，因而他高度评价方言和

---

① 李伯杰等：《德国文化史》，北京：对外经济贸易大学出版社，2002，第 183 页。

② 余匡复：《德国文学史》（修订增补版，上卷），上海：上海外语教育出版社，2013，第 32 页。

民间文学。”[①]

从人文主义到启蒙运动时期，作家开始重视情感，认为其最集中的表现形式就是爱。“人们对社会安宁和幸福生活的追求可以通过爱实现，爱所具有的约束力不仅可以制止独裁统治，而且可以代替暴力维持社会安宁。心中怀着这样的理想，自然就会对专制独裁，对暴力统治产生厌恶。”[②]戈特舍德（Johann Christoph Gottsched，1700—1766）是德国启蒙运动最关键的人物之一，启蒙运动早期著名的理论家。他把文学提高到与哲学同等的地位，认为“诗（Poesie 即文学——引者）是学问中最高贵的部分”。[③]施纳贝尔（Johann Gottfried Schnabel，1692—1752）为启蒙运动时期颇具影响的小说家，他的代表作是长篇小说《几个航海家的奇异命运》（Wunderliche Fata einiger Seefahrer，1731—1743），浪漫派作家蒂克将它称作《弗尔逊堡孤岛》（Die Insel Felsenburg）。小说主人公隐居在孤岛，类似浪漫派诗人作品中经常出现的隐士。

莱辛（Gotthold Ephraim Lessing，1729—1781）作为德国民族文学的奠基人深受浪漫派作家的敬重，他提出文学艺术应该起教育作用，要求文艺作品要具有思想性和教育性。他在《拉奥孔或论绘画与诗的界限》（Laokoon oder über die Grenze der Malerei und Poesie，1766）中强调了艺术鉴赏者必须发挥主观能动性，突出了艺术作品“暗示”的重要性。在莱辛创作的德国文学史上最优秀的喜剧《明娜·封·巴恩海姆，或军人之福》（Minna von Barnheim oder Das Soldatenglück，1767）中，“纯朴自然”和“诚实正直”成为他所强调的人的优秀品质，这种品质“更符合人的本性”。[④]根据文学史家的论述，莱辛通过寓意剧《智者纳旦》（Nathan der Weise，1779）指出人应当具有启蒙运动所希望的一切优点，“爱人”是其中重要的一项，“纳旦所以能把各色各样的人引向正路，靠的就是他对人的爱，是他的爱心使他不顾个人

① 参阅范大灿：《德国文学史》（第2卷），南京：译林出版社，2006，第213页。
② 范大灿：《德国文学史》（第2卷），南京：译林出版社，2006，第116页。
③ 范大灿：《德国文学史》（第2卷），南京：译林出版社，2006，第57页。
④ 范大灿：《德国文学史》（第2卷），南京：译林出版社，2006，第156页。

安危去做说服人的工作，转变他们的观念”。[①]

盖勒特（Christian Fürchtegott Gellert，1715—1769）是瑞士田园牧歌诗人，他在《论动情喜剧》（Abhandlung für das rührende Lustspiel，1751）这篇文章中认为：

> “同情心”是所有情感中最高尚的，因为它的基础就是爱。这种“爱”是建立在无条件的同情和帮助别人、不求回报、无私奉献的道德基础上的。它不仅与宫廷文化中的自私自利相对应，而且与市民文化中的利益至上、功利主义和等价交换的原则对立。[②]

因此，在盖斯勒的所有喜剧中，都是提倡无私的爱心，批评和反对利己的商业精神。他在“《打彩中的运气》（Das Los in der Lot-torie，1746）表现的就是无私的爱心和自私的利益原则的对立，……思想高尚的人绝不追求物质和金钱，而一心想着挣钱发财的人又把只重美德的人看作‘头脑简单’”。[③]况且启蒙运动时期的教育诗把“世界上的各种事物描绘成都是相互联系的、和谐统一的，试图把世界完全理性化了的结构展现出来”。[④]盖勒特强调理性主义、宗教虔诚、道德教育和情感教育，他的小说《瑞典伯爵夫人冯·G的生活》（Das Leben der schwedischen Gräfin von G.，1748）鞭笞了宫廷贵族的道德堕落，赞美了道德上高尚及情感上能够自我克制的人们。

维兰德（Christoph Martin Wieland，1733—1813）是德国18世纪上叶洛可可文学的主要代表，启蒙运动的著名作家。在其作品中经常把爱情、生活、政治和理想追求交织在一起，“讽刺德国小市民毫无见识的狭隘性及可笑的自负，他们自己孤陋寡闻，知识贫乏，而且把属

---

① 范大灿：《德国文学史》（第2卷），南京：译林出版社，2006，第167-170页。
② 范大灿：《德国文学史》（第2卷），南京：译林出版社，2006，第82页。
③ 范大灿：《德国文学史》（第2卷），南京：译林出版社，2006，第84-85页。
④ 范大灿：《德国文学史》（第2卷），南京：译林出版社，2006，第88页。

于他们的狭隘知识之外的一切科学和知识视为可笑”。[①]小说批判的对象是德国小市民和市侩的“自以为是、狭隘可笑和目光短浅”。[②]维兰德是“德国启蒙文学在小说创作方面的杰出代表”，[③]他在讽刺小说《阿布德拉的居民，一个真实性很高的故事》（Die Abderiten. Eine sehr wahrscheinliche Geschichte，1774）中专门揭露了小市民的种种“市侩习气”（Philistertum）。

> 这种小市民（Spießbürger）市侩习气是德国市民特有的思想和行为特征，从维兰德开始几乎所有德国作家都鞭笞这种思想和行为，可是又几乎没有一个德国作家，包括维兰德本人能完全摆脱这种“市侩习气”。所谓的“市侩习气”就是指抱残守缺、自以为是、墨守成规、因循守旧、目光短浅、自诩高明、心胸狭窄、排外仇外。[④]

在诗体小说《奥伯龙》（Oberon，1780）中，维兰德认为，“‘爱’是使人成为高尚的人、完整的人的原动力，有了‘爱’人类就有了希望”。“它不仅可以净化人的灵魂，而且可以让人身上的潜能全部释放出来。”[⑤]‘爱’是一种伟大的力量，它使人具有大无畏的精神，也能使尘世的一切变得永恒且不可动摇。伦茨（Jakob Michael Reinhold Lenz，1751—1792）是德国狂飙突进运动时期的一位著名作家，他的代表作《士兵们》（Die Soldaten，1776）不但抨击了贵族的道德堕落和行为的无耻，而且嘲讽了小市民阶级往上爬与爱虚荣的心理。[⑥]随着启蒙运动的深入，人们越来越要求“生活与艺术携手并进，生活艺术化，就成为一种不可阻挡的潮流”。[⑦]

---

① 余匡复：《德国文学史》，上海：上海外语教育出版社，1991，第 123 页。
② 余匡复：《德国文学史》，上海：上海外语教育出版社，1991，第 124 页。
③ 范大灿：《德国文学史》（第 2 卷），南京：译林出版社，2006，第 182 页。
④ 范大灿：《德国文学史》（第 2 卷），南京：译林出版社，2006，第 192 页。
⑤ 范大灿：《德国文学史》（第 2 卷），南京：译林出版社，2006，第 194 页。
⑥ 余匡复：《德国文学史》，上海：上海外语教育出版社，1991，第 163 页。
⑦ 范大灿：《德国文学史》（第 2 卷），南京：译林出版社，2006，第 93 页。

狂飙突进时代，作家反对一切行动都是为了实现某种目的，一切行为都必须符合某种规范。他们认为，人的行动应该受自己内心情感的驱动，而不应该是经过周密的理性思考以后才有的结果。他们只愿意听从心灵的召唤，却不愿被理智来指挥。他们要打破一切束缚的反叛精神和要求绝对实现自我的激情在文学中的表现是：抛弃所有在他们看来妨碍自由创作的规则，对文学的形式、语言和题材进行革命性的变革。这一时期作家的共同点是反对专制和争取自由，因此文学史家认为，狂飙突进运动"排除了理性，表现了'自然'和'心灵'，开创了'德意志运动'（die deutsche Bewegung），是德国浪漫文学的重要组成部分"。[①]要求自由是狂飙突进作家的执着追求，他们比启蒙时代的作家更看重个人发展的权利，希望实现自我的绝对价值，不能做出任何妥协。"他们感到整个社会像一个牢笼，他们就生活在这个牢笼中，被束缚得紧紧的，一点自由也没有。"[②]

歌德是戏剧家、诗人、自然科学家、文艺理论家和政治人物，为德国狂飙突进运动和魏玛古典主义文学最著名的代表；而作为戏剧、诗歌和散文作品的创作者，他是最伟大的德国作家，也是世界文学领域最出类拔萃的光辉人物之一。歌德的戏剧代表作《铁手骑士葛茨·冯·贝利欣根》（Götz von Berlichingen mit der eisenen Hand，1773）中，主人公葛茨本人虽然不完全是骑士，剧本也无意于为恢复骑士制度唱赞歌，但是歌德却让他成为"穿着骑士外衣为争取个人自由而进行斗争的18世纪的代表人物"。喜剧中主人公说道："我工作是为了保卫一个勇敢而又高尚的骑士的称号，而不是为了获得更多的财富和更高的登记。"[③]

1787年歌德开始他的意大利之旅，在意大利，他陶醉于古希腊罗马文化之中，从此他的作品倾向于纯朴、宁静及和谐，他认为这种风格也是艺术的理想、"美"的最高境界。他渴望通过艺术与自然摆脱令人窒息的狭隘世界，从而使自己获得精神上的新生。他希望能够通过

---

① 范大灿：《德国文学史》（第2卷），南京：译林出版社，2006，第200页。
② 范大灿：《德国文学史》（第2卷），南京：译林出版社，2006，第202页。
③ 范大灿：《德国文学史》（第2卷），南京：译林出版社，2006，第239页。

道德的教育、艺术和科学的进步来促进社会的和平与发展，他“深信历史是向前发展的、走向完美的，并相信未来的人，将是全面的、和谐完善的人”，①“爱可以使人由恶变善”。②而且越是到了晚年，歌德对于人类的前途也越来越抱有信心。在他的抒情诗和叙事诗中，爱情和对大自然的热爱是重要的主题之一，他相信道德教育对改造社会和个人的作用，相信自己的作品能够唤醒民族的灵魂。叙事长诗《赫尔曼与窦绿苔》（Hermann Dorothea，1797）在一定程度上抨击了平庸的小市民特性，他们不关心时代的发展和变化，只追求自己发财致富。

在小说《威廉·迈斯特的学习时代》（Wilhelm Meisters Wand—erjahre，1821—1829）中，歌德也在探讨戏剧能否成为教育工具以启发人民的问题，探讨人生的意义和理想的追求相结合的问题。塔社中的“学生们明确他们学习技能是为集体谋福利，除学会技能外，还要学会爱、学会敬畏和舍弃，并懂得自爱和自重”。③诗剧《浮士德，一部悲剧》（Faust，eine Tragödie，1773—1831）对世俗之人利己主义及金钱崇拜的揭露和批判是其中重要的方面，反映了人类追求精神及内心的自我完善从而达到理想社会的志向。歌德认识到，“生命有限，艺术常青”。④在歌德的心目中，“文艺家从事创作好的文艺便是在推动社会的前进，即社会的发展不该有文艺的缺席”。⑤

席勒（Johann Christoph Friedrich von Schiller，1759—1805）是德国18世纪著名诗人、作家、哲学家、历史学家和剧作家，德国文学史上著名的“狂飙突进运动”的代表人物，也被公认为德国文学史上地位仅次于歌德的伟大作家。他认为“世界的和谐是人类的最高目标，

---

① 余匡复：《德国文学史》，上海：上海外语教育出版社，1991，第181页。

② 范大灿：《德国文学史》（第2卷），南京：译林出版社，2006，第371页。

③ 余匡复：《德国文学史》（修订增补版，上卷），上海：上海外语教育出版社，2013，第157页。

④ 余匡复：《德国文学史》（修订增补版，上卷），上海：上海外语教育出版社，2013，第190页。

⑤ 余匡复：《德国文学史》（修订增补版，上卷），上海：上海外语教育出版社，2013，第207页。

达到这一目标最有效的途径就是艺术”。[①]对他来说，“只有文学才能把被分割开来的灵魂力量再统一起来，使头脑与心灵、敏感与机智、理性与想象达到和谐与统一的地步，仿佛在我们自己身上又重新建立起整体的人”。[②]在席勒看来，

> 人的精神与肉体在近代社会中都处于分裂的状态，使人遭受着巨大的痛苦。过去的人只是思考自身以外的事物，而人的自身是统一的；人一旦学会反思之后，就分裂为有思维的人和被反思的对象，即人不仅反思外界，而且也把自身当作思考的对象。当人思考自身的时候，就出现了一个思想着的人和一个把自己作为被思考的对象的人，同一个人在精神上就被分裂为两个人。工业化引起的劳动分工使人局部的能力得到发展，而其他能力则受到压抑。人的全面以及和谐的发展受到严重的侵犯，人因而成为不健全的人。人们如果想要免除分裂的折磨，只有实施审美教育，因为只有在美当中，人才能达到和谐与自由。“通过美，人可以达到自由”。而且一切社会和政治变革都是人的作为。人是实施变革的主体，若是作为主体的人尚有待完善其人格，他又如何去进行促进人类幸福的变革呢？所以只有具有高尚的品格、高雅的情操及完美人格的人才能实现自由。总而言之，审美教育是社会变革和政治革命的先决条件。[③]

狂飙突进运动之后的席勒醉心于哲学、美学和历史的研究，他在《论人的审美教育书简》（Briefe über ästhetische Erziehung des Menschen，1795）中认为，“要达到自由的理性的社会就必须是使人先成为自由的理性的人，而要使人成为自由的理性的人只能借助于审美教育”。[④]在席勒看来，“一切政治上的改变和改善都是要人来进行

① 范大灿：《德国文学史》（第 2 卷），南京：译林出版社，2006，第 320 页。
② 范大灿：《德国文学史》（第 2 卷），南京：译林出版社，2006，第 357 页。
③ 李伯杰等：《德国文化史》，北京：对外经济贸易大学出版社，2002，第 154-155 页。
④ 余匡复：《德国文学史》，上海：上海外语教育出版社，1991，第 217 页。

的，而只有性格高尚、人格完善、精神境界崇高的人才能改善和变革不合理的政治。因此席勒的重要结论是：审美教育是改善政治的先决条件”。[①]席勒通过美学的研究探究了社会前进的方向和社会改造的途径以及德意志解放的道路，这种方法深得浪漫派作家的赞许。因此，研究者认为，席勒的这部作品“带有政治的性质，而不是与政治无关的纯美学研究”。[②]

席勒在其“哲理诗”《欢乐颂》（An die Freude，1799）中，希望以崇高的道德境界来唤醒人类相亲相爱，表达了他崇高的人道主义思想，反映了他的理想和追求。席勒创作的市民悲剧《阴谋与爱情》（Kabale und Liebe，1784）既表现了贵族的专横和残暴，也反映了市民的谨小慎微和他们的因循守旧等小市民习气。席勒认为，文学艺术的教化功能是极其重要的，没有相应的审美趣味、缺乏文化教养的人，是无法提升自己综合能力和素质的。德国浪漫派普遍渴望宁静，他们把理想化了的中世纪欧洲与当时动荡的欧洲现实进行比较，认为现实生活丑陋、黑暗、混乱和庸俗，充满不和谐因素，所以他们着重刻画内在的世界，即心灵的世界，写作和表现内心的追求和理想，厌恶社会现实、市侩及其功利思想。他们对宗教充满虔诚，主张用基督教思想统一人的认识。在他们看来，正是由于人们信仰的分裂造成了社会的动荡。浪漫文学总的倾向是重视主观和自我，作家们从主观和自我出发，“主张天才、主观创造、幻想、梦想、不受束缚、自由奔放……（当然，这些主张无疑都包含着对现实的憎恨和不满）”。[③]其中诺瓦利斯甚至认为诗就是一切，诗能够创造人生。[④]

“大约 1770 年到 1830 年是德国社会发生变化和加速发展全面走向现代化的时期，历史上称为‘马鞍形时代’。”[⑤]但是，经济的发展、社会的转型，也引起了诸多的社会问题。在坚持人道主义思想的文学

① 余匡复：《德国文学史》，上海：上海外语教育出版社，1991，第 217 页。
② 余匡复：《德国文学史》，上海：上海外语教育出版社，1991，第 218 页。
③ 余匡复：《德国文学史》，上海：上海外语教育出版社，1991，第 246 页。
④ 余匡复：《德国文学史》，上海：上海外语教育出版社，1991，第 247 页。
⑤ 范大灿：《德国文学史》（第 2 卷），南京：译林出版社，2006，第 379 页。

家看来，最严重的问题莫过于人被肢解成了职业的符号。因此，古典文学提出的各种主张，都是用以对付人的异化的。古典文学时期的歌德在其叙事谣曲《神与歌舞伎》（Der Gott und die Bajadere，1797）中坚持认为，“爱可以使人由恶变善”。[①]席勒在其叙事谣曲《人质》（Die Bürgschaft，1796）中与歌德相唱和，指出“不能让血腥的暴君可以炫耀/朋友竟然失信于朋友/让他残杀两个/让他们相信爱和忠诚”。[②]而在其歌体诗《大钟歌》（Das Lied von der Glocke，1796）中席勒吟唱道：“它（指大钟）的名字叫 Concordia（和谐一致）/愿它团结一切相爱的大众/和睦一致，同心同德。”[③]

因此，歌德在叙事体作品《德国逃难者闲聊》（Unterhaltungen der deutschen Ausgewanderten，1795）中，借主人公之口说道：“我们父辈的帝国是辉煌的、稳定的；但你忘了第四种力量，这就是爱的力量。他统治世界的时间更早、范围更广、力度更大。”[④]在文学史研究者看来，歌德的作品体现出“爱是培养力量，真、善、美靠它来培养。只要有了爱，人与人之间就只有相互帮助，彼此爱护，而不是相互残杀。只要有了爱，社会就会安宁，有了安宁，社会就会欣欣向荣”。[⑤]歌德晚年时读了中国的一些小说，从中体悟出了中国人的生活和道德观念，看出了中国艺术的特点。他特别赞赏中国人与自然的关系，其中关于人与自然同属一体的思想更使他感到受益匪浅。而且歌德的作品还有一个比较大的特点，女性多半比男性更完善、更和谐，如《威廉·迈斯特的学习时代》中的女性，尤其是迷娘，她“把爱绝对化，得不到爱，宁肯死亡”。[⑥]

在《浮士德》的“甘泪卿悲剧”中，没落残酷的封建制度和新兴

---

① 转引自范大灿：《德国文学史》（第 2 卷），南京：译林出版社，2006，第 371 页。
② 转引自范大灿：《德国文学史》（第 2 卷），南京：译林出版社，2006，第 373 页。
③ 转引自范大灿：《德国文学史》（第 2 卷），南京：译林出版社，2006，第 375 页。
④ 范大灿：《德国文学史》（第 2 卷），南京：译林出版社，2006，第 389 页。
⑤ 范大灿：《德国文学史》（第 2 卷），南京：译林出版社，2006，第 389 页。
⑥ 范大灿：《德国文学史》（第 2 卷），南京：译林出版社，2006，第 399 页。

市民阶级的利己主义的双重罪恶是造成单纯无邪的甘泪卿的悲剧。[①]其中“爱是出场频率最高的主题”。“圣人总是相互指教，彼此帮助，他们的存在形式就是不断给予和索取，教诲和学习。他们所以能这样，是因为他们有爱心。”“浮士德得到来自上天的爱，爱是他能够不断追求的动力。”在最后一场的开头，“‘合唱’与‘回声’称上天为‘神圣的爱的净士’；狂喜神父说道‘永恒爱的核心’；沉思神父说，‘是全能的爱，创造万物，养育万物’；天使般的神父说，得到‘永恒的爱的启示’就可以‘通向极乐的天堂’”。[②]在作品的最后，歌德指出“永恒女性吸引我们向前”，“‘永恒女性’所以能‘吸引我们’，是因为‘永恒女性’与‘我们’之间存在着爱，是爱把阴极的女性和阳极的我们连接在一起，也就是说，依靠爱的力量消除了两集的对立，或者说两极对立在爱之中消除”。“由于有了爱，人就会不停地追求，不断地创造，进而就可以不断地前进。这就是天主通过他的代言人说出的最后定论。”[③]

诗剧中“人造人”撞贝车毁灭这一情节歌颂了爱和女性，因为生命的形成需要女性，生命是爱神主宰的结果。爱成了生命之泉及创造之神。

> “女性”代表和象征着“温柔”，象征“非暴力”，象征“爱”，象征“美”。歌德在整部《浮士德》中充满了他对“女性”的歌颂，……引领人类物质和精神境界向上飞升的是“爱”，是“美”，不是暴力、不是仇恨、不是“你死我活”，而是“温柔——和谐”“爱和美”，让“爱的力量”引领人的境界向清明的净化世界迈进。……“永恒的女性”是爱的化身。“爱”产生生命，“爱”带来创造和新生，“爱”又创造理想和美好，“爱”激发人上进。……在《浮士德》中，歌德把一切美、美的理想，把纯洁、美好、崇

① 余匡复：《德国文学史》（修订增补版，上卷），上海：上海外语教育出版社，2013，第176页。

② 范大灿：《德国文学史》（第2卷），南京：译林出版社，2006，第591页。

③ 范大灿：《德国文学史》（第2卷），南京：译林出版社，2006，第592页。

高，把艺术、生命的诞生等等都和女性联系在一起，……[①]

针对当时欧洲科学技术突飞猛进以及法国大革命的发展情况，作为古典文学核心成员之一的席勒的美学思想的核心是人应该“如何对付人被肢解、人被异化的严重局面”，[②]他写道：“知识范围的扩大和职业活动的分割，必然使我们的各种精力成为一个个单体，它们只能分开来发挥作用。在这种情况下，几乎只有文学能把被分割开来的灵魂力量再统一起来……仿佛在我们自己身上又重新建立起整体的人。”[③]在他看来，“现代人要想摆脱目前的困境必须把古代和谐统一的社会和古代全面均衡发展的人当作理想，并孜孜不倦地加以追求。在这方面，文学艺术起着极为重要的作用，它不仅可以充分表达这种理想，而且它是唯一可以使理想变为现实的领域”。[④]他清楚地意识到，

> 科学技术的发展，并没有使人更清楚地意识到自己首先是理性动物的存在，并没有使人更加懂得人能够而且必须自己管理自己，自己是自己的主人；相反，它使“效益”（Nutzen）成了“时代的大偶像”。另外，科学技术的发展导致了学科门类的细化和劳动分工的泛化，因而它不是增强了而是削弱甚至是破坏了人的“整体性”，人自身被肢解了。
>
> 人永远被束缚在整体的一个孤零零的小碎片上，人自己也只好把自己造就成一个碎片。他耳朵里听到的永远只是他推动的那个齿轮发出的单调乏味的嘈杂声，他永远不能发展他本质的和谐。他不是把人性印在他的天性上，而是仅仅变成他的职业和他的专门知识的标志。[⑤]

---

① 余匡复：《德国文学史》（修订增补版，上卷），上海：上海外语教育出版社，2013，第201-202页。

② 范大灿：《德国文学史》（第2卷），南京：译林出版社，2006，第357页。

③ 转引自范大灿：《德国文学史》（第2卷），南京：译林出版社，2006，第357页。

④ 范大灿：《德国文学史》（第2卷），南京：译林出版社，2006，第358页。

⑤ 范大灿：《德国文学史》（第2卷），南京：译林出版社，2006，第359页。

面对科学技术发展带来的人的整体性的丧失和法国大革命引起的混乱，席勒认为解决的唯一途径就是通过艺术使感性与理性结合起来，恢复已经丧失的人与自然之间的联系。在《艺术家》(Die Künstler，1789）这首诗当中，“席勒的基本思想就是，艺术优于社会中的一切其他的社会和精神的领域，……世界的和谐是人类追求的最高目标，达到这一目标最有效的手段就是艺术”。①

魏玛古典时期德国知识界赋予艺术以至尊的地位，所以海涅称这个时期为“艺术时代（Kunstperiode)”。②德国古典文学作家也认为，古希腊社会的“和谐统一在现代社会中和现代人身上已经丧失。因此，恢复这种和谐统一成为当代最紧迫的任务，而艺术必须承担这项伟大的历史使命”。在他们看来，艺术的任务“就是揭示和谐地生长起来的个体的各种可能，从而对抗人的异化和肢解”。因此可以说，“寻找已经失去的人的和谐统一”，促使当时的德国人“成为自由的、有修养的、人道的和全面发展的人”，并且“以此为目标改革社会”不仅是古典文学的理想，也是后来浪漫文学追求的目标。“他们相信人类能够克服由于社会劳动分工而造成的畸形和肢解，成为全面发展的完整的人。人类社会最终会从自然和社会的种种束缚中解放出来，并战胜内在的‘兽性’和外在的‘命运’，而达到完善和和谐。”③

古典文学与浪漫文学之间的让·保尔（Jean Paul，1763—1823）是德国小说理论家。作为长篇小说家，他“描写了德国 18 世纪末及 19 世纪初德国社会的庸俗生活，特别是城市里的市民阶级及其狭隘的日常生活”。④马克思对此曾经评论说：“在拿破仑统治之下，德国市民仍然继续经心于他们渺小的事物和巨大的幻觉。关于当时统治着德国的那种小商贩的精神……最好去读一读让·保尔。”⑤在小说《少不更事的岁月》(Flegeljahre，1805）中，让·保尔要表现的核心思想是：

---

① 范大灿：《德国文学史》(第 2 卷)，南京：译林出版社，2006，第 320 页。
② 李伯杰等：《德国文化史》，北京：对外经济贸易大学出版社，2002，第 156 页。
③ 范大灿：《德国文学史》(第 2 卷)，南京：译林出版社，2006，第 347-349 页。
④ 余匡复：《德国文学史》，上海：上海外语教育出版社，1991，第 237 页。
⑤ 余匡复：《德国文学史》，上海：上海外语教育出版社，1991，第 237 页。

“人道主义理想在现实中不可能成为现实，因为人与人应有的人道关系已为金钱力量所破坏。”[①]黑贝尔（Johann Peter Hebel，1760—1826）是18至19世纪之交的所谓轶事作家，“他的作品流露出对故乡的爱和大自然的深情”。[②]当时德国的所谓市民阶级多半是由手工业者、商人、小业主、小职员等阶层组成的，由于经济力量薄弱造成他们不但在政治上表现软弱，还造成他们性格上奴颜婢膝、自私自利、苟且偷安和缺乏远见。启蒙主义者主张通过理性，要用进步的观念来教育人、赞扬人和事物的完善及和谐。“古典文学和浪漫文学的意图都是要寻找已经失去的和谐统一，并以此为目标改革社会”。[③]

二、德国浪漫派文学前的自然观

18世纪中叶，崇尚自然以及注重情感在德国社会思潮中逐渐成为了主流。“和平、安宁、没有冲突、没有矛盾、和谐一致的社会”是人们的希望，因此“追求安宁的社会和美满的生活就是启蒙运动的目标”，[④]例如启蒙前期小说家维泽（Christian Wiese，1642—1708）“特别强调自然，情节要自然，语言要自然。不论是悲剧还是喜剧，都必须与人的生活相似，像人的生活本身一样自然，反对固定不变的程式化的社会以及人的图像”。“他的剧本都是用通俗自然的语言写成，他的目标是‘让每个人都按照他的天性讲话’，以便最大限度地接近自然。”[⑤]启蒙运动早期诗人君特（Johann Christian Günther，1695—1723）十分向往自然，他曾经计划写一首表现自然的长诗，把启蒙运动的世界观以及对自然的认识表现出来。

启蒙运动前期重要的诗人是布洛克斯（Barthold Heinrich Brockes，1680—1747）和哈雷尔（Albrecht von Haller，1708—1777）。布洛克斯不仅是描写大自然的出色诗人，而且还是道德诗的主要创作者。布

---

① 转引自余匡复：《德国文学史》，上海：上海外语教育出版社，1991，第240页。

② 余匡复：《德国文学史》（修订增补版，上卷），上海：上海外语教育出版社，2013，第226页。

③ 范大灿：《德国文学史》（第2卷），南京：译林出版社，2006，第348页。

④ 范大灿：《德国文学史》（第2卷），南京：译林出版社，2006，第26-27页。

⑤ 范大灿：《德国文学史》（第2卷），南京：译林出版社，2006，第37页。

罗克斯是德国教育诗的创始人，他的诗主要是“对自然的描述”，[①]开创了德国自然诗的先河。他对大自然当中的一切都进行过细致的观察和描绘，“他认为自然中一切都是无法解释的真正奇迹，自然中的一切都是上帝为人类创造的，……所以布洛克斯在赞美自然之后，紧接着常常是赞美造物主，认为大自然中处处体现了神的存在。自然中的一切都是神的理性的创造物”。[②]哈雷尔是瑞士有名的自然科学家和诗人，他不但是德国实验生理学的奠基者，而且还是哲理诗的创建人。评论家认为：

> 哈勒尔把描绘自然与宣传道德哲学观念结合起来，对他来说，景色的壮美和崇高与山村居民的自然和朴素是相统一的。山村居民过的那种原始的自然生活，在哈勒尔看来，简直就是人类的“黄金时代”；他拿这种健康的自然生活与病态的城市文明，特别是与道德败坏的宫廷相对比，并进而得出结论：文明毁坏了人，只有自然才能使人幸福。[③]

他的风景诗中表现了自然和人的道德之间的关系，“作者认为人的道德在脱离城市俗气的大自然环境中会得到高尚的熏陶，……哈雷尔的诗歌基本上恪守了大自然——理性——上帝三位一体的信念”。[④]在他的著名的风景诗《阿尔卑斯山》（Die Alpen，1729）中，“哈雷尔又把村民单纯自然的简朴生活和城市里败坏人性的所谓文明生活做了对比，作者对前者加以歌颂和理想化，……多少让人听到了几十年后卢梭返回自然的先声”。[⑤]

文学理论家戈特舍德认为，“自然本身就是完美的，因此，艺术如果也想贡献美的东西，那就只能模仿自然模式”。此外，莱辛也认为

---

① 范大灿：《德国文学史》（第2卷），南京：译林出版社，2006，第89页。
② 余匡复：《德国文学史》，上海：上海外语教育出版社，1991，第83页。
③ 范大灿：《德国文学史》（第2卷），南京：译林出版社，2006，第91页。
④ 余匡复：《德国文学史》，上海：上海外语教育出版社，1991，第84页。
⑤ 余匡复：《德国文学史》，上海：上海外语教育出版社，1991，第84页。

文学艺术要起到教育作用就必须真实地模仿“自然”。他曾经在《汉堡剧评》（Hamburgische Dramaturgie，1767—1769）中写道：“自然中的一切都是相互联系着的，一切事物都是交织在一起的、互相转换和转变的。”[①]这些观点都被浪漫派作家所接受，因此，浪漫派作家对他给予了很高的评价。[②]

克洛卜施托克（Friedrich Gottlieb Klopstock，1724—1803）是德国第一位著名的抒情诗人，同时也是德国思想界的代表人物。他认为写诗是神圣的天职，反对理性主义，强调个人情感，崇尚浪漫主义，热衷于自然、宗教和德国历史，在诗人看来，“一个人只有接触大自然才能健康成长”。[③]他的诗被称为心灵的诗和情感的诗，他诗歌的重要主题在于赞美大自然、上帝的伟大以及友谊和爱情的永恒。[④]克莱斯特（Erwald von Kleist，1715—1759）像哈雷尔一样，“也赞扬了那些生活在自然环境中的勤劳朴实的乡村居民，鞭打贪图虚荣和权势的宫廷以及像‘金制的牢笼’一样的城市”。而且“他不是仅仅停留在两者的对比上，而是进一步要求人们逃向自然”。[⑤]

启蒙运动时期的瑞士德语作家德罗林格（Karl Friedrich Drollinger，1688—1742）也对大自然怀有浓厚的兴趣，他在作品中“赞扬了大自然的壮观和宏伟”，[⑥]并且他的创作影响了德国教育诗最主要的代表人物哈雷尔。甚至洛可可（Rokoko）风格的教育诗中，“对现实的不满表现为对现实的抱怨，表现为渴望返回自然，避开宫廷以及城市的现实生活”。[⑦]瑞士田园牧歌诗人盖斯纳（Salomo Geßner，1730—1788）的“诗歌内容多半描绘和平宁静的田园景色，表达了作者对大

---

① 余匡复：《德国文学史》，上海：上海外语教育出版社，1991，第 99 页。

② 范大灿：《德国文学史》（第 2 卷），南京：译林出版社，2006，第 56 页。

③ 范大灿：《德国文学史》（第 2 卷），南京：译林出版社，2006，第 121 页。

④ 丁建弘、李霞：《普鲁士精神和文化》，上海：上海社会科学院出版社，2012，第 171-173 页。

⑤ 范大灿：《德国文学史》（第 2 卷），南京：译林出版社，2006，第 93 页。

⑥ 范大灿：《德国文学史》（第 2 卷），南京：译林出版社，2006，第 90-91 页。

⑦ 范大灿：《德国文学史》（第 2 卷），南京：译林出版社，2006，第 94 页。

自然的热爱”。[①]

而狂飙突进作家接受了卢梭关于“自然”的概念，并且做出了自己的阐释。狂飙突进作家认为“现存社会中‘整体’被肢解，‘自然状态’遭毁灭”。为此，他们赋予自然以神奇的力量。在他们眼里，自然“可以整合被肢解的一切，可以提醒人们，他们生活在一种不自然的状态之中，他们应该将追求自然作为努力的方向，他们应当为恢复自己被剥夺了的自然权利而斗争”。[②]他们目睹德国政治上的四分五裂、经济上的落后、文化上的闭塞、诸侯的残暴统治和剥削，内心充满了不满和反抗情绪。这些狂飙突进运动的参与者要求“做一个自然的人”，“反对封建社会‘不自然’的生活”。[③]对狂飙突进作家来说，“‘自然’是衡量一切的标准，而且在任何情况下，‘自然’总比‘不自然好’。”[④]他们认为作家的创作是自然的，文学作品表现诗人“自己内心的、自然的、真实的感情，而且这种表现应当自然朴实，不经过任何认为的雕琢”。正因为如此，“他们特别推崇民歌和具有民间特色的‘叙事诗’（Ballade）”，“追求自然流露，自然真实”，任何规则都必须被打破，“因为它们禁锢思想，束缚感情”。[⑤]

其中哈曼是一个具有人文主义思想的思想家，他希望恢复感情与直观，保全完整而富有生命力的人。“创造性地重塑自然”，[⑥]是哈曼对艺术家的要求。此外，他还把自己发表在报纸上的文章收集整理成书出版，书名是《语文学者的十字军东征》（Kreuzzüge des Philologen，1872）。通过这本书，哈曼要表明：“文学作品的全部效应来自情感，自然是文学的第一要求。”[⑦]而在《对我的阅历的一些想法》（Gedanken über meinen Lebenslauf，1755）这篇文章中，自然与文明的对立是其

① 余匡复：《德国文学史》（修订增补版，上卷），上海：上海外语教育出版社，2013，第95页。

② 范大灿：《德国文学史》（第2卷），南京：译林出版社，2006，第203-204页。

③ 余匡复：《德国文学史》（修订增补版，上卷），上海：上海外语教育出版社，2013，第107-108页。

④ 范大灿：《德国文学史》（第2卷），南京：译林出版社，2006，第204页。

⑤ 范大灿：《德国文学史》（第2卷），南京：译林出版社，2006，第205页。

⑥ 范大灿：《德国文学史》（第2卷），南京：译林出版社，2006，第213页。

⑦ 范大灿：《德国文学史》（第2卷），南京：译林出版社，2006，第211页。

主题，在哈曼看来，

> 当时社会腐败的原因就是“脱离了自然”。自然是个整体概念，它包括自然产生的全部现象世界，而一切非自然产生的均属“不自然”。艺术家应该是反对“不自然”的先锋战士，自然是他们的专属领域。对艺术家来说，自然既是他们创作的对象，也是他们创作的原则，这也就是说，整个自然都是艺术创作的素材，艺术是自然情感的自然流露，艺术创作是自然发生的。
>
> 他将艺术家与上帝等同起来，因为艺术家也“创造世界”，虽然这种“创造”与上帝的“创造”不同，但毕竟也是“创造”。艺术家作为“创造者”或曰“造物主”肩负着重大使命：使死气沉沉的社会再充满活力，鼓励人们按照“自然”的原则建立自己的生活环境。①

在他的影响和启发下，赫尔德（Johann Gottlieb Herder，1744—1803）提出了自然诗是从人类灵魂中涌现而出的诗，而民歌则是最为自然的、精神的主张。②赫尔德是德国哲学家、路德派神学家及诗人，是狂飙突进运动的理论奠基者，他主张文学应该朴实自然并且具有大众性。1773 年，赫尔德出版了论文集《德意志的特点和艺术》（Von deutscher Art und Kunst），其中在《关于莪相和古代民族的歌体诗的通信摘要》（Auszug aus einem Briefwechsel über Ossian und die Lieder alter Völker）这篇文章中，他指出，“文学的特点是自然、朴实，充满情感和想象，而人类一旦进入了所谓的‘文明’社会，这些特点就逐渐被遏制”。赫尔德创造了“民歌”（Volkslied）这个德语词汇，其中“民”的（das Volk）意思是“人民”或者“大众”。关于民歌的性质，赫尔德说道：“毫无疑问，诗，特别是歌体诗，从一开始就是大众的，也就

① 范大灿：《德国文学史》（第 2 卷），南京：译林出版社，2006，第 211 页。

② 丁建弘、李霞著：《普鲁士精神和文化》，上海：上海社会科学院出版社，2012，第 174-175 页。

是说，它是轻快的、简单的、从对象出发的，用的是大众的语言。”[①]

在当时的德国，由于拿破仑的入侵，不自然和矫揉造作的文学占据了主导地位，人们对德意志民族自然朴实的文学传统失去了兴趣。因此，赫尔德认为，“当务之急就是收集民歌，以保存德意志自己自然文学的残余”。[②]为此，他不遗余力地收集民歌，出版了《民歌集》（Volkslieder，1778—1779）第一卷和第二卷，后人还将他编辑的这两卷包含 162 首民歌的民歌集改编成《民族中各族人民的声音》（Stimmen der Völker in Liedern，1807）。他要求文学创作应该反映时代的精神以及内容和感情的问题，同时他还认为民间文学是培养民族感情的良好手段，反对将民间文学视为一种粗俗的低级的文学形式，主张把采集民歌与强调民族意识统一起来。“赫尔德号召研究本民族的过去，关注民族传统，他本人也不遗余力参与其中，收集了大量民歌”，[③]“他特别强调了文学的自然性和民族性，文学必须以自然的方式表达人的自然的感情，就如同人类发展早期阶段的文学那样”。[④]“他认为民歌最能表达一个民族的历史和心态”，[⑤]欧洲拥有丰富的民间文学，民歌中也包含了他振兴德意志的民族情感和愿望，这种行动为浪漫派收集民歌开了先河。

赫尔德“推崇‘自然’，他认为最自然的东西存在于底层人民之中，所以民歌便是自然诗歌，这就是赫尔德推崇民歌、收集民歌的动机”。[⑥]在他看来，德国文学革新的途径应该是这样：德国作家必须从德国人民的日常生活中以及民间文学中去寻求自己的灵感。作为学者和理论家，赫尔德在文学史上的一大功绩就是他对德国民歌和欧洲民歌的收集整理。受赫尔德的影响，青年时代的歌德接受了其关于民歌的观点，“他不仅也像赫尔德一样收集民歌，而且以民歌为榜样创作

---

① 范大灿：《德国文学史》（第 2 卷），南京：译林出版社，2006，第 224 页。
② 范大灿：《德国文学史》（第 2 卷），南京：译林出版社，2006，第 225 页。
③ 李伯杰等：《德国文化史》，北京：对外经济贸易大学出版社，2002，第 143 页。
④ 范大灿：《德国文学史》（第 2 卷），南京：译林出版社，2006，第 231 页。
⑤ 李伯杰等：《德国文化史》，北京：对外经济贸易大学出版社，2002，第 144 页。
⑥ 余匡复：《德国文学史》，上海：上海外语教育出版社，1991，第 132 页。

诗歌”。[①]

在赫尔德看来，文学是力的艺术，它虽然作用于人的感官，却对人的心灵起着决定性的作用。对他来说，人天生具有人道主义的禀赋，人道主义社会是人类发展的最高阶段，为了实现这一理想的社会，必须对人们进行人文主义教育。[②]正是在他的影响之下，浪漫派诗人对一切民间文化都表现出极大的兴趣，他们编写民间故事和民间传说，收集民间歌谣，加强了对民族历史和歌谣的研究。由于拿破仑的占领，德国遭受了异族的统治，民族濒临灭亡的命运，经济受到征服性的肆意掠夺，因此德国经济急剧恶化，达到崩溃的边缘。浪漫派作家对民族文学的挖掘和整理，鼓舞了德国人民反抗异族统治的决心和勇气，也促使诗人更加关注民歌风格的诗歌创作。

梅林（Franz Erdmann Mehring，1846—1919）是德国社会主义运动著名活动家、科学社会主义理论家和德国共产党创始人之一，同时他还是一位德国公共知识分子、政治家、历史学家、国际工人运动活动家及 19 世纪著名的文学评论家。他曾经说过：“没有赫尔德的这一民歌集，也就不会产生浪漫派著名民歌集《儿童的奇异号角》以及其他一些浪漫主义诗人，可见赫尔德这部民歌集在德国文学史上的重要地位。”[③]他认为“人类历史发展的最高阶段是人道主义，到那时人类的一切天赋和能力便能得到充分发展”。[④]

19 世纪欧洲的时局动荡而且秩序混乱，工业革命带来道德沦丧和人性异化，平静和谐的生活不复存在，这使歌德希望人类社会能够保持原始的自然状态，只有在这样的社会中才可以看到自然朴实和纯洁完善的人性。赫尔德和歌德等人认为，

> 自然是独立于人的存在，有其独立的价值，并非对于人才有

---

① 范大灿：《德国文学史》（第 2 卷），南京：译林出版社，2006，第 235 页。

② 丁建弘、李霞：《普鲁士精神和文化》，上海：上海社会科学院出版社，2012，第 174-177 页。

③ 转引自余匡复：《德国文学史》，上海：上海外语教育出版社，1991，第 135 页。

④ 余匡复：《德国文学史》，上海：上海外语教育出版社，1991，第 136 页。

意义，神性同样存在于自然之中，如同神性存在于人身上一样。从这样一种新的自然观和自然感中，不难得出这样的结论，即人不能仅仅是利用自然，而且也要尊重自然。自然因此不但被赞美，而且还被诗化。①

在歌德的书信体小说《少年维特的烦恼》（Die Leiden Des Jungen Werthers，1774）中，自然也是其重要母题之一。幽静的环境、明媚的春光、生机勃勃的大自然可以消除主人公维特心头的苦闷，使他感到快慰。维特切身感受到，"人是大自然中的一员，人只要同大自然融合在一起，就能消除心灵上的一切痛苦，就能给人以力量"。②小说中维特不仅享受着大自然的恩惠，而且还可以与保持了鲜明朴素的自然本性的下层民众及儿童共同相处，这使维特感到亲切。在自然和朴素的环境里，"维特更加感到束缚人的自然发展的种种限制是多么可恶，自然和自由的生活多么值得向往"。③

歌德作为一个伟大的文学家确信，"宇宙万物间存在着一种内在的和谐，譬如在人的创造和自然之间"。④歌德与浪漫派文学以及浪漫派作家也有一些渊源关系，他的《少年维特的烦恼》体现了"与传统格格不入的反叛精神，表现了自然、青春、爱情、友谊等主题"，⑤这部书信体小说"抒发了作者对伪善的道德观念的激烈反抗以及对个性解放的强烈要求，反映了歌德对当时小市民目光短浅的憎恨"。⑥"小说在不少地方歌颂天才、大自然和儿童。因为狂飙突进作家们认为，只有在大自然中才能享受到淳朴，只有儿童最纯洁可爱，只有他们还没有受到社会的恶劣影响，在他们身上还可以发现人的自然的天性。"⑦

歌德青年时代的抒情诗也受到民歌的影响，因而"形式朴素而自

① 李伯杰等：《德国文化史》，北京：对外经济贸易大学出版社，2002，第 181 页。
② 范大灿：《德国文学史》（第 2 卷），南京：译林出版社，2006，第 244 页。
③ 范大灿：《德国文学史》（第 2 卷），南京：译林出版社，2006，第 244 页。
④ 李伯杰等：《德国文化史》，北京：对外经济贸易大学出版社，2002，第 149 页。
⑤ 参阅余匡复：《德国文学史》，上海：上海外语教育出版社，1991，第 142 页。
⑥ 余匡复：《德国文学史》，上海：上海外语教育出版社，1991，第 143 页。
⑦ 余匡复：《德国文学史》，上海：上海外语教育出版社，1991，第 143-144 页。

然，它们歌颂生活，歌颂自然和爱情”，[①]富有真情实感。在他的抒情诗中，大自然也占有重要位置，壮丽的大自然在诗歌中不仅是被描绘的对象和抒发情感的媒介，而且还和甜美的爱情相互促进，彼此得到增强。“在这些诗中，爱情、自然和自我融为一体，真正达到了情景交融的地步”。[②]而在歌德的颂歌中，也经常蕴含着这样一个永恒不变的主题：“自然是人与神的中介，它可以帮助人享受某种无限。”[③]大自然可以让人得到美的享受，是获得力量的源泉，促使人们突破自我的狭隘和封闭，从而进入无限。

在诗剧《浮士德》中，“人人在大自然中感受生活的欢欣和自然的绚丽。……浮士德在民众之中及大自然春日之下获得了生命之力和希望之光，……综观《浮士德》全书，每当浮士德要克服他的精神危机之前，他常身处在大自然中，从中汲取力量，……从而又振作向前”。[④]浮士德总是“从宁静的大自然中吸取灵感，去获得启示”。[⑤]歌德相信人的精神痛苦和创伤能在大自然中治愈，排除人精神上的垃圾得依靠两样东西：“大自然”和“遗忘”。在某种程度上可以说，《浮士德》就是“对生命和大自然的礼赞”。[⑥]

席勒在《论素朴诗和感伤诗》（Über naive und sentimentalische Dichtung，1796）这部美学著作中说：“诗人或者就是自然，或者追寻自然……前者使他成为朴素的诗人，后者使他成为感伤的诗人。”[⑦]按照研究者的理解，所谓“诗人就是自然”意指诗人和现实一致，也就是说诗人所反映的是直接的现实，诗人模仿了自然，表现了现实，是客观的。席勒又称这样的作品为“素朴诗”，这里“诗”应理解为“文

① 余匡复：《德国文学史》，上海：上海外语教育出版社，1991，第 146 页。

② 范大灿：《德国文学史》（第 2 卷），南京：译林出版社，2006，第 248 页。

③ 范大灿：《德国文学史》（第 2 卷），南京：译林出版社，2006，第 253 页。

④ 余匡复：《德国文学史》（修订增补版，上卷），上海：上海外语教育出版社，2013，第 166-167 页。

⑤ 余匡复：《德国文学史》（修订增补版，上卷），上海：上海外语教育出版社，2013，第 172 页。

⑥ 余匡复：《德国文学史》（修订增补版，上卷），上海：上海外语教育出版社，2013，第 177 页。

⑦ 转引自余匡复：《德国文学史》，上海：上海外语教育出版社，1991，第 218 页。

学作品”。所谓“素朴诗”按其含义是指现实主义作品，素朴诗人也就是现实主义作家。“诗人追寻自然”意思是指诗人反映的还不是直接的现实，诗人描写的还只是理想的现实，是主观的。席勒称这种作品为“感伤诗”，按其意义即指浪漫派的文学，席勒说的感伤诗人也就是浪漫派的作家。[①]

通过《墨西拿的新娘或敌对的兄弟：一部带有合唱队的悲剧》(Die Braut von Messina oder die feindlichen Brüder. Ein Trauerspiel mit Chören，1803）所附的论文《论合唱队在悲剧中的运用》（Über den Gebrauch des Chors in der Tragödie)，席勒谈到了艺术的特点：“艺术应当而且能够离开实际的现实，但同时又应当而且能够与自然相一致到天衣无缝的地步。”文学史家认为，“席勒这一观点的出发点是艺术应当而且能够表现自然，……艺术为了表现本质就必须离开现存的现实，但又因为它表现了本质而从根本上与自然相一致”。所以，席勒说：“自然本身只是精神的一个理念，它从来不会让人感觉到，它被现象所掩盖，它本身从来不会表现出来，只有艺术才能把自然本身表现出来。”[②]在《希腊诸神》（Die Götter Griechenlandes，1788）这首诗中，诗人写道：“人们把自然拥抱在爱的怀中/ 给自然界赋予一种高贵的意义/ 万物在众人的慧眼中/ 都显出神的痕迹。”[③]在诗中，席勒明确指出18世纪的德国存在这样一种可悲的现状，“被剥夺了神性的大自然/屈从铁一般的规律”。[④]面对美好的世界已经不复存在的现实，席勒热切地希望，“大自然美好的盛世，重回到我们当中”。[⑤]在诗人看来，要重新恢复这美丽的世界，只能通过艺术。

狂飙突进运动戏剧家格尔斯腾贝格（Heinrich Wilhelm von Gerstenberg，1737—1835）是狂飙突进运动的先驱之一，他在戏剧理论中特别强调，“艺术不必与现成的规范相一致，而必须与自然相一

① 余匡复：《德国文学史》，上海：上海外语教育出版社，1991，第218页。
② 转引自范大灿：《德国文学史》（第2卷），南京：译林出版社，2006，第468页。
③ 转引自范大灿：《德国文学史》（第2卷），南京：译林出版社，2006，第320页。
④ 转引自范大灿：《德国文学史》（第2卷），南京：译林出版社，2006，第320页。
⑤ 转引自范大灿：《德国文学史》（第2卷），南京：译林出版社，2006，第320页。

致”。[①]格廷根林苑派（Der Göttinger Hain）诗人把克洛卜施托克对自然和友谊的向往作为自己的理想和追求，认为文明的发展导致了脱离自然，通过追溯文明以前的自然状态，可以恢复被文明破坏了的自然。他们努力的方向是把文学创作从人为制造的条条框框中解放出来，“让它回到自然状态”。[②]为了实现诗风向自然状态的转变，他们采用更多的是来自民间的诗体。赫尔蒂（Ludwig Heinrich Christoph Hölty，1748—1776）是其中最有才华的诗人，他的诗有的表示了对上帝的景仰之情，有的通过大自然的图像表达了他的思想。他“喜欢用大自然的图像表达他的思想，大自然对他来说不是观赏的对象，他不是描绘大自然，而是把它当作诗人自己情感的载体”。[③]

克劳狄乌斯（Mathias Claudius，1740—1815）是德国诗人、评论家，同时他还是一位与哥廷根林苑派诗人群体十分接近的诗人，他的诗语言朴素、情感真挚，以描写大自然见长，作为18世纪出色的抒情诗人，他至今仍活在德国人民心中。“他的诗有些如民歌一般流传于民间”，[④]对艾兴多夫的诗歌创作影响很大。荷尔德林（Johann Christian Friedrich Hölderlin，1770—1843）是德国诗人，古典浪漫派诗歌的先驱，他“通常以诗表达他对革命思想的狂热、对专制主义的批判”。[⑤]而且他还是个伟大的爱国抒情诗人，他痛感德国小市民的鼠目寸光和德国社会的堕落，主张人类、自然和上帝的和谐一致，认为只有在大自然中才能找到慰藉。在他看来，凡人的生活盲目痛苦，在违反自然的社会中生活实际上意味着死亡。受其影响的德国浪漫派诗人也真挚地热爱着大自然，对德国小市民给予了无情和辛辣的讽刺。

三、德国浪漫文学前的宗教观

文学史家认为，“至于德国文学受基督教的影响则并不是始于启

---

① 范大灿：《德国文学史》（第2卷），南京：译林出版社，2006，第257页。
② 范大灿：《德国文学史》（第2卷），南京：译林出版社，2006，第276-277页。
③ 范大灿：《德国文学史》（第2卷），南京：译林出版社，2006，第279页。
④ 余匡复：《德国文学史》，上海：上海外语教育出版社，1991，第167页。
⑤ 舒绍福：《在自由与保守之间——德国早期浪漫主义政治思想研究》，北京：国家行政学院出版社，2009，第15页。

蒙运动，自 8 世纪前后日耳曼民族信仰基督教之后，德国文学即受基督教极大的影响”。[①]德语文学在 9 世纪和 11 世纪中叶到 12 世纪都是宗教文学，12 世纪后的骑士诗人哈特曼（Hartmann von Aue，1165—1215）的代表作《可怜的亨利希》（Der arme Heinrich，1195）中，除了歌颂骑士的优秀品质外，“中世纪的基督教精神在这里表露无遗”。[②]历史上的宗教骑士团是出于宗教信仰去传播基督教，其成员必须严守基督教的教义和戒律，过修士般的生活，他们得远离奢华，安于贫困，“以便把心力集中在精神生活上，不让尘世生活污染心灵。而且他们必须勤奋工作，全心全意侍奉上帝”。[③]

人文主义时期的人们相信，无论是信仰世界还是现实世界都是上帝创造的，因而是不可违背的，做好自己的工作就是侍奉上帝，事关每个人灵魂的救赎。在路德的宗教理论中，心灵精神的作用远远大于行为，而加尔文教派极其重视行动，认为“个人只有通过自己的行动来验证自己的命运，所以人必须行动，否则就无法得知上帝给自己的安排”。[④]与新教徒相反，天主教徒重申艺术是表达宗教感受的手段。17 世纪德国诗论家奥皮茨（Martin Opitz，1597—1639）面对 16 世纪以前丰富的宗教文学以及几百年来受宗教影响的文学，得出了“诗（文学）从一开始就是隐匿的神学（Verborgene Theologie）”的结论。“宗教意识、教义、观念……宗教的所有内容和宗教所有的形式，包括宗教的虔诚、崇拜、激情、教会的语言、活动的模式……这一切至今还在影响着文学。”[⑤]

17 世纪最主要的文学体裁是流浪汉小说，其杰出代表作家是格里美尔豪森，代表作品为《冒险的西木卜里切斯木斯》。在这部长篇

① 余匡复：《德国文学史》（修订增补版，上卷），上海：上海外语教育出版社，2013，第 9 页。

② 余匡复：《德国文学史》（修订增补版，上卷），上海：上海外语教育出版社，2013，第 31 页。

③ 李伯杰等：《德国文化史》，北京：对外经济贸易大学出版社，2002，第 99-100 页。

④ 李伯杰等：《德国文化史》，北京：对外经济贸易大学出版社，2002，第 79 页。

⑤ 余匡复：《德国文学史》（修订增补版，上卷），上海：上海外语教育出版社，2013，第 10 页。

小说中，

> 主人公的精神发展是：从不懂宗教到最后皈依宗教和面向上帝，并在宗教追求中找到内心安慰。……作者认为世上能安慰自己心灵的唯有宗教，主人公的悲观与厌世情绪使他最后选择了隐士道路。……小说从西木过隐士生活开始，……最后西木到一个岛上去重新做隐士结束。宗教最后成为失望（甚至绝望）的西木的唯一安慰。……宗教不仅深刻地影响着文学，而且宗教在生活中给绝望的人以精神支持，让世上广大的痛苦的受难者看到未来的光明。[①]

从中可见，17 世纪的德国文学在文人创作方面比 16 世纪有了较大的发展，宗教文学（以诗歌为代表）尤其有较高成就。

启蒙时期的哲学家莱布尼茨的哲学思想中包含着浓厚的神性思想，他的哲学体系的重要内容之一是神正论（Theodizee）。受其影响，作家布洛克斯关于宗教的基本观点是，“世界上的一切都是完美的，而世界的完美证明上帝的最高理性存在。……人在尘世间的欢乐就是体验存在于每一件事物中的由上帝创造的完美”，“美与实用在他的诗里紧密地结合在一起，而这种结合正好证明上帝这个创世者的全善、全知和全能。每一首诗都是对上帝的颂扬，但颂扬又是基于对自然现象的基本规律的认识”。[②]

维兰德早年曾经对基督教的信仰达到了狂热的程度，创作了诗歌《一个基督教徒的感受》（Empfindungen eines Christen，1759）。盖勒特（Christian Fürchtegott Gellert，1715—1769）的作品交织着优雅的趣味、享乐哲学、理性主义、宗教虔诚、道德教育和感伤情绪。“他认为实践基督教的道德会产生人的最好幸福。从盖勒特的道德—宗教—幸福三者合一的见解中，我们既可看到几百年的基督教传播如何影响当时德

① 余匡复：《德国文学史》（修订增补版，上卷），上海：上海外语教育出版社，2013，第 59-62 页。

② 范大灿：《德国文学史》（第 2 卷），南京：译林出版社，2006，第 89-900 页。

国人的精神世界，又可看到这种精神影响如何通过文学家的实践，影响了德国文学的内容和形式。”[①]

克洛卜施托克的代表作《救世主》（Der Messias，1773）中上帝才是真正的主人，“耶稣的一切活动都是由上帝安排的”，“他所做的一切只不过是上帝意志的体现”。作品中的很多行动都是“神的活动”，“上帝是永恒的、无限的，‘神的活动’也是永恒的和无限的，它们都不受时空的制约”。[②]他创作的目标针对的是当时德国的现实：基督教在民众中的地位越来越低，人们的宗教情感越来越淡漠。他把对基督教的虔诚和对上帝及其圣子的敬仰与启蒙主义理想有机结合起来，宣扬了启蒙主义的观点，即“像神一样纯洁和高尚是人追求的理想”。[③]读者从他的诗歌中除了可以感受到大自然的壮美，还能够体验到创造大自然的上帝的伟大。

浪漫派作家都尊敬哲学家哈曼，因为他的“所有著述的出发点和归宿都是《圣经》和基督教的宗教信仰，他绝对相信‘三位一体’的上帝，坚信一切皆由上帝创造”。[④]他是个立场非常坚定的基督徒，确信只有基督教才能代表真理，甚至他的学术生涯也是从研究《圣经》开始的。他年轻时就研读《圣经》，尤其是《旧约》部分，通过日记记录了自己的大量感想，其具体成果是《苏格拉底值得缅怀的休闲汇集而成的书》（Sokratische Denkwürdigkeiten. Für die lange Welt des Publikums zusammengetragen von einem Liebhaber der langen Weile，1759）。在他的这部成名作里，“苏格拉底是个好逛市场的闲人”，“是个狂热的宗教使徒”，“哈曼笔下的这个苏格拉底更像是哈曼自己本人”。[⑤]

他认为，“只有上帝才会拥有真理”，“人的任务就是探究和掌握归上帝所有的真理”，“上帝一共‘写了’两本书，一本是自然，一本

① 余匡复：《德国文学史》（修订增补版，上卷），上海：上海外语教育出版社，2013，第96页。

② 范大灿：《德国文学史》（第2卷），南京：译林出版社，2006，第126-127页。

③ 范大灿：《德国文学史》（第2卷），南京：译林出版社，2006，第128-129页。

④ 范大灿：《德国文学史》（第2卷），南京：译林出版社，2006，第209页。

⑤ 范大灿：《德国文学史》（第2卷），南京：译林出版社，2006，第209-210页。

是历史。这两本书都是上帝的福音”。[①]在《语文学者的十字军东征》这本书里，他“认为一切阐释的出发点是上帝用以对凡人讲话的那些图像和语言。上帝对凡人讲话是以感性和经验为基础的，是充满感情的，同时这些讲话又是形象化的、象征性的、富有创造性的”。哈曼强调，人对上帝的回答也应该具有上帝对凡人讲话的那些特点，因此他推断出“诗是人类的母语”。哈曼相信，“人是作为上帝在尘世的模拟而由上帝创造出来的，他是上帝在尘世感性化的结果，因而人的激情是神的创造力的模拟，是人从上帝那里获得的天性”。“天才是上帝的代言人，是上帝的‘赠品’，是上帝的‘恩赐’。”[②]

另外，作为神学家的赫尔德从来没有否认上帝的存在，毕生信仰神的启示。在他看来，上帝“是一切力量的源泉，把一切联系在一起的核心”。“‘神’无处不在，自然和社会的一切都受‘神性’的支配，都是‘神性’的体现。”历史成为了“‘上帝’实现其意图的过程，人性或人道成了‘神性’的体现。赫尔德的所有思想都有‘上帝’的影子”。[③]而荷尔德林的诗体悲剧《恩佩多克勒斯之死》（Der Tod des Empedokles，1797）中，主人公的“政治宣传及建立一种更好的宗教的主张使他受到人民的信任”。[④]

---

① 范大灿：《德国文学史》（第2卷），南京：译林出版社，2006，第210页。

② 范大灿：《德国文学史》（第2卷），南京：译林出版社，2006，第211页。

③ 范大灿：《德国文学史》（第2卷），南京：译林出版社，2006，第231页。

④ 余匡复：《德国文学史》（修订增补版，上卷），上海：上海外语教育出版社，2013，第274页。

第三章　德国浪漫派的诗学理念

第一节　早期浪漫派的诗学理念

德国的浪漫主义思潮反映了人们对现实的不满和失望，因为启蒙运动提出的“理性王国”并没有出现。浪漫主义者普遍渴望的是理想化了的中世纪宁静，认为现实生活丑陋、不和谐、混乱和庸俗，所以他们反对现实、厌恶市侩并且厌恶功利主义观念。秉承前辈们的文化与哲学思想，浪漫主义者仔细观察社会，寻求解决各种社会问题的思路和方法。和哲学家主张以自我及精神为中心相适应，浪漫派作家提倡唯诗或唯艺术是尊。他们对于理性、精神等概念给予了空前的关注，强调作品应该与现实拉开距离，通过隐晦曲折的方式来表达对社会现实的要求。针对“世俗化不断地消解着基督教教义在人的精神生活中的指导作用，引起人的精神惶惑，启蒙运动动摇了原有的生活意义，而一种新的生活意义又不会自动出现”[1]的现实状况，浪漫派文学家把寻找新的人生以及生活意义作为自己的切身使命，他们期望寻觅到生命的意义，以此慰藉惶惑的心灵。通过不懈的努力，他们终于发现生活的意义就隐匿在诗中，诗化就成了他们的济世良方。

德国浪漫派追求精神自由，提倡行动，把艺术看成是高于一切的东西。主张用艺术来观察和解决人类的所有问题，用诗人的直觉看待人类生存的所有问题。他们重视对人类心灵的揭示，反对工业社会所

① 李伯杰等：《德国文化史》，北京：对外经济贸易大学出版社，2002，第 184 页。

引起的人的机械化，肯定人的主观情感和幻想世界的重要性。浪漫派作家“强调感情和内省，认为人只有在他的真正本性所在的内心深处的活动中才是自由的。他们注重幻想，并在自身的幻想世界里寻求心灵的避难所”。①浪漫派诗人和哲学家把宗教改革前的基督教欧洲看作统一的理想社会，“主张用基督教思想统一人的意识，进而统一整个世界。柏林浪漫派代表人物艾兴多夫就曾经指出，浪漫主义运动的基础便是宗教”。②作为“德国早期浪漫主义者最为卓越的人物之一”③的诺瓦利斯甚至在其代表作《基督教或欧罗巴》（Die Christenheit oder Europa，1826）中指出，天主教社会中才存在“永恒和平的美妙时刻”，“强调了中世纪社会的宗教性对浪漫主义者的吸引力”。④而且诺瓦利斯甚至“提出基督教应成为国家的基础，因为它曾带来和平统一的秩序”。⑤在他看来，世俗的生活和目标都是毫无意义的。

瓦肯罗德是“最早的浪漫文学家”，⑥他重视民间文艺的价值与优美，是重视德意志民间文学的先驱。他主张艺术与宗教的一体化，突出宗教的地位，强调宗教意识，“认为德意志中世纪的艺术之所以存在着价值是因为有上帝的作用。因此，宗教精神是中世纪艺术的灵魂所在。人们对待宗教必须像对待艺术一样充满崇敬之情”。⑦他相信“在这些中世纪艺术中蕴藏着人类的爱和宽容谅解精神，这种精神有时是在全能的造物主感召下产生的。作者认为中世纪艺术的价值就在于它

---

① 丁建弘、李霞：《普鲁士精神和文化》，上海：上海社会科学院出版社，2012，第240页。

② 丁建弘、李霞：《普鲁士精神和文化》，上海：上海社会科学院出版社，2012，第241页。艾兴多夫在柏林担任公职时曾参加由阿尔尼姆创建的基督教德国聚餐会，所以有的文学史家也称他为柏林浪漫派诗人。

③ 舒绍福：《在自由与保守之间——德国早期浪漫主义政治思想研究》，北京：国家行政学院出版社，2009，第12页。

④ 转引自丁建弘、李霞：《普鲁士精神和文化》，上海：上海社会科学院出版社，2012，第241页。

⑤ 转引自丁建弘、李霞：《普鲁士精神和文化》，上海：上海社会科学院出版社，2012，第245页。

⑥ 任卫东、刘慧儒、范大灿：《德国文学史》（第3卷），南京：译林出版社，2007，第67页。

⑦ 转引自丁建弘、李霞：《普鲁士精神和文化》，上海：上海社会科学院出版社，2012，第244页。

的宗教精神”。[1]

他与好友蒂克一起游历了中世纪名城纽伦堡等地方，“在这些南德天主教城市，特别是在丢勒和萨克斯生活工作过的地方”，他们“体会到了艺术中宗教的深度与神性的震撼力”。[2]瓦肯罗德作品中的主人公“对市民生活日益感到厌烦，因而沉湎于自己的艺术世界之中。处在现实社会和艺术乌托邦的夹缝中间，他深切感受到‘内心撕裂’（Innere Zerrissenheit）之痛”。[3]“瓦肯罗德敏锐地觉察到启蒙运动世俗化和功利化对艺术带来的危害，试图重新为艺术正名，恢复他原来的崇高地位。”[4]在他眼里，

> 艺术是神圣的，是人所能创造的最崇高、最重要的杰作。它超越世人的名利追求，给人以灵感与慰藉，是人的精神家园。具有神性的艺术与现实世界总是互相对立，甚至形同水火，用小说中的话来说就是：谁一旦尝到艺术的甘汁，就永远失去对实物的兴趣。反过来，谁若挣不脱现实功利的樊篱，便无法进入艺术的境界。[5]
>
> 艺术是灵动的，属于天的境界，意味着灵、诗、自由、激情、全身心投入；生活则是滞重的，属于地的境界，意味着肉、散文、秩序、责任、社会压力。地是凡人的居所，天是上帝的领域，所以，艺术虽然是人创造的，但其本源却来自上帝，是一种神迹。……通过艺术，人可以分享神性，接近上帝。艺术乃是为赞美上帝而修建的祭坛。[6]
>
> 艺术不是通过人的心智或研究得来的，它往往不期而然从内心深处喷涌出来。只有当人摈弃了世俗的杂念，排除了理智的干

① 余匡复：《德国文学史》（修订增补版，上卷），上海：上海外语教育出版社，2013，第236页。

② 任卫东、刘慧儒、范大灿：《德国文学史》（第3卷），南京：译林出版社，2007，第68页。

③ 任卫东、刘慧儒、范大灿：《德国文学史》（第3卷），南京：译林出版社，2007，第68页。

④ 任卫东、刘慧儒、范大灿：《德国文学史》（第3卷），南京：译林出版社，2007，第68页。

⑤ 任卫东、刘慧儒、范大灿：《德国文学史》（第3卷），南京：译林出版社，2007，第68页。

⑥ 任卫东、刘慧儒、范大灿：《德国文学史》（第3卷），南京：译林出版社，2007，第69页。

扰，倾听自己内心深处的声音，让灵感的火花点燃激情时，艺术才有可能。一颗不受主观意识左右，不为尘世喧嚣所动的心，才能接受艺术的天籁。艺术家是把神的力量传递到人世间的媒介。[①]

“瓦肯罗德对艺术像对宗教一样虔诚，因为他把艺术和宗教完全一致化了。”[②]在瓦肯罗德那里，自然是“上帝的语言”或“不明言的神谕”。[③]他认为，“小市民的平庸狭隘，宫廷的专横愚妄不仅占据了生活的全部空间，也剥夺了生活彼岸——艺术的一席之地。艺术不再能唤醒人内心的神性，把大家凝聚成一个精神共同体，反而使艺术家从社会中孤立出去，成为小市民鄙视和讪笑的对象”。[④]

蒂克在他的小说《弗兰茨·施特恩巴尔德的漫游》中曾经感叹道：“倘若人人都成为艺术家，或者理解了何谓艺术，就会变得幸福。如果他们能以这种方式摆脱生活中烦恼的羁绊，同时又不失自然的敏感性，就可以得到真正的自由和满足。”“艺术之所以会带来幸福，是因为艺术追求的是美，而美是无功利的，不以某种实在的利益为旨归。摆脱了功利的困扰，美就会使人的生活获得真正的意义。”瓦肯罗德也说过：“把艺术提升为宗教，把创作和欣赏艺术提升为祭祀上帝的礼拜仪式，道出了唯艺术是尊的实质。”[⑤]浪漫派诗人认为，精神才是真实的存在，现实不过是精神在实现自我的过程中的外在条件。因此，他们“向往一个更高的精神发展的阶段，渴望一个和谐理想的现实”，“在一个神性的光环日渐暗淡的时刻，浪漫派诗人希望艺术能够作为宗教的替代物而拯救世界”。[⑥]

蒂克是浪漫文学的先驱者之一，在《弗兰茨·施特恩巴尔德的漫

① 任卫东、刘慧儒、范大灿：《德国文学史》（第 3 卷），南京：译林出版社，2007，第 69-70 页。

② 余匡复：《德国文学史》（修订增补版，上卷），上海：上海外语教育出版社，2013，第 251 页。

③ 任卫东、刘慧儒、范大灿：《德国文学史》（第 3 卷），南京：译林出版社，2007，第 70 页。

④ 任卫东、刘慧儒、范大灿：《德国文学史》（第 3 卷），南京：译林出版社，2007，第 72 页。

⑤ 李伯杰等：《德国文化史》，北京：对外经济贸易大学出版社，2002，第 184-185 页。

⑥ 李伯杰等：《德国文化史》，北京：对外经济贸易大学出版社，2002，第 185 页。

游》中他认为，“真正的人生就是艺术”，成为艺术家需要保持“纯洁无邪”的天性，要克服“冰冷的理智”思维方式，其精神应该“没有受到功利思想和工具理性的熏染或扭曲”，他必须保持“人与自然原始的和谐”，与自然融为一体；而“林泉孤寂”是艺术童话《金发的埃克贝尔特》（Der blonde Eckbert，1797）的核心，它“象征人与自然未分离的原始境界，仿佛《圣经》里的乐园，自给自足，没有矛盾冲突”。此外，当世尘之人“启动有功利心的理智来筹划盘算时，就破坏了乐园里的原始和谐”。[①]1797年蒂克出版了《民间童话》（Volksmärchen，1797），在他的艺术童话中，蒂克也表达了对城市喧嚣的不满。他认为，所谓的尘世幸福最终将导致人自己的毁灭。

“德国早期浪漫主义的核心人物”[②]弗·施勒格尔在构建其诗学理论的过程中也曾经明确指出，

> 浪漫诗要为处于支离破碎世界的现代人恢复失去的整体世界，……诗不仅要观察世界、表现世界，也应该反思诗人的观察和表现，简言之，反省自我。……另外，浪漫诗不仅要表现社会，把众多社会现象加工为自己表现的内容，也要进入社会，影响社会，把社会诗意化。[③]

随着资本主义工业化的兴起，社会分工越来越细，职业的“片面和局限”导致了人的机械化。对浪漫派文学作家而言，包含着“广泛社会内容的广义的诗担负着凝聚社会的历史使命”，浪漫文学是一种新的文学，它要“把精神活动与自然调和统一起来”。[④]在弗·施勒格尔的小说《路琴德》（Lucinde，1799）中，女主人公路琴德

① 任卫东、刘慧儒、范大灿：《德国文学史》（第3卷），南京：译林出版社，2007，第76页。

② 舒绍福：《在自由与保守之间——德国早期浪漫主义政治思想研究》，北京国家行政学院出版社，2009，第12页。

③ 任卫东、刘慧儒、范大灿：《德国文学史》（第3卷），南京：译林出版社，2007，第89-91页。

④ 任卫东、刘慧儒、范大灿：《德国文学史》（第3卷），南京：译林出版社，2007，第90页。

是和谐的整体世界的化身。她代表的整体既是未曾分裂的原始理想状态，也是分裂后的重新统一，既是自然，也是艺术。自然意味着童贞、生命力、安全感、故园；艺术使人联想到升华、拯救、回归。

自从与路琴德相爱后，本来漂浮不定、摇摆在渴求和绝望之间的尤利乌斯找到了生命的中心，他分裂的灵与肉在爱情中终于合一。他感知到了充满灵性的世界的整体性和不朽。路琴德的出现，使他内心"有了光"，这光照亮了他生命和身体的一切，解开了自己生命之谜。对男主人尤利乌斯来说，路琴德"就是拯救他的天使"。爱的体验使他成熟，……他的生活变成了艺术作品。[①]

可见在艺术的各种类型中，浪漫派作家对于诗，即文学给予了特殊的关注。弗·施勒格尔主张艺术要诗化生活，诺瓦利斯认为"诗创造人生，诗便是一切"。[②]因此，像许多德国浪漫派作家一样，诺瓦利斯也喜欢选择诗人、艺术家做小说的主人公。描写他们的成长过程，他们的漫游、追求和渴望。他们在其文学作品尤其是诗中探讨人的精神归宿，把"还乡"或"回家"作为主要的诉求。艾兴多夫就在其中篇小说《一个无用人的生涯》中，叙述了一个热爱艺术的人的漫游经历，他天性单纯，热爱音乐，厌弃一般的谋生手艺，他游历了许多地方，最终回到故乡，找到了他所希望的幸福。诗人在这篇小说中倾注了比较强的现实感，"劝诫人们不要出于功利的目的而背弃自然，为了物质的利益而把自然当作攫取的对象"。[③]

对浪漫文学而言，艺术具有崇高的地位，这一点德国早期浪漫主义自然哲学家谢林和"现代自由神学之父"[④]施莱尔马赫都曾有所论述。"无论是费希特的知识学，谢林的艺术哲学，还是施莱尔马赫的神

① 任卫东、刘慧儒、范大灿：《德国文学史》（第 3 卷），南京：译林出版社，2007，第 90 页。

② 余匡复：《德国文学史》，上海：上海外语教育出版社，1991，第 253 页。

③ 李伯杰等：《德国文化史》，北京：对外经济贸易大学出版社，2002，第 188 页。

④ 舒绍福：《在自由与保守之间——德国早期浪漫主义政治思想研究》，北京：国家行政学院出版社，2009，第 15 页。

学，艺术都占有重要位置。”在瓦肯罗德，弗·施勒格尔、诺瓦利斯以及蒂克的作品中，

> 艺术甚至带有神圣的光环。艺术的重要性建立在它与自然的关系上。诺瓦利斯把艺术称为开启自然秘密的钥匙。……谢林认为，自然和艺术都是自由的、无规定性的，从某种意义上看是一致的。所以他把自然也视为艺术。……正因为自然与艺术本质上相通，艺术才可以在更深层次上重构已经失去的自然的整体。①

浪漫派文学作家强调，仅仅依靠理性建立起来的国家及其制度是冰冷的机器，而艺术可以引领人走出这一困境。“诗占有比哲学更为崇高的地位，作为‘人类导师’，它负有实现人类大同（Ewige Einheit）和普遍的精神自由与平等的重任。”②消除人与自然异化的弊端，找回自然中消逝的神性，弥合以科学技术为代表的工具理性对大自然的割裂以及结束现在社会的撕裂现象（Zerrissenheit），都必须依靠诗的强有力的作用。受当时德国社会功利化的影响，大自然被碎片化和原子化，“人与自然的纽带也就给切断了”。③“理性按自己的理想设计建立的社会形态，只考虑到人的理性，而不能满足有直觉、有感情、要幻想、有潜意识的全人的心理需要，成了外在于人类本性的强制性的机器。社会失去维系群体生活的凝聚力，分化离散，‘陷入私人生活的虚荣与麻木’。”④诗的主要作用就是“把由理性分裂的世界重新弥合统一起来”。⑤

“在浪漫文学作家看来，艺术不需要哲学指路，它自己就能够唤醒或培养人感知世界的器官，不仅如此，它还可以把人从物质或观念的桎梏中解放出来，还给人本来的自由。诺瓦利斯认为：‘真正的诗本

① 任卫东、刘慧儒、范大灿：《德国文学史》（第3卷），南京：译林出版社，2007，第39页。
② 任卫东、刘慧儒、范大灿：《德国文学史》（第3卷），南京：译林出版社，2007，第41页。
③ 任卫东、刘慧儒、范大灿：《德国文学史》（第3卷），南京：译林出版社，2007，第41页。
④ 任卫东、刘慧儒、范大灿：《德国文学史》（第3卷），南京：译林出版社，2007，第41页。
⑤ 任卫东、刘慧儒、范大灿：《德国文学史》（第3卷），南京：译林出版社，2007，第42页。

身兼具哲学、道德和宗教的属性'。"[①]德国浪漫派文学"强调艺术独立、创作自由、重视'全人'和'美育'以克服社会分工带来的人的异化，消除功利追求对人的心灵造成的负面影响"。[②]作家们希望以此拯救现实。另外，"浪漫文学作家把爱情提升到形而上学的高度，女性不再只是体现'和谐的自然'，也代表着一种精神境界，是男性的缪斯，亦即男性自我价值和自我实现的前提与保证"。[③]而在诺瓦利斯那里，"爱情具有哲学思辨的深度"，[④]"爱既是宇宙的法则，也是领悟这一法则的'道德器官'"。诗人"把培养'道德器官'视为未来'黄金时代'的先决条件"。[⑤]诺瓦利斯认为，"诗或者说创造的想象力才是使人的认识能力和实践能力合二为一的动力和保证"。"诗对诺瓦利斯来说是认识世界、把握世界的手段，更是诗人的使命，是他之所以生存的依据和意义。"[⑥]

由于拿破仑对德国的侵略，人们的民族意识普遍觉醒，他们关注德意志民族的文化遗产，把民歌、民谣、童话和民间传说视为德意志民族文化特质的载体。哲学家费希特认为，"美的艺术引导人深入自身，并使它在那里感到如同回到家里"。[⑦]也就是说，凭借艺术，人们"可以把想象力创造世界的朦胧过程明朗化"，也就是说，艺术能使人们"重新认识有创造力的自我并真切地拥有自己创造的世界"。[⑧]总而言之，浪漫派文学典型的特征就是"唯诗是尊"。[⑨]

浪漫派作家诺瓦利斯认为，"他所处的时代欧洲四分五裂，战祸不断，这是因为知识与占有欲取代了过去的信仰与爱；要克服当今的

---

① 任卫东、刘慧儒、范大灿：《德国文学史》（第 3 卷），南京：译林出版社，2007，第 56 页。

② 任卫东、刘慧儒、范大灿：《德国文学史》（第 3 卷），南京：译林出版社，2007，第 58 页。

③ 任卫东、刘慧儒、范大灿：《德国文学史》（第 3 卷），南京：译林出版社，2007，第 66 页。

④ 任卫东、刘慧儒、范大灿：《德国文学史》（第 3 卷），南京：译林出版社，2007，第 98 页。

⑤ 任卫东、刘慧儒、范大灿：《德国文学史》（第 3 卷），南京：译林出版社，2007，第 100 页。

⑥ 任卫东、刘慧儒、范大灿：《德国文学史》（第 3 卷），南京：译林出版社，2007，第 101 页。

⑦ 转引自任卫东、刘慧儒、范大灿：《德国文学史》（第 3 卷），南京：译林出版社，2007，第 24 页。

⑧ 任卫东、刘慧儒、范大灿：《德国文学史》（第 3 卷），南京：译林出版社，2007，第 24 页。

⑨ 李伯杰等：《德国文化史》，北京：对外经济贸易大学出版社，2002，第 184 页。

乱世，就得找回失去的价值”。[①]这个时代是从旧时代向新时代过渡的转型期，当时

> 世俗化不断地消解着基督教教义在人的精神生活中的指导作用，引起人的精神的惶惑，启蒙运动动摇了原有的生活意义，而一种新的生活意义又不会自动出现，于是寻找一种新的意义（Sinn）就成了浪漫派一代人的任务。这批高度敏感的人寻寻觅觅，亟欲找到生活的意义，以慰藉惶惑的心灵。他们在诗（Poesie）当中找到了这个 Sinn，Poetisierung（诗化）就成了他们的救世的良方。[②]

对于诗人的主题，《海因利希·冯·奥弗特丁根》（Heinrich von Ofterdingen，1802）是最佳的阐释。这部小说是诺瓦利斯唯一的一部长篇小说，主人公是一位中世纪德国的诗人。作品中“观看和阅历对海因利希成为诗人并不重要，重要的是听。看只能局限于现时，听却能超越时空；看的对象只能是与主体分离的客体，听却是听者与所听的和谐共振”。[③]小说中的

> 讲述者的身份先含糊后具体，同行的商人都没姓没名而且一直以复数形式出现，遇到的骑士也是多人，但已用到了单数，最后，祖力玛不仅作为个体出现，还道出了自己的亲身遭遇。这些人的讲述，时间上由远而近，内容上由传奇到真实，总之越到后来越接近现实。这一推进暗示海因利希与歌（诗）的距离逐渐缩小。
>
> 开始时是商人旅伴讲述古希腊流传下来的歌手亚利安以歌声感动天地而逢凶化吉的传说，以及亚特兰蒂斯沉没前一位青年歌手和一位公主暗恋的曲折经历。他们讲的都是带有传奇色彩的

---

① 任卫东、刘慧儒、范大灿：《德国文学史》（第 3 卷），南京：译林出版社，2007，第 31 页。

② 李伯杰等：《德国文化史》，北京：对外经济贸易大学出版社，2002，第 184 页。

③ 任卫东、刘慧儒、范大灿：《德国文学史》（第 3 卷），南京：译林出版社，2007，第 112 页。

远古的故事，主题是歌声的魔力和它对心灵的震撼力。

接着海因利希在路上一前一后遇到一位矿工和一位隐者。这两个人对海因利希讲的，与诗的关系更进了一步。矿工富有人生智慧，他挖掘金子，却从不想去占有，只为了造福他人。矿工与诗人有点相似，他进入地下好比诗人进入人的内心深处，他们都不受表面虚像的迷惑，要去探索隐藏的秘密。矿工对海因利希讲的话，仿佛在他心中打开了一道“隐蔽的门”，让他领会到“大自然的深度”。隐士霍亨索伦则向海因利希揭示了历史的深度。他说，了解历史要深入到记忆的深处，认识到那些不为人知的关联，而不只是就事论事孤立地看待具体史实。正因为这样，写史的人必须也是诗人，因为只有诗人才懂得如何把发生的事件巧妙地串联起来。诗人与潜入地层寻找大自然宝藏的矿工一样，能撇开表层的史实，进入内在关联的深处，发现那些贯穿史实的神秘力量，从而揭示了历史的真实。[①]

对小说中的诗人而言，“爱情使他找到了自我，也找到了世界整体的意义，爱情把他带到了诗意的境界”。“玛蒂尔德身上体现着美、和谐和爱的激情，……对海因利希来说，她是诗的化身，表达的是一种理念或者‘原始形象’（Urbild）。”[②]在小说克林索尔所叙述的童话中，“代表诗和爱的‘寓言’跟爱神兄妹联手平息了理性书记员的谋乱”。[③]就此弗·施勒格尔曾经说：“诗能治疗理性出击的伤口。”[④]“爱与诗使自然与人类和谐统一。在尘世实现了童话故事中的黄金时代，现实世界也就完成了向童话的过渡。……诗与自然融为一体，世界实现了‘诗化’。”[⑤]

---

① 任卫东、刘慧儒、范大灿：《德国文学史》（第 3 卷），南京：译林出版社，2007，第 112-113 页。

② 任卫东、刘慧儒、范大灿：《德国文学史》（第 3 卷），南京：译林出版社，2007，第 113 页。

③ 任卫东、刘慧儒、范大灿：《德国文学史》（第 3 卷），南京：译林出版社，2007，第 114 页。

④ 转引自任卫东、刘慧儒、范大灿：《德国文学史》（第 3 卷），南京：译林出版社，2007，第 114 页。

⑤ 任卫东、刘慧儒、范大灿：《德国文学史》（第 3 卷），南京：译林出版社，2007，第 114 页。

德国浪漫派作家都比较注重描写自然的美丽以及美丽的大自然给予主人公的强烈印象。通过大自然的美衬托现实的丑，把大自然作为自己精神上的寄托。[①]从18世纪开始，在新兴的现代科学中自然“只是被割裂的研究对象，可通过分析、解剖、测量、计算来认知和把握”。自然被“分成不同的研究对象，科学被分成不同的知识领域”。伴随着“知识的急剧膨胀”，自然科学的分析方法和机械观成为公认的思想利器。在不同领域中求“分”的思维给德国带来了严重的后果：“整体世界遭到破坏，导致了人的异化和意义的失落。”[②]

“德国浪漫主义者通过写大自然的美以反衬现实的丑，把大自然当作自己精神上的寄托。……此外，浪漫主义者都对民间文学和民间题材表现出浓厚的兴趣。”[③]因此，他们醉心于整理民间文学如民间童话（格林兄弟）和民间故事（格勒斯），潜心收集民歌并且整理古代神话传说。此外，他们作品中的主人公往往爱好漫游，爱好大自然。他们的诗歌语言质朴，后期诗歌还具有民歌风格，对以后的德语诗歌产生了很大影响。其中瓦肯罗德特别强调“中古德国艺术和民间文艺的价值与优美”，他是“重视民间文学和面向中古德国文化的德国浪漫派主义的先驱”，“他把自然和艺术看作是两种充满了奇妙力量的语言”。[④]

在文学史研究者看来，“伽利略（Galileo Galilei，1564－1642）之后的现代自然科学以工具理性解读‘自然之书’，使自然失去魅力，……英国工业革命开始从自然中攫取能为我所用者，大规模征服自然，破坏自然，人们渐渐产生了一种至少在艺术上还原自然的心理需求”。[⑤]德国浪漫文学作家抨击的对象“主要是褊狭、固执、自命不凡而缺乏历史感和思想性的‘浅薄的启蒙主义’（seichte Aufklärung）”，其代表

---

① 余匡复：《德国文学史》（修订增补版，上卷），上海：上海外语教育出版社，2013，第235页。

② 任卫东、刘慧儒、范大灿：《德国文学史》（第3卷），南京：译林出版社，2007，第36-37页。

③ 余匡复：《德国文学史》，上海：上海外语教育出版社，1991，第248页。

④ 余匡复：《德国文学史》，上海：上海外语教育出版社，1991，第251页。

⑤ 任卫东、刘慧儒、范大灿：《德国文学史》（第3卷），南京：译林出版社，2007，第48页。

人物“把启蒙的理念庸俗化、教条化，将启蒙大旗作为讨伐异己的工具”，而“对‘浅薄的启蒙主义’的抨击与‘对市侩的批评’（Philisterkritik）可以说是同出一源”，“浪漫文学对理性独断主义和理性功利主义的批判旨在超越片面，他们不认同把工具理性作为万物的主宰”，他们始终对现实持“怀疑和批判”①的态度。其着眼点在于思想的平庸和浅薄。

在诺瓦利斯眼里，“要把自然从睡美人般的无知觉状态唤醒，让它恢复其本来面貌”，就得依靠艺术的力量，艺术是“诗的语言”。诗人不能只“局限于认识精神与自然的关系，它是要激活自然的灵性，开拓有诗意的世界”。②“要改变社会，改变自然，改变宇宙，但关键是改变人，让人认识到自身内在的秘密和诗的力量。”③“现代人忘记了自己的内心，疲于追逐外界事物，非但不能认识世界，反使世界物质化、对象化，把活生生的有机体肢解为可利用的材料。这种标榜文明和科学进步的做法实际上是野蛮，客观上使世界失去意义，主观上导致内心的粗鄙化。”诺瓦利斯关注的是“以诗的语言给自然之物注入精神”。他认为，活的知识“只有通过诗才能取得。在诗的媒介中，原来对象化的物质世界演变成精神与自然的交合”。④“诗是有魔力的。它能赋予凝结在物质世界中的精神以生命，从而恢复自然的本来面貌，实现精神与物质的统一”。⑤例如诺瓦利斯通过他的组诗《夜颂》（Hymnen an die Nacht，1800）表明，历史的衰落期“与科学理性兴起时人从自然整体中分离出来的现状十分相似。人以度量计算来割裂整体，也切断了自己回归自然‘家园之路’”。⑥

---

① 任卫东、刘慧儒、范大灿：《德国文学史》（第 3 卷），南京：译林出版社，2007，第 54-55 页。

② 任卫东、刘慧儒、范大灿：《德国文学史》（第 3 卷），南京：译林出版社，2007，第 103-104 页。

③ 任卫东、刘慧儒、范大灿：《德国文学史》（第 3 卷），南京：译林出版社，2007，第 104 页。

④ 任卫东、刘慧儒、范大灿：《德国文学史》（第 3 卷），南京：译林出版社，2007，第 105 页。

⑤ 任卫东、刘慧儒、范大灿：《德国文学史》（第 3 卷），南京：译林出版社，2007，第 106 页。

⑥ 任卫东、刘慧儒、范大灿：《德国文学史》（第 3 卷），南京：译林出版社，2007，第 109 页。

浪漫派作家认为中世纪应该包括 15 和 16 世纪，[①]那是民间文学盛行的时代。诺瓦利斯就非常向往中世纪，认为“那是一个幸福、美好的时代，整个时代中充满统一与和谐，人的完整性还未丧失，还没有像近代人那样必须忍受分裂的煎熬”。浪漫派相信，“中世纪是一个理想社会：那时，人人笃信宗教，教义指导着人们的生活；那时民风淳朴，秩序井然，世界是清晰、透明、单纯的，不像现代社会这样复杂、混沌、捉摸不透”。[②]而且“中世纪在德国和西方文化上还具有一个特殊功能，人们往往借中世纪来逃避现实的困扰，于是中世纪变成一个避难所。每当社会遭遇危机时，中世纪便出现在文学艺术中；每当人们感到恐惧，缺乏安全感的时候，就在精神上逃亡中世纪”。[③]“通过西方古典文化与基督教文化的结合，一种新的文化正在生成之中，日耳曼文化正在向德意志文化转变”。[④]

在诺瓦利斯看来，中世纪的欧洲“是一个统一的国家，基督教是大家共同的精神家园，人们虔敬乐业，互相友爱。伴随着宗教改革，人的主体意识和自私主义抬头，信仰与爱渐渐失落，统一而和谐的欧洲开始分化并陷入无休止的争斗”，[⑤]可以说“诺瓦利斯把基督教文化视为欧洲昔日一统天下的思想背景以及将来实现和平的灵感所在”。[⑥]他“把 13 世纪的中古德国描绘成诗一般的世界，牧歌田园式的理想世界，无冲突的世界”。[⑦]对此文学史家指出，诺瓦利斯的思想有其历史根源，因为“精心勾勒永久和平的康德就提出要建立一个把所有人永远统一起来的教会，施莱尔马赫同样在召唤普适的‘真正的教会’，……在他们之前，莱辛也已在憧憬‘新的永恒的福音时代’”。[⑧]在浪漫文学作家眼中，当时德国的现实是“传统崩坏、社会分化、国家解体、

① 陈恕林：《论德国浪漫派》，上海：上海社会科学院出版社，2016，第 237 页。

② 李伯杰等：《德国文化史》，北京：对外经济贸易大学出版社，2002，第 20–21 页。

③ 李伯杰等：《德国文化史》，北京：对外经济贸易大学出版社，2002，第 21 页。

④ 李伯杰等：《德国文化史》，北京：对外经济贸易大学出版社，2002，第 25 页。

⑤ 任卫东、刘慧儒、范大灿：《德国文学史》（第 3 卷），南京：译林出版社，2007，第 31 页。

⑥ 任卫东、刘慧儒、范大灿：《德国文学史》（第 3 卷），南京：译林出版社，2007，第 32 页。

⑦ 余匡复：《德国文学史》（修订增补版，上卷），上海：上海外语教育出版社，2013，第 240 页。

⑧ 任卫东、刘慧儒、范大灿：《德国文学史》（第 3 卷），南京：译林出版社，2007，第 32 页。

道德失去凝聚力、人心涣散”，“德国在政治上分化成不同的利益集团，彼此争斗；生活中人们失去群体的友爱，陷入孤独；道德上人们标榜异趣，各行其是……”。[①]

与整个文化的走向相一致，中世纪的欧洲文学，尤其是在早期，浸透了基督教的观念。中世纪的德国文化

> 最为突出的表征是基督教思想对其他精神领域的渗透和控制，所以欧洲的中世纪也被称为“信仰的时代”，信仰问题是关系到一人的灵魂是否能够得救的头等大事，而日耳曼人又被认为是特别富于宗教精神的民族，对于属灵的问题特别敏感，因而对于宗教问题特别狂热。[②]

中世纪的德国文化主要包括骑士文化，中世纪的德国文学重要的是宗教文学和骑士文学。骑士视勇敢、忠诚、荣誉、节制、慷慨和优雅的举止等为最高的德行，成为骑士意味着终生自愿为上帝和男女主人效劳，甘愿为一个理想化的目标而献身。[③]中世纪的戏剧出自罗马天主教的礼拜仪式，以人对神的敬畏作为其特征。

“人们的目光重新投向宗教就是为了找回或重构世界的意义。”费希特认为“具有理性尊严的人相信超感知的神性，并把自己的义务视为神性道德秩序的安排，是绝对必要的”。弗·施勒格尔则“多次提到要建立新的宗教，甚至把自己文学创作的目标定为‘踩着穆罕默德和路德的脚印’去‘写一部新的圣经’”。诺瓦利斯声称，“现在还没有宗教，必须为建造一个真正的宗教创造条件。把他自己雄心勃勃筹划撰写的《百科全书》比作《圣经》，扬言要推出‘《圣经》的理论’‘写《圣经》般经典的普适的方法’（Universalmethode des Biblisierens）”。“建立新宗教的设想隐含着对所现有基督教实践的批评。新的宗教要超越

① 任卫东、刘慧儒、范大灿：《德国文学史》（第 3 卷），南京：译林出版社，2007，第 35 页。
② 李伯杰等：《德国文化史》，北京：对外经济贸易大学出版社，2002，第 47 页。
③ 李伯杰等：《德国文化史》，北京：对外经济贸易大学出版社，2002，第 52 页。

灵肉对立，消除物质与精神、信仰与知识之间的鸿沟”。[①]

关于宗教问题，诺瓦利斯还曾经说过：“诚然基督教是历史的宗教，但它会过渡到道德的自然宗教、诗的艺术宗教或者神话。”[②]人应该把自己塑造成为一个“顺应内心的召唤，不受世俗功利干扰，最后实现艺术理想的诗人的典型”。[③]诺瓦利斯甚至在《基督教或欧罗巴》中指出，天主教社会中才存在“永恒和平的美妙时刻”，“强调了中世纪社会的宗教性对浪漫主义者的吸引力”。[④]而且诺瓦利斯“提出基督教应成为国家的基础，因为他曾带来和平统一的秩序”。[⑤]在他看来，世俗的生活和目标都是毫无意义的。

第二节　中期浪漫派的诗学理念

海德堡浪漫派的代表人物阿尔尼姆和布伦塔诺认为，诗人“有生活情趣，也有为‘伟大的业绩’作奉献的热情，他们用淳朴生动的诗的语言表现并丰富他们的生活。逝去的精神世界要成为现实的一面镜子”。[⑥]阿尔尼姆和布伦塔诺共同搜集民歌，编写了民歌集《男童的奇异号角》，他们希望通过复兴德意志民族文化从而恢复古老的德意志民族精神。这部民歌集得到了很多人的赞美，梅林在其《德国史》里肯定德国浪漫派的成绩时，首先提到的就是这本书，他认为浪漫派诗人打开了民间诗歌珍贵的宝库。海涅也说道，他对这本民歌集总是赞美不绝，它包含了德国人心灵最动人的精华，要了解德国人就要读这些

① 任卫东、刘慧儒、范大灿：《德国文学史》（第3卷），南京：译林出版社，2007，第43页。

② 任卫东、刘慧儒、范大灿：《德国文学史》（第3卷），南京：译林出版社，2007，第109页。

③ 任卫东、刘慧儒、范大灿：《德国文学史》（第3卷），南京：译林出版社，2007，第110页。

④ 转引自丁建弘、李霞：《普鲁士精神和文化》，上海：上海社会科学院出版社，2012，第241页。

⑤ 转引自丁建弘、李霞：《普鲁士精神和文化》，上海：上海社会科学院出版社，2012，第245页。

⑥ 任卫东、刘慧儒、范大灿：《德国文学史》（第3卷），南京：译林出版社，2007，第120页。

民歌。[①]而在布伦塔诺的诗歌里，人们经常听到他为宣传天主教呼喊的声音，他想在天主教中寻找内心的宁静。通过中篇小说《勇敢的卡斯帕尔和美丽的安奈尔》（Geschichte vom braven Kaspel und der schönen Annerl，1817），作者表明“真正的荣誉只能属于上帝”，他“认为人生最大的幸福不是活在人间，而是去彼岸”。[②]晚年的布伦塔诺潜心于宗教文学的创作，在创作中实践了早期浪漫派提出的宗教与艺术应该融为一体的诗学理念。

海德堡浪漫派另一位重要人物格勒斯的主要成就也是搜集中古民间故事及古代神话故事，他的代表作有两卷本的《德国民间故事书》（Die teutschen Volksbücher，1807）和《古代神话故事集》（Mythengeschichten der alten Welt，1810）。此外，格林兄弟（Jahob Grimn，1785—1863/Wilhelm Grimm，1786—1859）致力于收集“德国中古以来的德国民间童话和传说，使这些宝贵的民间财富能流传至今”，[③]他们共同的成果是《德国传说》（Deutsche Sagen，1816—1818）、《儿童与家庭童话集》（Kinder-und Hausmärchen，1812—1815）和《德国神话》（Deutsche Mythen，1835）。民间文学在艾兴多夫的作品中深深扎根，可以说离不开海德堡浪漫派的影响。

第三节　晚期浪漫派的诗学理念

柏林浪漫派作家沙米索（Adelbert von Chamisso，1781—1838）童话体中篇小说《彼得·施莱米尔的奇异故事》（Peter Schlemihls wundersarne Geschichte，1814）“讲述一个人如何通过对他的灵魂的爱

① 余匡复：《德国文学史》（修订增补版，上卷），上海：上海外语教育出版社，2013，第244页。

② 余匡复：《德国文学史》（修订增补版，上卷），上海：上海外语教育出版社，2013，第245页。

③ 余匡复：《德国文学史》，上海：上海外语教育出版社，1991，第266页。

而重新找回了自己。……人出卖影子，意味着人出于功利的目的而背弃自然，为了物质利益把自然当作攫取的对象”。[①] 小说揭露了当时德国社会中金钱有无上权威、占有金钱便是幸福的现实。他指出：“在资本主义兴起之际，金钱渗透到了生活的各个层面，不仅决定着人的地位、尊严和幸福，还把人的命运也玩弄于股掌之间。”[②]作者要表明的是，金钱并不能决定人是否幸福，在处处讲究金钱的社会里人与人之间没有真正的感情，人们只有通过去追求崇高的事业才可以摆脱这丑恶的现实和庸俗的小市民习气。主人公最终把研究大自然作为人生目标，因为自然给了他生活的力量。[③]

霍夫曼（Ernst Theodor Amadeus Hoffmann，1776—1822）是德国最有影响力的晚期浪漫派作家，他的《金罐——一篇新时代的童话》（Der Goldene Topf. Ein Märchen aus der neuen Zeit，1814）描绘主人公内心中儿童般纯真的诗一样的境界，凭借这种心灵他摆脱了日常生活中的庸俗追求，找到了诗一样的仙境。霍夫曼在这部现代童话中刻画了“两个世界的对立和冲突：在功利世界里人被名誉、地位、财富、权势等世俗价值所支配，只有在诗的世界才是自由的，才会得到真正的幸福”。他“通过许多细节描写，对现实世界里的庸俗、虚伪和丑恶进行了无情的嘲讽”。霍夫曼童话中的“水晶瓶用来暗喻狭隘的市民生活：人们要么囿于习俗陋规而毫无所知，要么忙于追逐功名利禄，眼光超不出水晶瓶的范围。而保管员奇妙的花园则是诗和想象的王国，代表着自由和纯美”。最终主人公“来到远离尘世的亚特兰蒂斯，那是一个万物处于和谐统一的诗意世界。金罐里生长的百合花保护着他们的幸福。百合花象征着对和谐自然的感知，爱情为安泽尔慕斯照亮了深藏在万物中的秘密，他成了诗人”。[④]这篇像童话一样的小说表明了霍夫曼对市侩庸俗追求的厌恶，他

① 李伯杰等：《德国文化史》，北京：对外经济贸易大学出版社，2002，第 188 页。

② 任卫东、刘慧儒、范大灿：《德国文学史》（第 3 卷），南京：译林出版社，2007，第 144 页。

③ 余匡复：《德国文学史》（修订增补版，上卷），上海：上海外语教育出版社，2013，第 260-261 页。

④ 任卫东、刘慧儒、范大灿：《德国文学史》（第 3 卷），南京：译林出版社，2007，第 136 页。

> 认为现实世界是庸俗的，人们在那里追求的不外是名誉、地位、金钱和权力，这是一个“有限”的世界，生活在这“有限”世界里的不过是些“庸俗人”，他们超脱不了“有限”的视野，在“有限”中自满自足。作者有创造出一个“无限”的世界，超尘世的世界，……诗的世界，只有“热情人”才能幻想出的世界。[①]

在诗的世界中，脱去了社会庸俗习气的人（艺术家、音乐家或诗人）可以追求到真正的爱情和幸福。此外，霍夫曼通过《雄猫穆尔的人生观，附音乐指挥约翰内斯·克莱斯勒传记断片》（Lebensansichten des Katers Murr nebst fragmentarischer Brographie des Kapellmeisters Johannes Kreislerin zufälligen Makulaturblätter，1820）“描写了艺术家与狭隘的社会的矛盾，抨击封建宫廷及德国的市侩习气，作者特别揭露贵族对艺术的敌视和对真正感情的摧残”，“在现实生活中真正的艺术和纯真的爱情都没有立足之地”。[②]小说中雄猫穆尔象征“世故、虚荣、自负，浑身透着市侩的肤浅和鄙俗”。[③]“作者以夸张的手法揶揄了启蒙运动认为世人可教的观念及古典与浪漫文学的美育思想，特别是对‘有修养的市民阶级’的鄙俗和虚伪进行了无情的嘲讽和挖苦。”[④]对雄猫穆尔来说，“艺术仅有实用价值”。其“半瓶醋的文学修养一方面是它卖弄和炫耀的资本，能赢来声誉和尊敬，另一方面可以用来掩饰、美化自己的丑行。也就是说，艺术可以给它带来物质利益，满足它的优越感。并为其自私行为提供依据和借口”。在雄猫穆尔那里，“艺术就是虚伪，它的形式与内容完全脱节。失去生活内涵的艺术徒具随意拼剪和挪用的外表形式，从而成了公猫生活游戏的理想道具。公猫庸俗浅薄却借助艺术故作深沉状，在它身上体现了虚伪市侩的生活哲学和处世态度”。[⑤]雄猫穆尔“是牺牲艺术，让艺术沦为功利

① 余匡复：《德国文学史》（修订增补版，上卷），上海：上海外语教育出版社，2013，第263页。

② 余匡复：《德国文学史》，上海：上海外语教育出版社，1991，第294页。

③ 任卫东、刘慧儒、范大灿：《德国文学史》（第3卷），南京：译林出版社，2007，第139页。

④ 任卫东、刘慧儒、范大灿：《德国文学史》（第3卷），南京：译林出版社，2007，第139页。

⑤ 任卫东、刘慧儒、范大灿：《德国文学史》（第3卷），南京：译林出版社，2007，第141页。

手段和维持社会假象的"，[①]在它眼里，文学艺术只是能为其"带来好处的工具"。[②]

而霍夫曼的第一部长篇小说《魔鬼的长生汤》（Die Elexiere des Teufels，Nachgelassene Papiere des Bruders Medardus，eines Capuziners，herausgegeben von dem Verfasser der Fantasiestücke in Callots Manier，1815—1816）刻画了主人公内心的分裂和城市的罪恶，表明了对现实生活的厌恶。在霍夫曼创作的作品里，艺术家和诗人的世界才是美好的，他以此来反衬现实中的丑恶，表达他对热情的诗歌世界的赞美和对冷酷的市侩社会的厌弃。霍夫曼在这部长篇小说中揭露了世俗社会中人的各种罪恶，告诉人们只有通过修行，远离尘世，人才能得到解脱，寻找到纯洁宁静的处所。在霍夫曼的笔下，现实世界和超尘世的世界虽然相互交织，但是彼此对立，不能调和，后者才是他眼中理想的美的象征。关于作品中的爱情，研究者认为，

> 霍夫曼笔下的爱情已完全不是诺瓦利斯等早期浪漫文学作家作品中的爱情了。这里的爱不再是整体的"一"的保障，即融入大我把握宇宙的根本条件，爱已分裂成凡圣两端。圣洁的爱使人升华，肉欲的爱则使人沉沦。同样，与爱情密不可分的艺术也不再负有调和灵肉、超拔人类的使命，它表现的是个人的内心分裂。[③]

富凯是一个颇有影响的浪漫派骑士文学作家，他至今还没有被人遗忘，主要是因为其童话体小说《温蒂娜》（Undine，1811）。富凯认为"自然是美丽的、无邪的"，"人间有着精神痛苦，有了灵魂也必然有烦恼，不如化身自然，倒落得无忧无虑"。[④]缪勒（Wilhelm Müller，

---

① 任卫东、刘慧儒、范大灿：《德国文学史》（第3卷），南京：译林出版社，2007，第142页。

② 任卫东、刘慧儒、范大灿：《德国文学史》（第3卷），南京：译林出版社，2007，第140页。

③ 任卫东、刘慧儒、范大灿：《德国文学史》（第3卷），南京：译林出版社，2007，第138-139页。

④ 余匡复：《德国文学史》（修订增补版，上卷），上海：上海外语教育出版社，2013，第264页。

1794—1827）是一位抒情诗人，他的诗歌语言简朴得就如民歌。乌兰德（Ludwig Uhland，1787—1862）是一位出色的叙事诗人，但也写过不少优美的抒情诗，描写漫游的快乐和大自然的风光，他的诗歌显然受了《儿童的奇异号角》的影响。豪夫（Wilhelm Hauff，1802—1827）是一位很有才华的施瓦本浪漫派作家，他的作品常以犀利的笔调，揭露德国市民阶级的庸俗。

海涅（Heinrich Heine，1797—1856）是歌德之后享有世界声誉的德国诗人，他 1826 年发表的《哈尔茨山游记》（Die Harzreise，1824）“把对美丽的大自然的描写和对丑恶的德国现实的揭露交织在一起”，[①]刻画了市侩、自以为是、鼠目寸光、安于现状和奴颜婢膝的特点，指出德国社会是个道德沦丧、利欲嚣张的社会。他把嘲讽的矛头主要指向“庸俗的市侩和狭隘不觉醒的德国市民阶层，……这部游记是描绘 19 世纪 20 年代德国现实的一幅生动图画”。[②]总而言之，后期浪漫派作家的作品或者揭示世俗社会中人的种种罪恶以及社会的不平等和人民所遭受的生活苦难，或者表现社会中金钱统治的罪恶，告诉人们金钱并不能决定一个人是否幸福，反对拜金主义，具备一定的现实主义成分。艾兴多夫作品中同样蕴含现实主义因素，可以说与后期浪漫派的影响不无关系。

---

① 余匡复：《德国文学史》，上海：上海外语教育出版社，1991，第 315 页。

② 余匡复：《德国文学史》，上海：上海外语教育出版社，1991，第 316 页。

第四章　民歌诗人

艺术和艺术家尤其是诗人，为浪漫派文学家创作中的重要主题之一，他们中的代表人物如诺瓦利斯、瓦肯罗德及蒂克等都认为，当时的艺术已经被世俗化和功利主义所损害，他们想重新对艺术加以澄清并恢复其固有的崇高地位。按照这些浪漫派先驱的理解，“艺术是神圣的，它可以帮助人类放弃对世俗生活中名誉和财富的追逐，摆脱小市民狭隘的生活圈子和浅薄见识的束缚；它可以让人更加贴近自然，遵从内心的召唤，使自然成为人类共同的精神家园”。[①]艺术家尤其是诗人可以日益接近高尚与神圣的人生目标，只有艺术和艺术家尤其是诗人才能拯救世界和救赎人类已经堕落的灵魂。在继承前辈思想的基础上，艾兴多夫形成了自己独特的关于诗人的见解，即只有真正的诗人才能承担拯救世界的使命。在艾兴多夫众多的叙事作品中，民歌诗人在诗人中占有重要的地位。

第一节　民歌诗人“无用人”

诗人的形象在艾兴多夫的作品中常常是一位快乐天真并且内心充满矛盾的漫游者，他渴望成为吟咏自然的民歌诗人，对周围小市民狭隘的思想观和实用的职业观不屑一顾。他向往无忧无虑的生活，对

① 任卫东、刘慧儒、范大灿：《德国文学史》（第3卷），南京：译林出版社，2007，第69-72页。

远方有着无法抑制的渴念。他是一个矛盾的个体，既心怀漫游的乐趣，又有着对故乡的思念；既有对自然的热爱，又有着道德上的责任感。在艾兴多夫心目中，中篇小说《一个无用人的生涯》中的“无用人”就是其典型的代表。

艾兴多夫是德国人心目中出色的浪漫抒情诗人，他的诗作大多描写大自然、森林、月色、爱情和漫游，同时也讴歌宗教，以此作为他作品的主题。他的作品文字浅显，风格纯朴明朗，情感真挚，内容常常歌颂大自然，赞美真挚的爱情，具有清新的民歌风味。艾兴多夫最出色、至今仍为德国人所喜爱的小说是《一个无用人的生涯》，主人公是一个不满周围现实环境，环境也不理解他的才能因而内心苦闷的人。他是一个很有才华的艺术家，但是他在重视金钱和地位的社会里被人们视作“废物”，受到世人的嘲笑，实际上他像自然一样纯朴可爱，有自己的理想和追求，体现了作者对现实社会的否定。[①]主人公“淳朴天真、热爱自然，对功利和物质不感兴趣”。“他拒绝做一个常人心目中有用的人，毫不在乎人间的物质享受和世俗价值，不愿意为过上富足安逸的生活而碌碌经营。所以他欢天喜地地投入大自然的怀抱，漫无目的，跟着自己的感觉远游。”[②]作为无用人，“他不认可社会角色分工的强制性和人们赖以生存的经济理性，不理会所谓人生忧患的大道理。他不像蜜蜂那样为生计经营忙碌，而更像一只自由飞翔的鸟儿，乘兴而飞，尽兴而止”。[③]

> 在这个孜孜为利，不重视艺术和才能而重视金钱，门第的社会里，他被人视为废物，于是他浪迹天涯，……在大自然里寻找满足与快乐。因此他叙述田野、花朵、月光、飞鸟、古堡、流泉和朴素的百姓时充满诗情画意，只有在大自然中他才感到自在。[④]

① 丁建弘、李霞：《普鲁士精神和文化》，上海：上海社会科学院出版社，2012，第248-250页。
② 任卫东、刘慧儒、范大灿：《德国文学史》（第3卷），南京：译林出版社，2007，第149页。
③ 任卫东、刘慧儒、范大灿：《德国文学史》（第3卷），南京：译林出版社，2007，第150页。
④ 余匡复：《德国文学史》，上海：上海外语教育出版社，1991，第273页。

主人公与现实格格不入，他就“如同大自然一样单纯、朴实、可爱，他就是作者所否定的市侩的一个对立面”。[①]主人公不满周围的环境并与其发生冲突，摆脱宫廷和市侩是他的憧憬。他在大自然里寻找满足与快乐，只有在大自然中他才感到自由，因而把在自然中的自我陶醉当作人生理想。小说一开始，主人公就通过歌唱表明了小市民和所谓的“无用人”之间的对立：

上帝眷顾之人，
将被遣入广阔的世界，
在山川、森林、河流及田野中，
上帝将展示其奇迹。
眷念家庭的懒汉，
朝霞也不能将他唤醒，
他们流连于摇篮间，
遍尝忧虑、重负与苦痛。[②]

从这首诗中可以看出，那些懒散地待在家里的人指的就是小市民，他们所关注的仅仅是日常生活的安定和富足，收获到的却是“忧虑、重负与苦痛”。而所谓的“无用人”才是“上帝眷顾之人”，只有他们才能徜徉于山川、森林、河流及田野等自然的美景当中，沐浴着朝霞，在广阔的世界之中遨游。他们歌咏美丽的自然，享受美好的生活，希望通过漫游去见识广大世界里的众多人物及事件。对艾兴多夫来说，在其所有的作品中，“诗人和漫游者是相近的”，[③]主人公的名字“无用人”就已经把他从“小市民的所有规章及准则中排除了

① 余匡复：《德国文学史》，上海：上海外语教育出版社，1991，第274页。

② Joseph von Eichendorff: Aus dem Leben eines Taugennichts. In: Mathias Jung und Bernhard Pöllmann (Hrsg.): Eichendorff. Ausgewählte Erzählungen. Dortmund: Hardenberg Kommunikation Verlags- und Mediengesellschaft, 1984, S.44. 文中引用都选自这部作品，因此后面仅标注页码。译文参见[德]歌德等：《德国古典中短篇小说选》，刘德中译，上海：上海译文出版社，1983。

③ Konrad Nassbächer: Nachwort. In: Joseph von Eichendorff: Aus dem Leben eines Taugenichts. Novelle. Stuttgart: Philip Reclam Verlag, 1982, S.109-112.

出来”。[①]

小说第一章对主人公和其父亲的描述就已经非常明显地展示出了这种差别。父亲磨坊的水车轮清晨早已发出嗡嗡声和沙沙声，歪戴睡帽的父亲从天亮起就在磨坊里工作，而这时主人公还在温暖的阳光下擦着惺忪的眼睛。父亲对他说：‘你这个没出息的人呀!你又在晒太阳，又在伸懒腰啦，把工作都推在我一个人身上。我不能在这儿养你了。春天到了，你到世界上去走走吧，自己去挣面包吃’”（43)。“无用人”欣然应允，因为他很愿意到外面的世界去寻找自己的幸福，而且在不久以前，他已经想到要出去旅行了。在离开村庄的时候，他的心情是逍遥自在、充满愉悦的，和他相比，他的老朋友和熟人只能和过去一样出去劳作、挖土和耕田。在他心中，他们都是些可怜的人，因为他们局限在自己平庸的生活圈子里，眼光狭隘，安于现状。他洋洋得意地向四面八方的人打招呼，觉得以后的生活仿佛都会是在过礼拜天；那些小市民们只知道为抚养子女挣得面包而忧愁苦恼和操心，他们才是真正无事可干的人。他不愿去适应小市民的生活方式，“他与小市民处于对立当中，因为他不能接受小市民们所持有的社会理念并与庸俗的小市民生活保持着距离”。[②]也正因为如此，当他在维也纳宫殿中看到一个长着非常长的钩鼻子、身体肥大并且衣着华丽的绅士时，他觉得这个人“就像只吹胀的吐绶鸡一样”。（45）他完全惊呆了，甚至因为惊吓而说不出话来。可是当宫殿里的园丁告诫他要节俭勤劳，不要到处游荡，不要从事不能挣钱的艺术和没有用的事情，这样将来也许还可以成为一个有用的人的时候，他对此不置可否，觉得自己待在这样的环境里就“像个翅膀浇了水的鸟一样”，（46）因为他更愿意在“极度幸福的慵懒中无忧无虑地过日子”。[③]

秉承上帝的旨意，“无用人”开始了他的漫游，一路上他尽情地唱道：

---

① Joseph Kunz: Höhepunkt und Krise der Spätromantik. Daumstadt: Wissenschaftliche Buchgesellschaft, 1980, S.101-102.

② Helmut Bernsmeier: Joseph von Eichendorff. Stuttgart: Philipp Reclam Verlag, 2000, S.81.

③ Helmut Bernsmeier: Joseph von Eichendorff. Stuttgart: Philipp Reclam Verlag, 2000, S.81.

我把一切托付给亲爱的上帝；
云雀、森林、田野、小溪和天地，
都要听他旨意，
我的事情也已由他妥善处理！（44）

自由自在、倾心于自然才是他向往的生活，才是他追求的生活目标。关于民歌，黑格尔曾经说道，“这种原始朴素性格赋予民歌以一种不假思索的新鲜风格和惊人的真实，往往产生极大的效果”，而“民族的各种特征主要表现在民间诗歌里”。[①]在漫游途中，“无用人”歌唱不停，引起了两位高贵女性的注意。歌声成为了他和奥蕾丽（民歌诗人理想的象征）初识的媒介，而且在她们面前，他为自己能唱更好听的歌而感到骄傲和自豪。况且在古代德国，歌手就是诗人的同义词。[②]花园里，人们也经常能听到他的歌声；夜色朦胧中他愉快地拉琴和唱歌，唱完他会唱的一切曲子，一直唱到外面的夜莺都醒了过来。他觉得小时候没有人唱歌给孩子们听，他们将来会成为什么样的人让他感到忧心忡忡。当绅士小姐们要求他在船上唱歌时，他以不会唱他们喜欢的曲子为由加以拒绝。“无用人”会唱的是什么歌呢？一个鼻子上架着眼镜的年轻绅士替他做出了回答：“在旷野和森林里由民众传唱的民歌，就像阿尔卑斯山上的一朵杜鹃花……这样的民歌就像民族的灵魂一样。”（49）由于出身普通大众，“无用人”所熟悉的歌儿都是来自民间，他从小就会吟唱，民歌才是他最喜爱的歌谣，因此他才不会唱宫廷的歌曲，从而去迎合贵族或小市民，更不会违心地去做自己不愿做的事情。谢林（Friedrich Wilhelm Joseph Schelling，1775—1854）认为，“几乎所有这些诗歌（指抒情诗歌）同社会的和民众的生活相关联”，[③]这样的歌谣和曲调清新自然、简朴、纯真，蕴含着真正的民族

① [德]黑格尔：《美学（第三卷下册）》，朱光潜译，北京：商务印书馆，1997，第202页。

② Vgl. Volkmar Stein: Die Dichtergestalten in Eichendorffs „Ahnung und Gegenwart“. Winterthur: Keller, 1964, S.106.

③ [德]弗·威·约·封·谢林：《艺术哲学》，魏庆征译，北京：中国社会出版社，1997，第314页。

精神，也正如艾兴多夫所言：“所有诗歌都源自传说，传说中有民族最具创造性的各种心灵力量，理智、幻想力和情感，传说就像大自然的产品，它不是虚构的，它是民族丰富经历的内在反映，人民大众的各种活动是其文字，他们诗意地想象着这些活动。”[①]

他离开束缚他心灵、爱情和自由的维也纳宫廷，在田野上拿出提琴又开怀唱出自己的心声。而当画家“基多”拨动琴弦，像树林里的鸟儿那样用清脆的声音开始唱歌时，“无用人”的内心也产生了强烈的共鸣，诗中所吟咏的“要是歌声也长有翅膀，那我一定尽情地歌唱！”（70）也正是“无用人”情感的表露。阿尔尼姆在民歌集《男童的神奇号角》的后记《论民歌》（Von Volkslied）中曾经写道，正是那些因为每天“饱食终日”而被“看作无用人遭到排斥的”才是特别有用之人，因为民歌的创作和传播首先得感谢他们。[②] 人只有怡情山水、陶冶于自然之中，才能唱出最美妙的歌。艾兴多夫本人也曾经说过，“大山与森林——就像花园，……是喜欢漫游的诗人想象力真正的故乡”。[③]因此，“无用人”深深认同这一点，“谁能够飞翔，就鼓起翅膀”（70）。尽管去往诗歌王国意大利的路途并不平坦，他甚至都不知道到意大利的路怎么走，但他依然恨不得飞到那个美丽的地方去。一路上他或者在“基多”先生的歌声中入睡，或者用自己兴高采烈的歌咏唤醒同行的旅伴。总而言之，歌声一直伴随着他。

在意大利，“无用人”虽然过着衣食无忧的日子，有时甚至可以快乐地拉提琴，可是他依然想念着自己的祖国和恋人。因此他唱起了漫游的学徒教会他的曲子：

谁要想出外旅行，

---

① Joseph von Eichendorff: Schriften zur Literatur. Werke. Band III. München: Winkler Verlag, 1976, S.560.

② Otto Eberhardt: Eichendorffs Taugenichts. Quellen und Bedeutungshinter- grund. Untersuchungen zum poetischen Verfahren Eichendorffs. Würzberg: Königshausen & Neumann, 2000, S.79.

③ Joseph von Eichendorff: Schriften zur Literatur. Werke. Band III. München: Winkler Verlag, 1976, S.47.

就得带上爱人，
要不别人欢欣，
陌生人则孤苦伶仃。
……
我登上远处最高的山顶，
问候你，
德意志，
出自衷心！（82）

这支由漫游的学徒教会他的曲子使他想到了故乡的磨坊、远在奥地利的恋人和古老迷人的祖国。歌曲来自民间，虽然曲调简朴、歌词通俗，却激起了“无用人”强烈的心灵共鸣，因为他来自社会底层，对民歌有着强烈的偏好，所以不论是在忧伤还是快乐的时候，他都会情不自禁地想起民歌，唱起民歌，陶醉和遨游于民歌的海洋之中。“无用人”始终把自己和诗歌紧密联系在一起，甚至把自己和它们看作是同一的东西。[①] 例如当他到达罗马，发现恋人奥蕾利所居住的房子已经紧锁之时，他便认为可以通过歌谣证明自己的身份：“她只是不知道我是谁，我想，于是我拿出一直带在身边的小提琴，在房间的过道上来来回回漫步，演奏和演唱《美丽的少女》这首歌谣，满怀喜悦地演奏了我所有的歌曲。”（88）在寻访到恋人的踪迹后，涌入他心灵的不只是恋人美丽的形象，还有那清纯的歌声：

如果我是一只小鸟，
我就知道歌儿该怎么唱，
如果我有一对翅膀，
我就知道应该飞向何方！（89）

① Vgl. Otto Eberhardt: Eichendorffs Taugenichts. Quellen und Bedeutungshint-ergrund. Untersuchungen zum poetischen Verfahren Eichendorffs. Würzberg: Königshausen & Neumann, 2000, S.80.

这首歌不仅说明了“无用人”对自由的渴望和向往，更表明了“无用人”未来应该成为何种类型的人的理想。从第一、二句可以看出来他的首要愿望就是成为歌者，而诗的第三、四句表现得更清楚，他想成为一个漫游的歌者。问题的关键是通过怎样的方式才能成为这样的民歌诗人，也就是怎样才能成为“一只小鸟”，怎样才能拥有“一对翅膀”。艾兴多夫说：“自然和爱情是民歌的主要内容，民歌之中的爱情是完全健康的，没有任何伤感的委黄病，并且大多情感强烈、活泼有趣、虔诚及忠诚。”[①]无用人代表着诗歌的一种基本形式，浪漫派作家要重新复活这种形式，而《男童的神奇号角》则记录了这种形式。而且无用人同时还代表着艾兴多夫自己根本的诗歌要求和创作方法，因为艾兴多夫始终钟情于具有民歌风格的抒情诗。艾兴多夫在其《德国诗意文学史》中就曾经说过，民歌完全是“音乐性的，由行吟诗人吟唱的。并且它神秘如音乐，只存在于歌谣中”。[②]

离开意大利回到奥地利时，“无用人”站在高山上快乐地唱起了颂扬奥地利的歌曲：

忠实的山岭严严地把关：
“谁在这寂静的早晨
从外国来路过这荒山？”
我望了山岭一眼，
心里乐得笑开怀，
我放声高喊
口令和暗号：
奥地利万岁！
这时大伙儿才把我认清，
小溪、小鸟和四周的树林

① Joseph von Eichendorff: Schriften zur Literatur. Werke. Band III. München: Winkler Verlag, 1976, S.647.

② Otto Eberhardt: Eichendorffs Taugenichts. Quellen und Bedeutungshinter-grund. Untersuchungen zum poetischen Verfahren Eichendorffs. Würzberg: Königshausen & Neumann, 2000 , S.80.

按照乡下的风俗向我致敬；
多瑙河来自深谷粼波闪闪，
斯特凡塔向下俯瞰，
看见了我非常快活，
此刻若不是它，马上也就会看见——
奥地利万岁！①

诗歌赞扬的主旨是奥地利的自然风光和人文景观，语言朴实，民歌风味浓郁。而且诗歌的内容也清楚地表明，经过意大利之行的体验和思索，“无用人”已经成熟，他要成为一个民歌诗人，因为那种“在民族内部已经觉醒的诗”获得突破并且取得真正人性后在民歌及民间传说中表现出来，民歌“常常来自人民，经常在民间传唱”，无论在何种情况下民歌都体现了“其所固有的创造性”。②另外，他在回维也纳的路上遇到了布拉格大学生，他们在多瑙河船上唱起一支新曲子，虽然“无用人”不会说拉丁语，但他每次还是快乐地附和他们唱最后一句，并且唱得最起劲。

回到维也纳宫廷以后，伯爵夫人的女儿弗洛丽娅（从前的画师“基多”先生）的歌声又一次使“无用人”陷入了古老而悠远的情思：

喧嚣欢乐的人群寂静，
大地好似进入了梦境，
只有丛树奇妙地沙沙作声，
仿佛在倾诉我久已忘怀的
古老的岁月和淡淡的哀情
此刻一阵微微的战栗，
蓦地袭上我的心灵。（112）

① 艾兴多夫：《没出息的人》，刘德中译。见富凯等著：《水妖》，袁志英、刘德中等译，上海：上海译文出版社，2010，第469-470页。

② Volkmar Stein: Die Dichtergestalten in Eichendorffs „Ahnung und Gegenwart“. Winterthur: Keller, 1964, S.26.

这首如民歌一般的歌谣对“无用人”来说又美妙又熟悉，好像他在梦里听见过似的。在“无用人”的梦境中常常出现吟唱的歌曲，可以说，歌谣即是他的梦想，它如一阵微微的战栗，时时侵袭着主人公的心灵。渴望成为漫游的民歌诗人，从而摆脱纷繁的世俗生活，回归古朴与宁静，此种情怀自始至终贯穿于全文当中。对“无用人”来说，“诗人属于自然的一部分，他的歌咏既不是经过计算的行为，也不是上帝灵感的无意识表达，而是生活的自然再现”。[①]

但在小说的描述中也可以看出，“无用人”有时也抱有融入小市民生活之中的欲望。刚刚漫游离开家乡没有多远，“无用人”就想起了他的村子、父亲和磨坊，想起了树荫下的池塘旁多么阴凉，而现在一切都离他那么的遥远。他心里升起了一种说不出的感觉，好像他必须回去一样。所以贝诺·封·维泽评价“无用人”时说道，艾兴多夫在他的小说中，试图把“诗意的世界和现实世界统一起来”。[②]漫游之初，“无用人”怀有十分强烈的“思乡”之情，而这里的“故乡”的生活环境实际就是他所厌恶的小市民生活圈子，现在他却依然眷恋着这种生活，这种想法尤其表现在他进入维也纳宫廷以后。首先，他从思想上愿意接受宫廷主人给他安排的小市民生活，如他在接受园丁助手的职务后说：

> 花园里的生活倒很惬意。我每天有足够的热腾腾的东西吃，挣的钱够我买酒，还有剩余。……我也喜欢那些楼阁、亭榭和美丽的路径。要是我能安静地在这儿散步，并且像每天到这儿来的绅士们和淑女们一样高谈阔论，那我就心满意足了。(46)

“无用人”对这样的生活是感到满意的，并且希望这种生活能够继续下去。接着，他又接受了主人安排的税务员职位。从此，和他父亲一样，他戴上了睡帽，穿上了睡衣，他在家乡时就希望有这些东西。

---

① Volkmar Stein: Die Dichtergestalten in Eichendorffs „Ahnung und Gegenwart“. Winterthur: Keller, 1964, S.20.

② Benno von Wiese: Novelle. Stuttgart: J.B. Metzlersche Verlagsbuchhandlung, 1963, S.54.

现在他整天坐在他房子前面的小板凳上，成为小市民生活中的一员。他觉得“睡衣很配我，而且一切都使我高兴。我就这样坐在那儿，左思右想，觉得一切开端都很困难，上等人的生活非常舒服”。（52）每天无事可做，看着爽快的白昼在自己面前缓慢地变黑和消逝，这样的生活使他感到快乐、向往。他庆幸自己能够有机会融入这样的生活之中。此时“无用人”已经接受了小市民的生活习惯，却又依然保持着与小市民的不同：

> 我把一切托付给亲爱的上帝；
> 云雀、森林、田野、小溪和天地，
> 都要听他旨意，
> 我的事情也要由他妥善处理。（44）

他不愿意和众人一样醉心于日常平凡普通的生活，而是把自己的生活和命运托付给上帝，托付给自然，任由上帝和自然决定自己的未来。“诗人与歌谣存在一种相互关系，诗人觉得歌谣呼唤着他。”[①]他认为自己的使命是四处逛逛，看看世界是什么样子。他非常赞同布拉格大学生号手所说的话：“让别人复习他们的功课吧。我们却要读上帝在外面给我们打开的巨大图画书！是的，先生们相信吧，我们会成为很有用的人……”（105-106）听了他们的谈话，“无用人”感到很快活，恨不得立即跟布拉格大学生们去读书，上帝展开的自然、朴素之书是这些“无用人”所钟爱的，因为“工作对他而言没有任何意义”，[②]尽管维也纳宫廷的小市民生活强烈诱惑着他，他甚至内心暗自决定，“从现在开始放弃所有的漫游，像其他人一样存钱，以便随着时间的流逝也能做出一点成绩出来。”（52）

而当他从意大利漫游归来再次到达维也纳城堡之时，他首先看到

① Theresia Sauter Bailliet: Die Frauen im Werk Eichendouffs. Verkörperungen heidnischen und christlichen Geistes. Bonn: Bouvier Verlag Herbert Grundmann, 1972, S.97.

② Joseph Kunz: Höhepunkt und Krise der Spätromantik. Darmstadt: Wissenschaftliche Buchgesellschaft, 1980, S.102.

的就是他以前做税务员时住过的房屋，并且喜悦顿时充溢在他心中。他跳窗而入，看到新来的税务员穿着他原来的睡衣时竟感到十分惊异。也许他还心存幻想，睡衣应该还为他保留着，他还会回来做税务员的，所以从小说当中可以看出，不论是别人称呼他还是他回答其他人的问题时，他都自觉不自觉地把自己的身份定位为税务员。这种心态在去意大利的路上表现得最明显，在农夫的园子里，面对农夫对他踩坏美丽的草地的质问，他愤怒地跳起来回答说："我做园丁的资格比你老多了，我还做过税吏。要是你真诚，你还得在我面前摘掉那肮脏的睡帽。我有一幢房子，还有一件带着黄色斑点的睡衣。"（62）通过这种方式他想强调自己曾经的地位，从而把自己和其他的小市民区别开来，殊不知实际已经把自己定位成为其中的一员。而艾兴多夫认为："谁若在幸福之中轻易忘记了民众的信仰，在痛苦中离开了民众，那么在最终的痛苦中他也将忘记上帝并且在幸福中迷失自己。"[①]

即便是在去诗歌王国意大利漫游的路上，当他遇到漂亮的姑娘有意和他共同生活时，他也曾有过放弃漫游而定居下来的念头。美丽的姑娘告诉他，作为乐师他可以挣很多钱，而且她父亲很有钱，也会拉提琴，他觉得美丽的姑娘对他显然已经暗怀依恋，"转瞬之间我就可以获得幸福……"（66）同时他还记起了门房的谆谆告诫，赶紧努力："抓住这个机会吧，税务员，抓住它吧！没有人因为早结婚而感到后悔，如果你的运气好，就把新娘娶来吧；你还是留在这儿吃个饱吧！"（66）他坐在石头上沉思，思考着人生的进与退。

而且在意大利山上城堡逗留时，"无用人"也表现出对小市民的生活情趣毫无抵抗力，他一下子就陶醉于葡萄酒的美味之中，躺在华丽的床上，觉得"躺在那儿就像在牛奶和蜂蜜里游泳似的"；（79）他认为，"我在这儿过的生活，是人们在世界上求之不得的"。（81）他不再像以前那样忘情于自然之中，流连于山水之间。因此，在回维也纳宫廷的船上，当神父评价未来的新郎在外国流浪，经常夜里出去闲逛，

---

① Joseph von Eichendorff: Schriften zur Literatur. Werke. Band III. München: Winkler Verlag, 1976, S.794.

白天在别人大门门洞前睡觉时，他极力地为自己辩解道："在意大利，他曾在古堡里过阔绰的生活；他只和伯爵夫人、有名的画家和宫女交际……"（109）"无用人"极力想证明，他在意大利过的是高贵人的生活，并不像神父所讲的那样闲散懒惰。

但一段时间之后，"无用人"渐渐摆脱了狭小的市民生活圈子，他漫游的历程同时也是他脱离这种生活的过程：首先，"无用人"在维也纳宫廷，因为爱情的烦恼以及与伯爵夫人、侍女和门房等对人的生存观念不同，他渐渐觉得"好像两条腿由于无聊的缘故渐渐变长了，至于被我盯了好几个钟头的鼻子，也以为没事干而长大了"。（54）"'现代'生活破坏友谊与爱情，危害未割裂的人的天性。"[①]他望着远去的邮车，迫切希望立即跟着它到遥远的世界去。其次，当他想亲手抓住自己的幸福时，却因为睡衣太长，他的脚给缠住了，摔倒在地。他想抓住小市民的"幸福生活"，可是事实上却不可能，他总是遇到各种各样意外的情况，他感觉好像他总是来迟了，而整个世界上也像没有人期待他似的，这样，旅行的念头又打动了他的心，他叫了起来："我必须离开这儿，到蔚蓝的天边去。"（59）蓝色是他的向往，远方才是他渴望的故乡，他不断启程开始漫游，并以此摆脱小市民庸俗习气的诱惑。与他相伴的只有小提琴，他认为"艺术能够唤醒人们内心当中圣洁的情感"。[②]漫游路上他不断歌唱自然美丽的风光和对充满爱的神性的向往，"诗歌赞颂和表现可见和不可见的世界，诗同时是对上帝的赞美以及向人类传播神圣使命的媒介"。[③]因为诗人的心地纯洁坦率，他能够看到真实、善良与美好的事物，他满怀爱心、感激和热情地歌咏与大自然中的一切。正如狄尔泰在评价诺瓦利斯时说的："自然看来只是精神的万有借喻，亦即精神的象征性图像。"[④]

① ［德］蒂克：《施特恩巴尔德的游历——蒂克小说选》，胡其鼎等译，上海：上海译文出版社，2010，第1页。

② Volkmar Stein: Die Dichtergestalten in Eichendorffs „Ahnung und Gegenwart". Winterthur: Keller, 1964, S.24.

③ Volkmar Stein: Die Dichtergestalten in Eichendorffs „Ahnung und Gegenwart". Winterthur: Keller, 1964, S.6.

④ 威廉·狄尔泰：《体验与诗——莱辛·歌德·诺瓦利斯·荷尔德林》，胡其鼎译，北京：生活·读书·新知三联书店，2003，第251页。

他漫游的动机不受外部因素的影响，而是他内心不断增长的对小市民生活的厌倦所致。即便他待在意大利的古堡里，享受着小市民酒足饭饱的生活时，他依然觉得古堡的园艺工作做得很不好，不符合他在故乡所想象中的意大利的景象。他觉得这个古堡非常奇怪，没有人想到要继续远行。随着时间的推移，他越来越感觉到“这样一天又一天地过去了，佳肴美酒终于使我感到沉闷。我的四肢因为没事做变得不灵活；由于懒散的缘故，我的身体简直要瓦解了”。（82）正是因为“对小市民的生活日益感到无聊，才使他逐渐与小市民拉开了距离”。[①]

在摆脱小市民生活的过程中，诗歌起了重要的作用，是“无用人”一生都在追求着的目标。因为“诗歌向人类道明真理，因此它是有益于人类的。它的意义不在于其自身当中，而存在于它对人类的影响之中”。[②]离开故乡时，他通过歌咏来表达对小市民生活的厌恶和把命运托付给上帝的信念；他以诗言志，表达他对奥蕾丽的思念和爱慕；当画师“基多”拨动琴弦像树林里的鸟儿那样用清脆的声音开始歌唱时，美妙的声音引起了“无用人”心弦的共鸣，歌中唱道：

只要第一道曙光，
射进大雾弥漫的静静的山岗，
森林和小丘立即发出声响：
谁能够飞翔，
就鼓起翅膀。
人们把小帽扔向苍穹，
热情奔放地欢叫：
要是歌声也长有翅膀，
那我一定尽情地歌唱。（70）

① Klaus Köhmke: Homo viator. Zu Eichendorffs Erzählung „Aus dem Leben eines Taugenichts“. In: Aurora 42, 1982, S.49.

② Volkmar Stein: Die Dichtergestalten in Eichendorffs „Ahnung und Gegenwart“. Winterthur: Keller, 1964, S.2.

正如歌中所唱，“无用人”外出漫游，鼓起了自己的翅膀，在广阔的天地间飞翔，他的歌声也好像插上了翅膀，在广阔的大自然里自由飞翔。他的内心也衷心希望借助自己的歌声能够摆脱日常生活的束缚。他渴望能够成为尽情歌唱的诗人，正如艾兴多夫在评论诗人吕克特时所说：“对浪漫派作家而言，自然只是充满渴念，象征性地解释了超验的事物，而在吕克特看来自然本身即是上帝和人类以及全部。”[①] 只有漫游和亲历自然，诗人才不会忘却他本来的使命。在蒂克的小说《施特恩巴尔德的游历》中，小说主人公对其师傅丢勒的评价就是，“他还从未思考过他的工作是否对人类有用处，而只听凭他的本能来左右自己”。[②]

在旅行的过程中，他想起了漫游的学徒教会他的德国民歌，邮车的号角好像从远处陪伴着他的歌声。歌曲不仅表达了他对故乡的思念，更表明了他渴望重新回到德意志民歌传统的愿望；在罗马寂静的广场中央的石头喷泉旁边，他再一次深情地歌唱：“如果我是一只小鸟，我就知道歌儿该怎么唱，如果我有一对翅膀，我就知道应该飞向何方！”（89）正如“无用人”在小说伊始充满自豪地向女伯爵所说的，他会唱许许多多美妙的歌谣，根据不同的场景他会演唱并且演奏这些曲调。奥托·埃伯哈特在评价这一段时写道：

> 在艾兴多夫看来，这种即兴的演唱和演奏——不管它的篇章和形式如何——都是民歌的建构特征。在《德国诗意文学史》中艾兴多夫认为，民歌和乐曲一样“完全是富于音乐性、自由的并且神秘的，其生命存在于歌谣中”。而且其中的一首歌谣被“无用人”明确界定为长期流传的民歌，他把这首歌称为“古老的歌谣”，他是“从漫游的手工匠那儿学来的”，有些歌谣则是他本人创作的。作品中“无用人”多次把自己比作小鸟，实质上在暗示

① Joseph von Eichendorff: Schriften zur Literatur. Werke. Band III. München: Winkler Verlag, 1976, S.901.

② [德]蒂克：《施特恩巴尔德的游历——蒂克小说选》，胡其鼎等译，上海：上海译文出版社，2010，第15页。

自己是一个诗人。因为像戈特弗里德·封·斯特拉斯堡，在《特里斯坦》中把宫廷抒情诗人称作夜莺一样，艾兴多夫晚期有时候就把诗人描述成“歌咏的小鸟”。①

“无用人”渴望成为小鸟，不仅能够自由飞翔，而且能够自由地歌唱，成为名副其实的诗人；徜徉在自然之中，感受世界的真谛。刚进入奥地利，“无用人”又唱起了奥地利的赞歌，美丽的自然、纯朴的民风，激起了主人公无限的诗情，回归自然、返璞归真乃是他诗歌的主题；无数的经历促使这种渴望在他心中静悄悄地壮大。艾兴多夫也持有同样的观点，即“民歌是大自然声音的直接体现，它不是关于理想，而必须针对所有的现实生活，它是非常形象化的”。②

小说中布拉格大学生们的歌声传到遥远的山里，漫游和小市民生活的对比在歌唱中不断得以展现：

所有的鸟儿飞向南方；
一群游者挥动帽儿，
快乐地踏着曙光。
这就是大学生们，
他们出城去了。
他们不停地奏着乐，
向同学们告别。
布拉格呀，
我们到远方去了，
祝愿那些坐在灶后面的人，
安宁地过日子！（110）

① Otto Eberhardt: Eichendorffs Taugenichts. Quellen und Bedeutungshinter- grund. Untersuchungen zum poetischen Verfahren Eichendorffs. Bonn: Königshausen & Neumann, 2000, S.79-80.

② Joseph von Eichendorff: Schriften zur Literatur. Werke. Band III. München: Winkler Verlag, 1976, S.648.

快乐的歌者与“幸福”地坐在灶后面过安宁日子的人代表着两种不同的生活方向，大学生们认为只有出去旅行，世界才会展现在人们面前；只有深入民间大众，生活的歌者即诗人才会快活。潜意识中想要成为民歌诗人的主人公尤其如此，因此当“无用人”听了布拉格大学生们的谈话后，他感到很快乐，“恨不得立即跟他们去读书。我简直百听不厌，因为我很喜欢跟有学问的人谈话，这样自己可以有所长进”。（106）只有深入生活，才能掌握真正的学问，才能真正有所长进。浪漫派的自然哲学使人、更准确地说使人的思想和自然和解，而创世之初它们则是统一的。①诗人应该是生活的歌者，民歌诗人更加应该深入民间，汲取创作的素材和养料。艾兴多夫本人也这样说过：“德国诗人的学校即是生活，他们的诗歌就是生活的喜悦与灵魂。主人公即是诗人本人，他们像唱歌那样轻松愉快地劳动，他们歌咏自己劳动的对象。”②

在维也纳城堡里，在爱人奥蕾丽的身旁，“无用人”再一次倾听了画师“基多”美妙而熟悉的曲子：

喧闹欢乐的人群寂静，
大地好似进入梦境，
只有丛树奇妙地沙沙作声，
仿佛在倾听我久已忘怀的、
古老的岁月和淡淡的哀情，
此刻一阵微微的战栗，
蓦地袭上我的心灵。（112）

他感觉仿佛在梦里听见过这首歌似的，袭上心灵并使人微微战栗的不仅是古老的岁月和淡淡的哀情，还有那沉睡在他心灵深处尚未开

① Vgl. Volkmar Stein: Die Dichtergestalten in Eichendorffs „Ahnung und Gegenwart“. Winterthur: Keller, 1964, S.6.

② Joseph von Eichendorff: Schriften zur Literatur. Werke. Band III. München: Winkler Verlag, 1976, S.550.

启的诗情。因为环境和生活经历的历练，思想的火花随时喷涌，随时可以构成那美妙的诗谣，而回归纯真的自然之中，成为民歌诗人，却是他不变的梦想。在埃贡·施瓦茨看来，“无用人”是个“性情中人”，他虽然不善于选择贴切的话语表达自己的情感，但擅长通过“琴声和歌声”表现自己。[①]诗是人们“内心的一种和谐的情绪，在这种情绪中一切都美化了，每一种事物找到了它应有的外观，一切都找到了合适的伴随物和环境”。[②]

梦系魂萦，终又促使他踏上重返诗人故乡意大利的旅途。不管是在家乡还是在维也纳的城堡中，抑或是在漫游的旅行途中，歌唱一直伴随着他，他的歌咏近似民歌因而更加接近普通大众；与布拉格大学生们和罗马的画家们相比，“无用人”的艺术气质更贴近生活，并且没有任何功利目的；这种歌咏乡土气息浓厚、纯朴原始，对他来说展现于艺术气质当中的是他生活的乐趣和心灵的纯净。尽管他在两个世界之间摇摆不定，有时不愿意适应小市民的生活原则，有时又不自觉地遵循着这些原则，但生命中他一直没有放弃成为一个诗人的理想，最终在奥蕾丽的帮助下成为了真正的民歌诗人。

第二节　民歌诗人克拉里内特

除了《一个无用人的生涯》中的“无用人”，还有《幸运骑士》中的克拉里内特是这类民歌诗人的又一代表。他曾经迷茫困惑，脱离了诗人的行列，陷入小市民的情感生活难以自拔，但最终他在邓克莉歌咏的帮助下摆脱了狭隘的小市民生活，重新投身到大自然的怀抱之中。

---

① Egon Schwarz: Der Erzähler Eichendorff. In: Ernst Ribbat (Hrsg.): Romantik. Ein literaturwissenschaftliches Studienbuch. Königsten / Ts.: Athenäum Verlag, 1979, S.164.

② 威廉·狄尔泰：《体验与诗——莱辛·歌德·诺瓦利斯·荷尔德林》，胡其鼎译，北京：生活·读书·新知三联书店，2003，第 267 页。

克拉里内特从一开始就表现得不同寻常，他偷偷地登上旅行的车辆，陶醉于日月星辰等自然景色之间；因过于兴奋被车内人发现后，为躲避车夫马鞭的教训，他跳车爬树逃生，率真活泼的性格跃然纸上。虽然别人把他当作另类，甚至因为恶作剧的小事追打他，但把他救出来的大学生苏彼乌斯却看到，克拉里内特是一个正直的人。他出身于磨坊工人家庭，自家的磨坊位于森林之中，几近倒塌，磨坊中的水轮已经破碎，屋顶布满裂缝，战火也时常逼近森林。在这样的环境里，林中寂寞时时与他相伴。在父母影响下，他从小就吟唱歌曲，享受着大自然中安谧祥和的生活。在和苏彼乌斯踏上寻找恋人的路途上，他依然不断寻找机会享受宁静与孤独，享受自然的美好壮丽，从中吸取诗歌创作的养料。在他的诗歌当中，歌咏自然、歌咏女性成为重要母题，正如苏彼乌斯所说："指点迷途之人走上正确的道路，这种行为乃是值得称颂的。"[①]说话时他神情庄重，因为他认为，"所有世俗的欢乐、威严及壮丽都将被黑夜所淹没，美妙的寂寞女王的国度并非存在于此岸。她爬上山坡、登上城墙，为警醒世人敲响钟声，可只有穷困的病人才能听见；没有人听塔楼大钟的嗡嗡声，也没有人听见时间的钟摆在寂静的城市中穿行"（276），因为世人都沉迷于俗务，他们听不见来自永恒的梦幻之国的呼唤，也感受不到来自天国的天籁之音。这种天籁之音只有诗人克拉里内特能够听到，而且他也确实在不知疲倦地仔细倾听着。

即使处于奥依弗罗西娜的诱惑当中，他仍然从民间传说故事中汲取素材，创作自己的罗累莱诗歌，"自然诗是这个时代最深的特征"。[②]迷惘之中，他以为和奥依弗罗西娜的婚姻就是人生最大的幸福，他们在一起每天所做的事情不过是吃喝玩乐，这样平庸的小市民生活终究不应当是诗人所向往的。随着时间的流逝，他觉得在奥依弗罗西娜城

---

① Joseph von Eichendorff: Der Glücksritter. In: Mathias Jung und Bernhard Pöllmann (Hrsg.): Eichendorff. Ausgewählte Erzählungen. Dortmund: Hardenberg Kommunikation Verlags- und Mediengesellschaft, 1984, S.75. 文中引用都选自这部作品，因此后面仅标注页码。

② 威廉·狄尔泰：《体验与诗——莱辛·歌德·诺瓦利斯·荷尔德林》，胡其鼎译，北京：生活·读书·新知三联书店，2003，第 282 页。

堡中的孔雀开的是同一张屏，鸟儿在同一棵树上唱的是同一首歌，一切都显得单调无聊，“他的四肢因为无所事事而咔嚓咔嚓地作响”（288），他极度痛苦地发出心底的呼唤：“不，没有什么比幸运更无聊！”（288）这种幸运不过是尘世社会中世俗之人转瞬即逝的追逐目标，它不可能成为永恒的存在，更不可能是诗人所渴慕的幸福。尤其是城堡周围的村庄因为三十年战争的破坏而废墟一片，况且并非所有人都愿意珍惜来之不易的和平，他们仍准备组织起来，通过战争来获取自己的荣誉和战利品。因此，诗人更应该担当起应负的责任，以诗歌为武器，促使普通大众思想的觉醒，以自身的力量保卫和平的果实。就连邓克莉的父亲，木偶戏演员伊·潘菲尔在看到他军队的同伴后也说道：“我们以自己的鲜血给那些懒惰的农民的田地施肥，而田野里却长满荒草，世界即将因为无聊而窒息死亡……”（293）蒂克通过他的小说也警告人们，“忠于神，恪守正直，你将会欢乐地过好这生活，在这生活中，总会有某些痛苦试图迷惑我们。……只要始终忠于真理，这是主要的事情。……你不可最终接受虚假的东西到你的心里，这种虚假的东西总在欺骗你，不知不觉地导致缺乏真正的虔诚”。[①]

艾兴多夫以为：“真理是一种活的真理，它只能来源于生活，通过生活而获得。渴望或爱才是所有更高知识以及所有神性认识的开端和根源，只有在追寻信仰和生活斗争中的毅力才能构成道路的中心，对人类来说目标永远充满希望。”[②]而且在自己身处困惑与迷惘之中，被黑夜的孤寂所笼罩时，萦绕在克拉里内特记忆中的依然是古老的民歌，他时常因想不起那民歌的曲调而倍感苦恼。因为受奥依弗罗西娜的诱惑，诗人克拉里内特忘记了从前所熟悉的歌曲的音调，百无聊赖之际，他透过窗台看到了仙女，这不是别人，正是来拯救他的邓克莉。她身材苗条，完全不同于奥依弗罗西娜，她的到来促使他终于记起了忘却的曲调。只有邓克莉才能使他重新回忆并寻找到曲调，从而回到

① ［德］蒂克：《施特恩巴尔德的游历——蒂克小说选》，胡其鼎等译，上海：上海译文出版社，2010，第 44 页。

② Joseph von Eichendorff: Schriften zur Literatur. Werke. Band III. München: Winkler Verlag, 1976, S.33.

诗人的道路上来，担当起应有的责任与使命，他终于完整地唱出了这首歌，而且他也听到了她的回应：

> 此刻你一定要当心！
> 我的心如此沉重，
> 谁若爱恋你，
> 谁就会巡视
> ……
> 我引领你走出这山谷。(296)

歌声如泣如诉，迫使他警醒。同时克拉里内特还懊恼自己荒废了从前十分挚爱的诗歌，觉得自己已经完全被小市民的生活所困，因此日常生活中尽管他想快步前行穿过花园，却不断被睡衣的皱褶所绊住，蚊子也时不时地来叮咬他，他已经不知道如何来拯救自己。他不断告诫自己，不能成为傻瓜或丑角，必须冲出城堡、村落、池塘、肥鲤鱼、仆人以及有华盖的床、摇篮的咕噜声等这种庸人市侩生活的束缚，他得听从外面簌簌作响的森林和凝视他的鹿的召唤，否则他将深陷险境，被充满荆棘和荨麻的灌木丛所包围。困惑中爱人邓克莉的歌声促使他醒悟，他扔掉睡衣（小市民身份的象征），穿上漫游的衣裳（诗人身份的象征），顿时倍感心情轻松，并且这时候森林里传来的歌声不断从山谷中升起，一直伴随他遨游，就如同格勒斯论述艾兴多夫时所说的："民间传说和民歌对他而言根本不是艺术的产物，而是自然的产物，其中或多或少可以清晰地听到史前时代原始启示的声音，最古老的民间故事书以模糊的象形文字叙说着永恒。"①

他离开城堡，穿过花园来到被月光照耀的荒僻的地方，而邓克莉的歌声也一直萦绕在他的耳畔：

① Vgl. Volkmar Stein: Die Dichtergestalten in Eichendorffs „Ahnung und Gegenwart". Winterthur: Keller, 1964, S.26.

我知道有个大花园，
那儿长满野花，
清晨天使在等候他，
高山上一切静寞，
其中间或有些尖角城堡，
鹿儿在房子四周吃草，
从远远的城墙上，
可以看到远方的大地。（297）

如果说自然是诗人的向往，那么它当然值得人们歌咏。“自然用它的音响以一种陌生的语言在说话”，[①]但诗人感觉得到这种话语的意义，而且他也喜欢这种话语和它离奇的声调。“自然是唯一的创新者，它把它的巨大宝藏授予各门手艺；我们始终只在模仿自然，我们的热情、我们的虚构、我们对新颖和杰出的追求，始终只像一个婴儿的视线，他的眼睛不放过他的母亲的每一个动作。”[②]诗人听到以及看到的自然的神秘声音和行为从更高意义上来说是现实的，因为自然不是沉默迟钝的，其中存在着和人内心所拥有的一样的力量，不是所有的人都听到它的声音，而诗人的使命就是向人们传达这种声音。[③]只有离开世俗的生活和诱惑，诗人才能进入民歌的园地，享受自然的寂寞，开阔自己的视野，接受天使的熏陶，以便重返尘世之间，履行自己的人生使命。艾兴多夫主张人应该通过自己的行动来改变世界，他引用哈曼的话说：“没有信仰的特种饮食和道德只不过是江湖庸医所开的处方，但信仰不是理性的作品，也不会屈服于理性的攻击，因此信仰的产生不是由于各种缘由，而是尝试和观看。”[④]也就是说，诗人不应

① [德]蒂克：《施特恩巴尔德的游历——蒂克小说选》，胡其鼎等译，上海：上海译文出版社，2010，第 78 页。

② [德]蒂克：《施特恩巴尔德的游历——蒂克小说选》，胡其鼎等译，上海：上海译文出版社，2010，第 90 页。

③ Vgl.Volkmar Stein: Die Dichtergestalten in Eichendorffs „Ahnung und Gegenwart“. Winterthur: Keller, 1964, S.9.

④ Joseph von Eichendorff: Schriften zur Literatur. Werke. Band III. München: Winkler Verlag, 1976, S.19-20.

该局限于狭隘封闭的生活圈子，而要以诗歌为武器，服务于崇高的目的，如同诺瓦利斯提出的诗人应该拯救世界。

从作品结尾来看，奥依弗洛西娜获取财富的手段是欺骗和偷窃，如果克拉里内特和她生活在一起，不啻完全背离了诗人的生活原则——即远离世俗生活的束缚，摆脱狭隘的小市民生活圈子的限制。在邓克莉歌曲的警告与救助中，通过生活的磨砺，克拉里内特终于明白了民间传说的真谛：诗人只有重新返回代表自然宁静的森林中去，从民间吸取诗歌的力量，那么一切的一切才会恢复到原来的状况。"诗人如果虔诚地走进自然，那么他就能够拯救自然。"[①]就像《一个无用人的生涯》中的诗人只有和代表民歌的女性相结合，才能找到所渴望的道路，所有的一切才会变得美好一样，民歌诗人才是艾兴多夫赋予救助这个世界的诗人。艾兴多夫认为，只有通过他们，诗"才被特别彻底地年轻化，获得了令人惊异的丰富的内容和形式，直至今天，诗人还在从中汲取着创作的养料"。[②]

第三节　艾兴多夫的自然观与民歌诗人

艾兴多夫是德国浪漫派著名诗人，他从小就对古希腊罗马经典名家的作品很感兴趣，毕生都在关注和研究当时的德意志文学，布雷斯劳中学时代就已经写作诗歌，1803 年发表了他所创作的第一首诗。中学求学期间，他经常步行去巴德劳斯施泰特参加各种文化活动，一方面去接受戏剧艺术的熏陶，一方面也是接受自然的洗礼。因此，在诗人的创作当中，作品中的主人公如"无用人"、克拉里内特等都是或者即将成为民歌诗人，他们通常只有在大自然的天空下才能感受到自由

① Theresia Sauter Bailliet: Die Frauen im Werk Eichendorffs: Verkörperungen heidnischen und christlichen Geistes. Bonn: Bouvier Verlag Herbert Grundmann, 1972, S.98.

② Joseph von Eichendorff: Schriften zur Literatur. Werke. Band III. München: Winkler Verlag, 1976, S.24.

自在。在哈雷大学求学时，艾兴多夫读到了浪漫派先驱诺瓦利斯和蒂克的作品，留下了深刻的印象，蒂克在他的作品《弗兰茨·施特恩巴尔德的漫游》中写道：

> “旅行”，他对自己说，“是个美好的状态，自然的这种自由，万物的这种活跃，纯净辽阔的天空，以及能够概括这一切、把这一切集合在一个思想里的人的精神——幸福啊，不久就要离开狭窄的家乡的人，要像雏鸟那样去一试羽翼，摇摇晃晃地在不熟悉的、更美的枝头上栖息。当自由的自然随处用大胆的言语对我们说话时，当自然的每一个音符撞击我们的心房，所有的感觉同时碰撞时，心中拓展开的是怎样的天地啊”。[①]

因此，蒂克看了艾兴多夫的小说后，写信给朋友如是说：“这位作家以及他的作品完全来自我的施特恩巴尔德。”[②]而艾兴多夫非常希望“以‘无用人’的眼光来看世界，以他的心情来改变世界，以诗来战胜现实生活”。[③]

在海德堡时期，艾兴多夫与浪漫派文学运动的联系日益紧密，诺瓦利斯对他的影响也日渐深入。按照诺瓦利斯的看法，现时代“退化”和“野蛮化”的主要原因，是割裂了人与自然的内在统一。这种割裂和分离是由于用过于冷静客观的理论认识代替了对自然的诗意“领悟”。他认为，人向自然复归，人同自然的内在融合，才是历史继续发展所要求的。人类历史的发展必然导致“理性王国”的崩溃和一个新的“黄金时代”的到来，新的“黄金时代”将恢复人与自然之间曾被摧毁的统一。通过与自然的密切交往，人又将会回到“黄金时代的极

---

① ［德］蒂克：《施特恩巴尔德的游历——蒂克小说选》，胡其鼎等译，上海：上海译文出版社，2010，第 20 页。

② Vgl. Haltwig Schultz: Joseph von Eichendorff. Eine Biographie. Frankfurt am Main und Leipzig: Insel Verlag, 2007, S.240.

③ Benno von Wiese: Die deutsche Novelle. Von Goethe bis Kafka. Interpretationen Band I. Düsseldorf: Pädagogischer Verlag Schwann-Bagel, 1982, S.81.

乐世界”，而诗人在向“黄金时代”的复归中应该起到重要的作用。[①]

有鉴于此，浪漫派文学要求摒弃“有用”的思维方式，提倡中世纪诗学的典范作用；它“拒绝理性的绝对化”，[②]主张对人的内心进行细致的观照。为此，渴念应该成为浪漫派文学的中心母题，并且渴念无法探究其根源，没有明确的目标方向，在现实中也不可能得到满足。而诺瓦利斯进一步认为，自然对他而言意味着全部，诗人可以探究自然并且能够感受自然对人类意味着什么。自然的灵魂对诗人来说并不陌生，在与自然的交往中诗人将找到永恒的幸福。此外，诗人还有能力认识人与自然的共性，因为自然以某种特殊的方式存在于人的内心之中。[③]在艾兴多夫看来，“自然及作为其思想表达的人性之美是神圣事物的象征”。[④]正因为如此，艾兴多夫在作品中经常以艺术家尤其是民歌诗人作为主人公，通过他们去发现自然、认识自然并且了解自然，从而实现人的美好理想。因此，洛塔尔·皮库利克认为，浪漫派作家所关注的并不只是个人的情感和救赎，而且有着更为高远的对社会、对人类的关怀。[⑤]

1807年，艾兴多夫在海德堡经格勒斯的推荐，结识了阿尔尼姆和布伦塔诺他们编辑出版的《男童的神奇号角》这本民歌风格的民歌集，在艾兴多夫各个时期的诗歌中都刻下了深深的烙印。艾兴多夫深受其作品中民歌风格的影响，日后经常以其中的母题和形象作为创作的源泉。此外，他们在海德堡主编的《隐士报》（Der Einsiedler），也对艾兴多夫的创作有很大的触动。阿尔尼姆和布伦塔诺要求人们重新反思中世纪，寻找未来德国摆脱过度启蒙的途径，以此复兴德国的民族文化和民族精神；同时他们还提倡抛弃尘世生活与欢乐，认为人生的最

① [俄]加比托娃：《德国浪漫哲学》，王念宁译，北京：中央编译出版社，2007，第188-191页。

② 刘润芳、罗宜家：《德国浪漫派与中国原生浪漫主义——德中诗歌的美学探索》，北京：中国社会科学出版社，2009，第20页。

③ [俄]加比托娃：《德国浪漫哲学》，王念宁译，北京：中央编译出版社，2007，第191页。

④ Helmut Bernsmeier: Joseph von Eichendorff. Stuttgart: Philipp Reclam Verlag, 2000, S.17-18.

⑤ Vgl. Lothar Pikulik: Frühromantik. Epoche-Werke-Wirkung. München: Verlag C. H. Beck, 2000, S.24.

大幸福存在于“彼岸”。所以艾兴多夫认为，“真正的浪漫派作家无疑是阿希姆·封·阿尔尼姆……因为他是浪漫派最纯洁、最健康的代表。……他的思想独立真实，这使他远远超出了他人”。[①]在此期间，阿尔尼姆撰写的《关于民歌》的论文对他触动很大，“无用人”的名字就来源于艾兴多夫读这篇文章的灵感。[②]阿尔尼姆在这篇文章当中探讨了民歌在现时代的意义，它如同谚语一样是人民生活的一部分，从中可以看出文化的发展状况。它是文化中的珍宝，赋予生活尊贵、奇特的形式。阿尔尼姆认为，民歌“来自永恒的天国，……它像天使驾着彩虹下凡，它可以调和日常生活的矛盾，消除世界的分裂”。[③]从此这种影响无时不在，民歌成为艾兴多夫最喜爱的诗的形式，自然则成为他作品中的诗人的向往，而民歌诗人则成为艾兴多夫倾心表现的重要诗人形象。而且“自然”还成为他抒情诗的重要母题，在作品中把诗人作为其创作的主人公，让他们在作品中不断哼唱民歌从而为诗人的创作奠定了坚实的基础。

此外，他还深受海德堡浪漫派的重要代表人物格勒斯的影响。艾兴多夫不仅常去听格勒斯在海德堡大学开设的讲座，而且还被他的论文《历史中的宗教》（Religion in der Geschichte）中主张通过基督教来超越古典时期的论断所吸引。1807 年，格勒斯出版了中世纪民间故事书、传奇以及传说集《德意志民间故事书》。格勒斯在这本书的序言中说道：“这些民间故事书将永恒持续下去，几百年后它们仍然拥有成千上万的读者，它们永远不会衰亡，……它们是文学的有机组成部分，生命的核心及内在基础。”[④]与阿尔尼姆、布伦塔诺及格林兄弟一样，格勒斯也试图用自己的方式在民间文学中追寻德意志民族文化的起

---

① Joseph von Eichendorff: Schriften zur Literatur. Werke. Band III. München: Winkler Verlag, 1976, S.34.

② Vgl. Hartwig Schultz: Joseph von Eichendorff. Eine Biographie. Frankfurt am Main und Leipzig: Insel Verlag, 2007, S.176.

③ Achim von Arnim: Von Volksliedern. In: Herbert Uelings (Hrsg.): Theorie der Romantik. Stuttgart: Philipp Reclam Verlag, 2000, S.155.

④ Joseph Görres: Die teutschen Volksbücher. Einleitung. In: Herbert Uelings (Hrsg.): Theorie der Romantik. Stuttgart: Philipp Reclam Verlag, 2000, S.171.

源。秉承这一思想，艾兴多夫也开始注意收集故乡上西里西亚的民间童话和传说，他的创作因此而带有明显的民歌和童话烙印。格勒斯认为“在当前可见的现象世界的背后存在着一个巨大的深不可测的过去世界，尽管它已然沉落并被掩埋于几个世纪的废墟当中，但它依然起着应有的作用。遥远的世纪通过神秘而又令人难以理解的民歌诉说出来，只有内在的感觉才能真正领会它”。[①]这种关于民歌的观点极大地震撼着艾兴多夫，以至于他认为，“世事中有沉睡的歌，经由诗人咒语的开启，它会开始吟唱。沉睡的歌是天国的语言，是事物内在的灵魂”。[②]而且格勒斯特别强调，“无限的事物虽然可用少数文字表达出来，但是这些神秘的文字所包含的意义却是隐藏着的，艺术作品表现的是隐秘和奇妙，它深藏于世界的内部，可以让人认识世界和生命的根源，而诗人则是了解世界、探寻其根源的主体”。[③]尽管时间流逝，社会历史发生着巨大的变化，但艾兴多夫却始终坚持着这些艺术创作的原则。格哈特·施耐德由此认为，“海德堡时期，民歌进入了艾兴多夫的视野，影响了他的创作思想，他不断从中汲取创作养分”。[④]

而且自然也是诗人艾兴多夫的最爱，在去往各地的旅行中，大自然一直伴随着他。也正因为如此，在旅行中所获取的关于大自然的印象在其后来的创作中都是反复吟咏的对象。不论作品中的诗人以何种身份出现，歌颂自然总是他们的本性。1832年，艾兴多夫针对民众要求出版自由、赋税公正、教育、福利以及犹太人和妇女平等的示威、游行创作了讽刺性文学作品《我也曾去阿卡狄亚》（Auch ich war in Arkadien，1834）。阿卡狄亚是艾兴多夫想象的宁静安逸的王国，它本是古希腊地名。相传此地风景优美，居民多以牧羊为主，风俗淳朴，

---

① Hans Jurg Lüthi: Dichtung und Dichter bei Joseph von Eichendorff. Bern [u.a.]: Francke, 1966, S.69.

② Hans Jurg Lüthi: Dichtung und Dichter bei Joseph von Eichendorff. Bern [u.a.]: Francke, 1966, S. 18.

③ Hans Jurg Lüthi: Dichtung und Dichter bei Joseph von Eichendorff. Bern [u.a.]: Francke, 1966, S. 70-71.

④ Gerhard Schneider: Studien zur deutschen Romantik. Leipzig: Koehler & Amelang, 1962, S.133.

在诗歌中常用来指乐土或世外桃源，而在艾兴多夫心中则是永恒的春天之所在。它不同于世俗之人所向往的地方或者所谓的“天堂”，这些对诗人来说都非常虚伪，因为他所追求的始终是忠诚和宁静。在浪漫派作家看来，“只有在亟待发现的黄金时代中才存在人们所渴望的原始的和浪漫的自由，才存在人与自然之间的和谐关系。由于社会的动荡和人性的缺失，自然与人是分裂的。由此造成人的异化和理想王国的失落”。[①]而艾兴多夫的创作正是为了寻找这失去的理想之国，只有诗人才能引领人们找到这纯真的国度。艾兴多夫认为，“在荒蛮的史前时代，浪漫派思想已经开始萌芽，通过多次十字军东征而被唤醒并变得富有生命力。第二次民族大迁徙，不是去加利福尼亚的金矿，而是去占领天堂。这一伟大的思想运动如涨潮一般受不可见的上天力量的控制，它本身就是浪漫化的世界事件”。[②]

德国的浪漫派文学运动时期是一个迷人的时代，因为这个时代的诗人唱响了在所有事物当中沉睡的奇异之歌，自然中的古老童话又在叙述着林中寂寞。从倒塌的城堡和远方的教堂传来钟声，树梢垂头簌簌低语，万物笼罩在广阔的寂静中，人们在灿烂的光茫中跪倒祈祷。就像古老的一代突然重新回忆起他们年轻的时代，这样的情景深深地震颤叩击着所有人的灵魂，在此情境下，谢林、施泰芬斯（Heinrich Steffens，1773—1845，挪威哲学家和物理学家，他的思想对早期浪漫派诗人影响很大）、诺瓦利斯、施勒格尔兄弟及蒂克开始了他们每日的工作。[③]浪漫派作家鄙弃当时的社会现实，厌恶市侩和功利主义观念，他们认为现实生活如此之丑，如此不和谐，如此混乱和庸俗，诗人应该通过描绘内在的心灵世界展现内心的追求和理想，只有诗才能唤起人的内心对“无限”的渴望，诗能够创造人生。同时，浪漫派作家还认识到，随着工业生产的不断发展，在促进社会进步的同时也导致了

① Viktor Zmegač (Hrsg.): Geschichte der deutschen Literatur vom 18. Jahrhundert bis zur Gegenwart. Band I / 2, 1700-1848. Frankfurt am Main: Athenäum Verlag, 1984, S.99.

② Joseph von Eichendorff：Schriften zur Literatur. Werke. Band III. München: Winkler Verlag, 1976, S.565.

③ Joseph von Eichendorff：Schriften zur Literatur. Werke. Band III. München: Winkler Verlag, 1976, S.24.

人的精神堕落。在这个庸俗的现实世界里，人们追求的不外乎是名誉、金钱、地位和权力，因此世界正面临崩溃的危险。在这样的现实中，诗人被人视为废物，于是他只能浪迹天涯，逃离世界，在大自然里寻找满足和快乐。研究者认为，艾兴多夫的小说《一个无用人的生涯》中的主人公"'无用人'的形象表明了诗人艾兴多夫以艺术家的'无为'对物欲和功利社会的反叛"。①他们与现实生活格格不入，因而把在自然中的自我陶醉当作人生理想，他们通过大自然的美以反衬现实的丑，把大自然作为精神上的寄托。"自然是世界的一种秩序和发展"，它的最内在的秘密是人的内心世界，只有诗能解开这个秘密。"傲慢的理智的统治必须加以克服。黄金时代重返，诗正准备解救世界；……智慧和爱即将统治世界"。②

艾兴多夫在论述歌德时也曾指出，"他（指歌德）是更高意义上的自然诗"，没有任何做作，在清晰、健康力量的驱动下快乐并且充满预感地向广阔美好的世界延伸，汲取琼浆玉液，表现自然中珍贵的一切；"立体的完善和感官的满足，和谐是它（指自然）的美，美即它的宗教，它无忧无虑变化增长成为最高事物的自然象征，对如此崇高的事物它羞怯地保持沉默"。自然的本质是神秘的，是对不可见的事物的隐秘追求，"如同自然通过象征的表达力确定了每日的工作一样"。③表现在艾兴多夫的作品中，就是不断让其主人公以民歌诗人的身份出现，通过他们诉说自己的理想，赋予他们拯救世界的崇高使命。这种观点不仅体现在他的诗歌创作当中，同时也表现在他的小说写作之中，《一个无用人的生涯》就是其中的典型代表。女主人公奥蕾丽出生于普通民众家庭，是主人公"无用人"心中的缪斯女神和偶像。

另外，艾兴多夫还注重描写大自然的美丽，以及这种美丽给予人们的强烈印象。谢林认为自然是一个与精神互补的概念，它们在本质

① 聂军：《译序》。见〔德〕曼弗雷德·弗兰克：《德国早期浪漫主义美学导论》，聂军等译，长春：吉林人民出版社，2006，第4页。

② 威廉·狄尔泰：《体验与诗——莱辛·歌德·诺瓦利斯·荷尔德林》，胡其鼎译，北京：生活·读书·新知三联书店，2003，第283-284页。

③ Joseph von Eichendorff: Schriften zur Literatur. Werke. Band III. München: Winkler Verlag, 1976, S. 21-23.

上是相通的。“自然是可见的精神，反之精神是不可见的自然。在我们自身的精神和自身之外的自然中存在着绝对同一性，这样就解决了自然为什么有精神的问题，而我们研究的最后目的就是这个自然的精神。”①自然与精神构成一个统一体，“自然本质上讲是精神不断前进的揭示和显现，宇宙万物因而无不充满灵性”。②因此，艾兴多夫尊重崇拜自然以及超自然的神秘力量，作为诗人的他视民间文学作品为自然的产物，十分珍视其中纯朴、清新的自然音调以及天真乐观、富于生趣的绮丽想象。诺瓦利斯说过：“甚至诗艺也曾是真正的自然之友的最爱的工具，自然之灵魂也以最亮丽的形象出现在诗里。当人们阅读和倾听真正的诗时，人们便感觉到一种内在的自然、理智在运动，并像自然那美妙的躯体般在自然之中同时又在其上漂浮着。”③在艾兴多夫眼里，诗、诗人和自然的关系紧密相连。艾兴多夫注重用自己的心灵去体验与感受自然，时时刻刻与自然保持着密切的接触，有意识地探寻自然的语言及其魅力。对他而言，自然本身就可以回答人类生存成长的许多问题。民歌诗人产生于自然当中，其天真的性格以及自然纯朴的歌唱深受诗人艾兴多夫喜爱与推崇，从而使他把自然的民歌诗人看成是拯救世界的诗人类型之一。

小说《预感和现实》中的主人公弗里德里希就认为真正的诗歌本来应该与簌簌作响的森林以及流水涔涔的河流以及生命中的伟大秘密融为一体，诗歌的作用在于使人精力充沛并且神清气爽。诗歌的内容应该与自然合二为一，通过自然的内容和形式消除人精神上和身体上的疲乏，从而起到真正的教育作用。不论是人类本身还是诗歌，只有摆脱了鄙陋庸俗的习气，返璞归真，回归自然，才会让人觉得更加美丽与纯真，因为“诗能够对一个民族甚或整个人类产生决定性的影

---

① 转引自刘润芳、罗宜家：《德国浪漫派与中国原生浪漫主义——德中浪漫诗歌的美学探索》，北京：中国社会科学出版社，2009，第45页。

② 杨武能：《三叶集——德语文学·文学翻译·比较文学》，成都：四川出版集团巴蜀书社，2005，第153页。

③ 诺瓦利斯：《塞斯的弟子们》，朱雁冰译。见刘小枫编：《大革命与诗化小说——诺瓦利斯选集卷二》，林克等译，北京：华夏出版社，2008，第7-8页。

响”。[1]可是他的劝告无人倾听，他的心意也无人理解。不止如此，他的女友罗莎越来越沉溺于虚假的社交生活。弗里德里希愈发相信，人们的生活越来越脱离自然，他在内心不禁感慨：“上帝呀，上帝，世间的一切为何都如此不同往昔!”[2]尤其是看到罗莎也被王子诱骗，更使他觉得时代如此紧迫，诗人如果不能迅速采取行动的话，一切都必将走向毁灭。面对如此困境，弗里德里希女扮男装的同伴艾尔文建议：“我们离开城市并且远离城市中的人吧，我带你去广阔的森林。”[3]艾尔文希望自己就是一只小鸟，能够回归到大自然的环抱之中，大自然才是诗人的天堂和乐园，人世间已不再有虔诚的钟声，信仰已经消亡，世界寂静无声，许多高贵的事物也已经毁灭。人类应该追求清新的空气和自由，在暴风雨中经受磨练，这样人的心灵才能日益广博舒畅。城市中的气氛使艾尔文感到压抑，从小就与大自然建立的亲密联系被城市中狭隘的生活所破坏，孤独与寂寞时时刻刻侵袭着她。尽管不乏良好的愿望，她依然学不会与城市交往的方式和方法，为此她唯有通过写作来排遣这种无聊与空虚。所以她书写的东西有对生命及周围环境的评价，蕴含对过去美好生活的回忆等，其中充满不安宁和神秘的因素。

要治疗如此深重的病痛，唯一的途径就是重新返回大自然，忘却世俗社会的烦恼与忧愁，艾尔文的变化也证实了这一点。当她知道雷奥恩廷邀请弗里德里希再次游览莱茵河时，艾尔文立即变得神采飞扬，很快便做好了出发的一切准备。大自然旖旎的风光令他们陶醉，生活于其中的人们憨厚质朴使她倍感温馨愉快。期间虽然也有外来的骚扰，但大自然的旖旎风光仍然使他们感觉乐趣无穷，尤其是暴风雨的袭击不仅洗刷着世界，也涤荡着人们的心灵。雨后的大自然更加使人心旷神怡，雷奥恩廷古老的法兰克歌谣更是令人入迷和陶醉。“人类的心灵

---

① Volkmar Stein: Die Dichtergestalten in Eichendorffs „Ahnung und Gegenwart“. Winterthur: Keller, 1964, S.114.

② Joseph von Eichendorff: Ahnung und Gegenwart. In: Regine Otto (Hrsg.): Joseph von Eichendorff. Gesammelte Werke. Band II. Berlin: Aufbau-Verlag, 1962, S.171.

③ Joseph von Eichendorff: Ahnung und Gegenwart. In: Regine Otto (Hrsg.): Joseph von Eichendorff. Gesammelte Werke. Band II. Berlin: Aufbau-Verlag, 1962, S.172.

和精神追求更丰富的营养，这种营养存在于鲜活的自然和人类社会之中，存在于真正的奋斗和战争中，存在于爱与和平当中。”[①]自然可以让“无用人”情感失意的感叹消失殆尽，可以洗涤《预感和现实》中的平民女孩被王子恣意欺骗所受的屈辱，可以促使艾尔文孤寂的心灵得到慰藉从而恢复平静。

艾兴多夫不仅在小说当中表现了对自然的热恋，在诗歌当中他也以行云流水般的笔触描述了自然对于浪漫派作家的召唤；他用清新纯真的诗化语言创造了一个又一个纯净悠远的艺术境界，对美和真的信念洋溢在字里行间，《月夜》这首诗就是其中的典范之作：

好似苍穹
安详地低吻着大地，
又如大地在花卉丛中
与天空梦幻幽会。

微风轻拂原野，
掀起一片轻轻的麦浪，
树林低声悄语，
夜空星光明亮。

思想张开了
飞翔的翅膀，
越过寂静的田野，
犹如飞回自己的故乡。[②]

---

① Volkmar Stein: Die Dichtergestalten in Eichendorffs „Ahnung und Gegen-Wart“. Winterthur: Keller, 1964, S.82.

② Joseph von Eichendorff: Gedichte. Herausgegeben von Peter Horst Neumann. Stuttgart: Philipp Reclam Verlag, 1997, S.83. 译文见［德］艾兴多夫：《艾兴多夫诗选》，曹乃云译，上海：上海文艺出版总社百家出版社，2006，第 130-131 页。

这首诗创作于1837年，是一首典型的浪漫主义抒情诗，诗歌充溢着对天地之间的和谐以及对自由的渴望。这种氛围表现出诗人对自然的渴念，体现了诺瓦利斯“世界必须浪漫化”的要求。①月夜代表着一种令人感动的氛围，它是人类的各种情愫的起因。它既可以给人以忧伤，又可以带给人无限的期待，是梦开始的地方，更是浪漫抒情的开始。并且诗中昏暗的夜晚被月光所照亮；一种自然现象，在诗人心中唤起的却是对梦想和自由的渴望。夜表示黑暗与不可见，与启蒙运动带给人类的光明形成对比；而月亮所发出的光芒，在一定程度上又缓和了黑夜所表示的否定的内涵意义，赋予其安全感、敏感性及想象的空间。

这首诗从一开始就创造了一种梦幻的境界和情调：月亮是天和地这对情人得以秘密幽会的媒介，地是有限的，代表哺育尘世一切的母亲；天是无限的，代表神圣的精神家园。它们本是对立的实体，此时这一对立却如人间的情侣一般在热烈地亲吻，这难道不正是象征着所有矛盾体的和谐统一吗？随着两者的结合，对立得以消除，大地因此被天空带入了梦境。对人类而言，花儿盛开表明它正处于四季交替中最美好的时段，是纯洁和自然的象征；而黑夜中光的闪烁无疑也令人更感浪漫。正因为如此，诗中的梦幻更具有诗意，其氛围也更加完美。诗的第二节中，天地再次同时出现在现实世界的意象之中，但视角已经发生了改变：风代表天空，田野代表大地。风掠过田野，麦穗因此而不断摇曳，森林也簌簌作响，自然中的一切都显得宁静、幸福与满足。“柔和”和“轻声”使得风的行动更加隐秘，只有有心的观察者才能感觉体会到。无形的“空气”和“风”与有形的“田野”“麦穗”及“森林”紧密联系，使抒情主人公的梦幻得以成为现实。最后一行诗紧扣标题，让自然呈现在这特殊的光芒之中，诗人被此美景陶醉，从而为下节再次转入梦一般的世界做了有力的铺垫。

第三节中，诗中的“我”形象地叙述着自然的美景对他思想与情

① Novalis: Die Welt muß romantisiert werden. In: Hans-Jürgen Schmidt (Hrsg.): Romantik I.Stuttgart: Philipp Reclam Verlag, 2000, S.57.

感的影响。他的灵魂因此摆脱了尘世的束缚，进入无限的超越俗世的天界，成为天地之间的纽带和叩开天国之门的钥匙，而那才是自由的所在、精神的家园，才是平和与宁静的港湾。随着他的心灵飞越大地飞向九天，天地之间的界限逐渐模糊并消失。诗人追求与向往的，正是如天空一样的温馨与永恒的家园以及人与自然的和谐统一。第一节和第三节中的“宁静”使诗的气氛更加庄重，从而突显出浪漫派诗人所向往的宁静的精神家园与喧嚣的世俗社会形成对比。整首诗歌构成了完整的循环之圈，诗人的思想之旅又回到梦起始的地方，“回家”与第一节中的“天空”形成照应。随着心灵飞越“寂静的大地”，超验的思想融入诗行之中，把人的存在从物质当中解放出来，进入神秘的境界。而诗人已向广袤的天空敞开自己，对他来说，天空意味着安全与自由、无限与完成、爱意与和谐、起点与终点。

诗歌第一节和第三节描绘的是梦幻，第二节描写现实，梦幻与现实的交替，让人意识到诗人所追寻的无限的世界与现存的有限世界之间的鸿沟，更加突出了诗人对人与自然和谐统一的心仪与向往。“天”与“地”因为“吻”而获得了生命，各种平常的自然现象也因此律动，诗人才能和它们亲密接触，超越现时之境，飞向非世俗的广阔天地。其中“夜”对于浪漫派作家来说则具有重要意义，不可见的本原的事物隐身其中；月亮的光明亦不同于白昼或阳光，它使事物以不同于往常的面貌呈现；无限的天空，有限的大地，各种景象无不使人陶醉而忘却时空，希望与神圣之物合二为一，遁入梦幻之境。梦是浪漫派情感世界的重要母题之一，这种思想源于对社会及生活当中已经日显陌生的人与人之间的关系的反抗，而“梦”则是浪漫派诗人的创作源泉。故此，艾兴多夫把对情感、家乡及和谐的渴念融入到了天与地和谐的美好的月夜中，尽管这种统一只存在于月夜的梦幻之中，却永远不会失去它富于无限想象的强大力量。

因此，受自然陶冶的民歌诗人对于人类所起的作用，远甚于单纯的音乐家和画家，因为他们改变的是人的思想和观念。就艾兴多夫来说，“民歌不是虚构的，而是全体民众欢乐和痛苦的再现，从此意义上看是民众在创作”。[①]按照哈特维希·舒尔茨的观点，艾兴多夫自1819年在普鲁士政府部门开始担任公职后，就经常处在“浪漫”诗意的诗人生活以及狭隘单调的小市民生活的矛盾之中，这种心绪在他的创作中也有所体现，小说《一个无用人的生涯》的“无用人”就常常处在两种生活观念的矛盾中。[②]所以，赫尔曼·科特认为，“无用人”是一个“站在门槛上的人”。[③]与梦想成为诗人、行动上却表现得犹豫不决的“无用人”相比，小说《幸运骑士》中的主人公克拉里内特在出外漫游时受到尘世的诱惑，在一段时间里放弃了诗人的生活。在诗神邓克莉的引领下，最终他迷途知返，重新回到了森林中。另外，克劳斯·克恩克说道，在创作《幸运骑士》的时候，艾兴多夫“高贵的诗人性格”正遭受巨大的现实压力，[④]艾兴多夫通过这部小说就是需要表明，诗人在现实生活中也将遭遇困惑，错误与迷途在所难免。诗人在这迷宫般混乱的世界中必须经受住危险和诱惑的考验，他只有凭借诗歌的力量才能回到诗意的自然世界中。

而和其他浪漫派诗人相比，艾兴多夫更钟情于自然。他几乎所有的诗和小说，都离不开自然。由于启蒙运动本身存在先天的不足以及由此带来种种社会弊病，[⑤]诗人艾兴多夫认为只有回归自然，人才能得到救赎。现代人已经与自然分裂，诗人渴望能重新回到人与自然的和谐及统一。艾兴多夫热爱自然，这就使他接近民歌，因为民歌具有自然、清新和晓畅的风格，更能体现诗人的个人气质。因此，“艾兴多

① Joseph von Eichendorff: Schriften zur Literatur. Werke. Band III. München: Winkler Verlag, 1976, S.606.

② Vgl. Hartwig Schultz: Joseph von Eichendorff. Eine Biographie. Frankfurt am Main und Leipzig: Insel Verlag, 2007, S.158-162.

③ Hermann Korte: Joseph von Eichendorff. Reinbek bei Hamburg: Rowohlt Taschenbuch Verlag, 2007, S.96.

④ 指“科隆骚乱”，天主教会和普鲁士王国之间的冲突，1837年11月20日，科隆大主教因此被逮捕。1838年格勒斯发表文章表示抗议，艾兴多夫供职的普鲁士王国政府文化部及艾兴多夫的儿子赫尔曼也卷入其中。参见 Klaus Köhnke: Hieroglyphenschrift. Untersuchungen zu Eichendorffs Erzählungen. Sigmaringen: Jan Thorbecke Verlag, 1986, S.176.

⑤ 刘聪：《通往“蓝花”深处——马克思与德国浪漫派研究》，北京：中央编译出版社，2013，第42-47页。

夫的诗，在诗体、语言、叙述模式等诸方面都受到民歌濡染，表现出一种民歌的神韵，但却比民歌更美、更艺术”。[①]而在他的小说中，民歌诗人像“漫游者快乐地走在山林田野，享受大自然的赐予，象征着自由，象征着人与自然和谐统一。同时他走向一个目的地，象征着追寻、象征着走向理想”。[②]所以蒂克说：“一个伟大的诗人就是一面最美的旗帜，大凡有智识的战士会集聚在这面大旗帜的周围。”[③]

① 刘润芳、罗宜家：《德国浪漫派与中国原生浪漫主义——德中诗歌的美学探索》，北京：中国社会科学出版社，2009，第 232 页。

② 刘润芳、罗宜家：《德国浪漫派与中国原生浪漫主义——德中诗歌的美学探索》，北京：中国社会科学出版社，2009，第 230 页。

③ 路·蒂克：《新民间诗》，李伯杰译。见孙凤城选编：《德国浪漫主义作品选》，北京：人民文学出版社，1997，第 416 页。

第五章　行吟诗人

在《一个无用人的生涯》和《幸运骑士》中，艾兴多夫勾勒出了能够引领人走出矛盾困境的第一类诗人形象，而在随后的小说创作当中，他又刻画了另外一类诗人，他们同样也是人类生存的引导者——行吟诗人。

第一节　隐士维利巴尔德

在艾兴多夫的作品中，另一种诗人形象是充满神秘隐士色彩的行吟诗人，他们像骑士一样游历四方，其中《雷声大雨点小》中的主人公维利巴尔德就属于他们当中的一员。

小说开篇所附录的莎士比亚戏剧《仲夏夜之梦》的有关段落表明，这部作品的主题是关于诗歌的，而且与神秘紧密关联，因为文中与“写作”紧密相关的核心词汇为“黑夜的面孔”。[①]黑夜是神秘的，这一点从早期浪漫派领军人物诺瓦利斯的诗歌《夜之颂》中就可以初见端倪。并且故事发生的地点是普布利库姆先生的花园，这个名字的德语意思是“观众”“听众”，也就是“写作”的受众。不同类型的诗人齐聚于此，其中有与小市民没有任何区别的诗人法贝尔，还有游走于小市民与悠然于世外桃源的漫游诗人之间的雷奥恩廷以及神秘的行吟诗人维

---

① Joseph von Eichendorff: Viel Lärm um nichts. In: Mathias Jung und Bernhard Pöllmann (Hrsg.): Eichendorff. Ausgewählte Erzählungen. Dortmund: Hardenberg Kommunikation Verlags- und Mediengesellschaft, 1984, S.119. 文中引用都选自这部作品，因此后面仅标注页码。

利巴尔德。

维利巴尔德在小说中的出场就充满了神秘色彩。他不像艾兴多夫其他小说的主人公一般在小说开始登场，而是出现在小说的后半部分。在情节的发展过程中大部分情况下他没有名字，“漫游人”成了他的代名词。他的身世及生命历程并非出现在小说情节的展开当中，而是展现在由他本人叙述的故事里面，这使他的经历更加蒙上了一层神秘的面纱。从性格上来说，维利巴尔德是一位少见的自由自在的“漫游者”，“无用人”的另外一种典型。他和诗神弗洛伦婷（罗马神话中的曙光女神奥罗拉，真正的诗歌女神）的结合使他成为缪斯的宠儿，完完全全的浪漫主义者。他沐浴在自然当中，其生命的旅途上充满光辉。他眼中看到的是精力充沛和朝气蓬勃的漫游伙伴，心中燃起的是踏上征程的强烈愿望；而他耳中听到的则是漫游者清新愉快的歌声：

从山谷到顶峰，
人们尽目瞭望，
树梢鲜花盛开，
漫游已然开始。
泉水喷涌出深沟，
河水流连于陆地，
云雀在空中展翅，
诗人正奋力向前。
峡谷中的一切
在忧患中沉沦，
诗人将此种种，
在游历中勾画。
他的歌声
从山峦中传入峡谷，
思乡之情
侵袭着分散的兄弟。
世人如此自由

穿上漫游之鞋，
诗人悄然颔首，
爱人置身其间。
岩石之上
陆地之中，
爱人欢呼不停——
游历已然启程！（144—145）

诗歌将诗人、漫游、自然及歌咏等母题紧密结合在一起，勾勒出一幅诗人为大自然所陶醉即将开始漫游的明丽画面。随着诗歌的展开，踏上漫游之路的诗人不断将其感知的经验呈现于读者的眼前。在此过程中，歌声一直伴随着他，促使他不停地循着爱的足迹前行。大自然中的一切唤起他明快的回忆，对他而言，自然是奇妙的，吸引他投身其中。

另外，诗人雷奥恩廷的奇异历程也感染着维利巴尔德，使他有了顺道拜访诗人的意愿，从而开启了他自身的漫游之旅。从他自述的身世可以看出，他想成为诗人，而要成为诗人就必须经历漫游，接受自然的洗礼和浸润。他出生于古老的名门望族，父母因家道衰败而离开了人世，家产被他人占有。然而家道中落以及父母亡故等不幸并未使他丧失生活的勇气，反而在他内心引起深深的震颤。因为体验过生命中的失望和苦难，这促使他很早就倾心于诗歌，下定决心要像诗人一般生活，成为真正的诗人。在维利巴尔德看来，诗人的生活充满着欢欣与敬畏，他们应该从属于另一类高贵奇异的人群。诗人站在时代之上，摆脱了各种社会关系、世俗观念以及种种无用之物的束缚。虽然主人公维利巴尔德一无所有，却怀着一颗赤忱之心，真诚希望自由欢快地进入那广阔而美妙的诗人国度。他漫游的目的地是意大利，因为那是他魂牵梦绕的地方——诗人的理想之国。浪漫派作家认为诗人是人类的向导，那么诗人应当怎样引领人类呢？作品中维利巴尔德给出了自己的答案，那就是通过漫游从而深入到自然当中去，为此他取得了“行吟诗人”的称号。

他如何才能成为真正的诗人呢？必须经历哪些考验？……这些问题的答案都隐藏在维利巴尔德自己叙述的故事当中，而从作品本身来看，很难判断故事情节有多少是他亲身经历体验的，又有多少是他虚构并且梦寐以求的，这就使得其历程更加富有传奇色彩。[①]故事讲述了身为行吟诗人与歌手的维利巴尔德与缪斯的首次相遇、与永恒世界——大自然的第一次亲密接触以及他的初次诗歌体验。作为诗人的他在叙述一开始便表明了他对人的生活和生命所持的独特见解，他认为青年人看待世界的方法不同于其他普通的大众：

> 谁真正年轻过，谁就会永葆青春；而有些人年轻时是小市民，到老年后仍然是小市民，因为生命是变化多端的朝霞，想象与神秘也将随着生命的延伸而扩大，……青年人在明亮的阳光中终将看到另一个国度。（156—157）

因为青年人朝气蓬勃，精力充沛，较少受各种陈腐思想的束缚。他们有可能成为诗人，不过前提条件是他们必须充满想象力，他们应该渴望漫游与生命的历练，这样才能到达诗的国度，否则他们至死都只能是小市民。而维利巴尔德正在踏上诗人的考验之旅，途中他时时刻刻想到的是他所游历的哈尔茨山地区所有古老美丽的传说，受此熏陶与启发，他也开始了文学创作，把奇妙的旅行冒险和不断弥漫的夜色有机联系起来，赋予他的作品以朦胧、奇妙和神秘的色彩。

随着旅程的延续，人生的考验也接踵而至。他遇到了心仪的女子，献上了他作为诗人的处女作，把他多年以前创作的抒情小夜曲唱给她听。对于他的歌咏出现了两种截然不同的态度：他钟情的女子笑着倾听，而她的女伴却显得非常不耐烦，认为他的歌声虽然高贵，但是打扰了旅途劳顿的行人们的休息，并且还狠狠地把窗子关上以表示自己的不满。面对此情此景，诗人应该何为呢？维利巴尔德先是内心充满

---

① Vgl. Cornelia Nolte: Symbol und historische Wahrheit. Eichendorffs satirische und dramatische Schriften im Zusammenhang mit dem sozialen und kulturellen Leben seiner Zeit. Paderborn: Verlag Ferdinand & Schöningh, 1986, S.81-83.

恐惧，但仍坚持把歌谣继续唱下去；后来虽然倍感愤怒和绝望，依然坚持唱完了歌曲而且打算重新开始他的歌唱。这是诗人维利巴尔德遇到的第一次抉择，是继续还是退却，是每一位诗人都要面临的问题，也是要成为真正引领大众的诗人必须面对的选择。成功通过了初次考验的维利巴尔德乔装打扮成向导，和他倾心的女子再次踏上了漫游之旅，再一次经历了要成为真正的诗人的考验。

这次考验表面上看是一次爱的奇遇，实际上应该是诗人将如何确定自己的人生方向，从而成为真正的诗人的问题。维利巴尔德自己叙述道，他心仪的女子在旅途之中趁其他同伴休息时示意他，跟随她单独出去。诗人先是感到怦然心动，而后急忙随她而去。待看到她坐在悬崖边上时倍感惊异，以为她是梦游者，因此不敢和她说话。在她强烈地要求下，维利巴尔德带着她历尽艰辛才从山上进入深谷。在艾兴多夫的作品当中，山上是彼岸，是诗人诗意栖居的地方；山谷意喻着尘世，是小市民聚集的场所。随后发生的事情也印证了这一点：他们俩来到一座危险伫立的山岩上，因为地方过于狭小，他只能和这位女孩相拥而立，因为禁不住诱惑而吻了她，事实上已经侵害了女孩。与此同时，从艾兴多夫这部小说的开始部分就可以看出，“山谷”是普布利库姆这类人进行文化和小说生产的场所，书的装帧虽然非常华贵，内容却相当空洞无聊。这个地方是地地道道的小市民世界，是世俗之境的代名词，因为他们进行生产需要的只是机器，而不是想象力，然而想象力正是成为真正诗人的必要条件之一。尽管如此，身为向导的维利巴尔德仍然决定带女孩下到山谷中去，与他成为诗人的愿望背道而驰。

在浪漫派诗人的作品中，“爱”是成为诗人的必要条件，渴望成为真正诗人的维利巴尔德当然也不例外。正因为如此，他才会和自己倾心的女孩一路同行，而且还跟她单独外出。“爱”能够给诗人以力量，是诗人创作的灵感与源泉。在浪漫派先哲、艾兴多夫创作的楷模诺瓦利斯的作品中，女性和蓝花就有着很深的渊源，是诗歌所蕴含的精神的体现，是诗人尊贵的女儿；同时她也是诗人最内在的灵魂，诗人神圣热情的忠实守护者。[1]女性象征着永恒与忠诚，是诗歌的化身。而维利巴尔德对他心仪的女子的侵害无异于对诗的亵渎，为此她做出了强烈的反应，并且义正词严地指出："由于你荒唐可笑的念头，你已经错失了正确的道路。"从此，维利巴尔德再也寻找不到她的踪迹，他自己也迷失了出游的方向。

这个女孩在他的叙述中从始至终都没有姓名，行踪飘忽不定并且行为比较怪异，充满神秘色彩。尽管他曾经返回出发的地方去寻找她，但世人都说没有看到他那个有着浓密黑色卷发的林中恋人。在小说当中，唯有维利巴尔德能够感觉到她曾经在此驻足的气息，这便使他们的相遇更加显得神秘。浪漫派作家宣扬灵感神赋，认为艺术应当神圣化与神秘化。他们追求艺术创作和艺术欣赏的宗教化及仪式化，"艺术宗教"的创始人瓦肯罗德甚至坦言："艺术和宗教在哪里会合，壮观的生命河流就从哪里汹涌奔腾。"[2]对瓦肯罗德来说，"艺术犹如宗教一般神圣，他一切的精神努力，都旨在唤起世人对艺术的敬畏，促使人们以宗教的虔诚来对待艺术"。[3]小说中女孩的消失表明缪斯女神已不存在，可是她的形象却已在维利巴尔德心中永恒常驻，为了找到她，诗人必须放弃世俗的追求，踏上不可预知的冒险旅程，期待能够与她再次相遇。这些经历对诗人维利巴尔德而言有如梦幻一般，人们无法将它与现实联系起来；并且小说中也直言，主人公维利巴尔德的描述因为情节过于隐秘以致很难继续下去，听众也因此早已酣然入睡。诗人叙述故事的时间是夜晚，而夜晚在艾兴多夫的作品中是梦幻的代名词，夜色之中一切都有可能消散或融合。因此，作品的情节和维利巴尔德故事之间的界限得以消除，追忆中不断求索的骑士维利巴尔德与现实中的神秘行吟诗人维利巴尔德逐渐融为一体。

厌倦了尘世的混乱并且思念着永恒的故乡的诗人维利巴尔德，清晨又踏上了他漫游的旅程。现在诗人知道了他真正的故乡的道路，肩负着崇高的道德与宗教使命。作为诗人的维利巴尔德已经意识到，"诗

---

① Vgl. Novalis: Heinrich von Ofterdingen. Stuttgart: Philip Reclam Verlag, 1997, S.105.

② 转引自黄燎宇：《思想者的语言》，北京：生活•读书•新知三联书店，2013，第 158 页。

③ 转引自黄燎宇：《思想者的语言》，北京：生活•读书•新知三联书店，2013，第 158 页。

人的生活异常高贵，必须摆脱世俗的经济和权力政治关系的束缚”。[①]带着这样的信念，他离开世俗社会只身去寻找他的缪斯女神，只有与孤独和寂寞相伴，他才能进入他所期盼的梦幻世界。从“理性世界”进入“梦幻世界”是缪斯女神为他预设的历程，他因此将具有真正诗人的气质和能力。“梦幻是自我的自由世界，是艺术的无限空间，艺术家可以在这个空间里任意发挥想象力，创造出美的艺术。”[②]这种历程就是一种考验，被考验者必须知道怎样才能顺利通过它的道路，中途不能有任何疑虑。第一次考验因为他的不坚定而没有完美的结果，第二次考验因为他过早沉沦于世俗之爱而夭折，他只能作为漫游的歌者继续在世间闯荡，寻找他渴望的目的地。

小说中对于维利巴尔德的叙述至此戛然而止，但他最终又出现在小说的结尾，和他仰慕的女孩弗洛伦婷在一起。她的真名叫奥罗拉，罗马神话中的曙光女神，也是艾兴多夫作品中美丽圣洁的诗神。诗人是如何历尽艰辛找到她的，期间他又遭遇了哪些考验才成为真正的诗人，作品中并没有给予表现，因此，维利巴尔德的故事始终充满离奇的色彩。但从小说中人们可以看出，维利巴尔德和弗洛伦婷又踏上了新的意大利之旅，这也是他们的返乡旅途，因为弗洛伦婷的故乡就是意大利——浪漫派作家心目中的宗教圣地、诗歌女神栖居的地方。能够回到家乡，人的心情自然十分愉悦，所以弗洛伦婷在歌声中唱道：

> 悬崖中、绿地上，
> 人们无休无止地欢呼喧闹，
> 漫游已经开始！（175）

可见，在艾兴多夫的作品中，不管是“无用人”还是维利巴尔德，只要他们是真正的诗人，他们的心中就总是在为新的启程和漫游做准

① Volkmar Stein: Die Dichtergestalten in Eichendorffs „Ahnung und Gegenwart“. Winterthur: Keller, 1964, S.137.

② 聂军：《译序》。见[德]曼弗雷德·弗兰克：《德国早期浪漫主义美学导论》，聂军等译，长春：吉林人民出版社，2006，第4页。

备。尤其是维利巴尔德，作为行吟诗人，他的内心时刻充满对故乡的渴望和远方的眷恋，时刻准备听从新的旅程的召唤。而小市民既不会跟从这样的召唤，内心也缺乏这样的准备。正因为如此，诗人才显得不同于普通的民众，甚至也不同于作品中的其他诗人。就像艾兴多夫的友人勒本总是要求人们不要满足于小市民“秘密的小居室”里的幸福，而必须始终保持对永恒国度的思念，艾兴多夫的作品就是要“唤醒”处于沉睡之中的人的心灵，[①]使人们敢于梦想，勇于实践，承担起拯救的使命。

第二节　骑士弗特纳特

如《雷声大雨点小》中的维利巴尔德一样，《诗人及其同伴》中的弗特纳特像骑士一般游历世界，在生活的体验和碰撞中逐渐成为真正的诗人，他曾以自己的实际行动挽救说服那些或者因为生活贫困而甘愿堕落的普通人，或者因为心智迷惘而不知所措的诗人。

弗特纳特是《诗人及其同伴》中着意刻画的人物。当猎人们正在为打猎欢呼雀跃，散步者愉快地回家时，他则一边轻声哼着久已消逝的歌曲，一边策马漫游，目光所及之处，无不使他怀念起海德堡大学求学时期的青春岁月，追忆起和同学瓦尔特共同度过的激扬文字、展望未来和勤奋学习的快乐时光。心怀美好的憧憬，他决定下山进城去拜访他忠诚的同伴。瓦尔特居住的小房子绚烂多彩、环境宜人，然而无数的麻雀在其周围发出巨大的噪音。在浪漫派诗人的作品中，象征美好浪漫之物的一般是云雀或者夜莺，而麻雀则表现为世俗之物，那现在的瓦尔特过着怎样的生活呢？

穿过黑暗狭窄的楼梯，进入弗特纳特视线的是身穿睡袍的朋友，

① Hartwig Schultz: Zur Form der romantischen Lyrik. Beobachtungen am Vers Eichendorffs. In: Richard Brinkmann: Romantik in Deutschland. Ein interdisziplinäres Symposion. Stuttgart: J. B. Metzlersche Verlagsbuchhandlung, 1978, S.604.

他的写字台上满是堆起来的各种文宗和案卷，从房间的摆设和衣着就可看出，瓦尔特现在已经是俗务缠身，再也没有学生时代的锐气和活力。他看上去动作迟缓、脸色苍白，弯腰驼背，整日为其官位和面包操劳。相反，弗特纳特却眼睛明亮、神采飞扬，身材苗条，一身旅行的打扮，让人联想到学生、猎人、战士和永不流逝的青年时代及其美好事物。瓦尔特一边处理着公务，一边畅谈自己的幸福，光明的前途和美好而无忧无虑的未来，而弗特纳特则觉得"两人再也不能找回那古老而充满信任的声音"。①

瓦尔特的仆人一眼就看得出，弗特纳特将会给这单调无聊的生活带来根本的变化，因为面对瓦尔特的现状，弗特纳特眼神中流露出来的是内心的些许忧伤，尘世中的破坏性力量看来已经侵蚀了瓦尔特真诚的心，因此即便是简单的一顿午餐，弗特纳特也要突破常规，按照古老优良的传统去露天就餐，尽管瓦尔特心存疑虑，担心在这样的小城做出这样的举动会招致世人的非议。弗特纳特根本不顾仆人充满诧异的神情，因为在他看来，人的自由与快乐才高于一切。这样的氛围终于促使瓦尔特摆脱了顾虑和胆怯，那大学时代快活的时光重新再现，久违了的交谈让他也敞开了心扉，他感叹弗特纳特有多么幸运，上帝赐予他和鸟儿游历春天，并且踏上意大利的行程。而他们在海德堡时常讨论旅行，这是他们美丽的青春之梦。"没有情感或者不善感觉，当然不会有诗歌，诗人的情感乃是一种潜能，它能感觉到伟大、美好、真实的事物。"②

弗特纳特认为所有的人都可以把这样的梦变成现实，重要的是自己应该愉快地把握已知和未知的力量，因为"曙光女神奥罗拉依旧年轻，照耀着山岗，广阔的大地年年春满花香，为何要让我们历尽劫难的不朽灵魂孤独老去"。(305) 他劝友人放弃一切阻碍行动的障碍，和

① Joseph von Eichendorff: Dichter und ihre Gesellen. In: Regine Otto (Hrsg.): Joseph von Eichendorff. Gesammelte Werke. Band II. Berlin: Aufbau-Verlag, 1962, S.304. 文中引用都选自这部作品，因此后面仅标注页码。

② Joseph von Eichendorff: Schriften zur Literatur. Werke. Band III. München: Winkler Verlag, 1976, S.706.

知心的伴侣一同外出自由遨游，创造不一样的辉煌人生。对此瓦尔特则表现得犹豫不决，由于各种事务的纠缠，他很难脱身，并且预言将来有一天，弗特纳特一定会经历和他相同的苦恼。他不可能离开自己寂静的小屋，走向丰富多彩和充满活力的远方。弗特纳特对此表示不可理解，"你们做官的生活多么混乱可怕！没有人有时间阅读，没有时间思考，也没有时间祈祷，而人们却把此种行为叫做忠诚于自己的义务"。(306)

人生活在这个世界上有更高的责任，他应该像鸟儿一样脱羽，休整已经破旧的翅膀，最后向着天国振翅高飞，为此人们必须真诚严肃、全心全意。很多人投身于俗物并非出自对公职的热爱，"我担心大多数人都是屈从于舒适惬意的魔力而拼命工作，没有思想、不顾劳累，决意随时做成完美的事情。可是，艺术和科学在尘世之中永远无法完成，它们是永恒和无限的"。(306) 瓦尔特对此深表赞同，他觉得弗特纳特的话击中了他的要害并使他深受感动，正是由于缺乏时间，他疏忽了令人惊叹并且深深吸引着他的远山和深谷，这一切实际上一直在悄然地伤害着他的感情。在弗特纳特看来，人生只要有诗的引导，就一定能够知道诗人的幻想力所指引的方向，人所必须做的就是紧跟这些幻想家进入那清新的国度，在这样的国度里，"真正古老的将永远年轻，而真正年轻的将为自己在崇山峻岭中开辟出通路"。(306) 艾兴多夫在谈到诺瓦利斯时曾说，诗人对他（指诺瓦利斯）而言就是教士，其实他自己何尝不是如此。他认为诗人是公正纯朴的道德、忠诚的行为、荣誉及古老壮丽之美的天生骑士。①

为此他们决定去探访诗人维克多的故乡，尽管瓦尔特提醒，诗人早已外出旅行，但弗特纳特依然兴奋不已，他认为："谁若要真正理解诗人，必须去熟悉诗人的故乡。在那静静的处所里有一种基本色调将会引人入胜，它将隐藏在他所有的作品中，如一种不可言说的乡愁延绵不绝。"(307) 弗特纳特深受诗人的影响和熏陶，初步具备了成为诗

① Vgl. Hans Jurg Lüthi: Dichtung und Dichter bei Joseph von Eichendorff. Bern [u.a.]: Francke, 1966, S.248.

人的气质，并且形成了自己独特的诗学观点。因此他反对瓦尔特断章取义地朗诵诗人维克多的作品，诗应该是一个整体，整体的诗才是完美的诗。这里可以看出艾兴多夫所受施勒格尔和诺瓦利斯影响的蛛丝马迹。弗特纳特告诉瓦尔特，从小他就酷爱维克多的诗，因为他的诗像“夜空的雷雨激起他心中奇异而恐惧的情感，我了解他，因为他言说了我心中最内在、最神秘的思想”。(307) 他的诗像森林的簌簌之声赋予他的童年以奇妙的音乐，能够使他的心灵得到安宁。“内心的坚强和深深的虔诚可以保护弗特纳特，使他不至失去自我控制，让他在荒诞离奇的复杂情况下认识到所有忧愁的微不足道。”①

广阔的星空、潺潺的流水、夜莺的鸣叫声和优雅的琴声伴随弗特纳特度过不眠之夜，而朝霞则陪伴他踏上寻访诗人故乡的旅程，这寓意着经历长期的漫游之后，弗特纳特已经找到了自己的方向。不仅是他，连被世事长期困扰的瓦尔特都像笼中的鸟儿重新获得了自由。此时的他变得活泼热情，一路上哼唱古老的大学生歌谣，好像他与弗特纳特从未分离，海德堡时期的情景仿佛就在眼前。然而，各种外在因素的诱惑则暗示着弗特纳特成为真正诗人的道路并不平坦。不过诗人的经历将会成为他成长的宝贵财富，辅助他成为真正的诗人，所以尽管迷路使瓦尔特唠叨不已，甚至抱怨起了不合时宜的浪漫派诗人和流逝的时间，孤寂的深夜、陌生的地域、熟睡的人以及月光中的马儿等自然景色，仍然使弗特纳特忍不住放声歌唱：

寂寞之林，
黑夜梦幻，
如此美妙，
昏暗之中，
想起古老的童话。

① Volkmar Stein: Die Dichtergestalten in Eichendorffs „Ahnung und Gegenwart“. Winterthur: Keller, 1964, S144-145.

月光中的山呀
也似在沉思
混乱的废墟中
流水潺潺倾诉。

草原之上
美人倦怠宁静，
清凉的夜影
将爱人覆盖。

寂静华丽的林中
想起迷惘的怨诉，
夜色当中
响起夜莺的歌唱。

星儿来往——
晨风，你何时来到，
将梦幻之影
从孩童身上拔去。
树儿震颤
云雀即将唤醒——
寂静黑夜的森林
我愿忠诚梦想。（311）

寂静的森林中隐藏的不是恐惧，而是美丽的童话。“诗人必须唤回失去的魔力，对诗人而言歌唱是将痛苦转变成美好快乐的手段”。[①] 因为是黑夜，没有人的干扰，自然又恢复了它本来的形态。月光、流

① Volkmar Stein: Die Dichtergestalten in Eichendorffs „Ahnung und Gegenwart". Winterthur: Keller, 1964, S.144-145.

水、草原、废墟让人恍若处在梦幻之中，连美人也忍耐不住疲倦，进入温柔的梦乡。可诗人听到的不仅有“怨诉”，还有“夜莺的歌唱”，他盼望晨风快些来到，让身处孩童时期本性依然纯真的人们从梦幻中醒来。因为“哪里有儿童，哪里就有黄金时代”，①“儿童新奇的目光比一言九鼎的先知的预感更有穿透力”。②诗人愿意成为云雀，以自己的“梦想”之音，促使人类觉醒。“梦想的远方属于行吟诗人内在的范畴。”③伴着歌声晨风吹起，云雀展翅高飞，诗人终于找到了走出森林迷宫的路途，迎接他们的是夜莺的歌声、花的海洋和教堂的钟声。

诗人的本性是自由与无拘无束，眼见瓦尔特在市政官员家中再次迷失自己，各种繁文缛节让人不自在，弗特纳特迅速离开，独自去探究诗人维克多令人神往的故居。维克多曾经参加过西班牙反拿破仑的战争，而艾兴多夫把现代诗人和骑士相比较，称他们用笔而不是用剑在战斗。④自然的天性促使他对维克多的故居赞叹不已，尤其是诗人的花园，他认为就是一种诗。他对诗人和诗人的住地总是怀有无限的敬畏之情，这一点诗人维克多已经洞察于心，因此他对弗特纳特说：“您本人最终也会成为维克多伯爵——请您不要否认这一点。”（317）要成为真正的诗人，身处自然清新的环境之中享受幸福的寂寞时光是必要的，“自然应该成为艺术，艺术则应该成为第二自然”。⑤维克多认为弗特纳特已经具备这样的先决条件。弗特纳特显然已将诗人当成自己追求的目标：奥托的姨妈——市政官员的妻子希望他学有所成，能够找一份体面的工作，不要把时间浪费在作诗之类无意义的事情上，为此奥托反唇相讥，愤怒地离开。瓦尔特也想追出去劝诫奥托，希望

① 诺瓦利斯：《花粉》。见刘小枫编：《夜颂中的革命和宗教——诺瓦利斯选集卷一》，林克等译，北京：华夏出版社，2007，第98页。

② 诺瓦利斯：《新断片》（节选）。见刘小枫编：《夜颂中的革命和宗教——诺瓦利斯选集卷一》，林克等译，北京：华夏出版社，2007，第124页。

③ Theresia Sauter Bailliet: Die Frauen im Werk Eichendorffs：Verkörperungen heidnischen und christlichen Geistes. Bonn: Bouvier Verlag Herbert Grundmann, 1972, S.95.

④ Vgl. Theresia Sauter Bailliet: Die Frauen im Werk Eichendorffs：Verkörperungen heidnischen und christlichen Geistes. Bonn: Bouvier Verlag Herbert Grundmann, 1972, S.180.

⑤ 诺瓦利斯：《新断片》（节选）。见刘小枫编：《夜颂中的革命和宗教——诺瓦利斯选集卷一》，林克等译，北京：华夏出版社，2007，第133页。

他能迷途知返，把心思放到勤奋工作上来，以便将来能和自己一样，做官置业娶妻生子并且光宗耀祖。然而弗特纳特阻止了他："如果说这个年轻人还只是半个小市民，那么你的帮助将使他完全脱去诗人的大衣，如果他能够严肃对待其天赋，那他将继续前行并且超越你。"（329）由于时代错乱，人们的思想已经混沌，更加需要诗人和诗作发挥真正的作用。

怎样才能成为诗人呢？只有出去漫游，接受自然的洗礼和熏陶，不断体验各种世事，心智成熟才能达到目标。因此当市政官员的女儿弗洛伦蒂娜渴望自己是个男孩，能够出去漫游世界时，瓦尔特和弗特纳特的态度再一次产生了严重的分歧。瓦尔特认为只有先学会了解自己和周围的世界，年龄成熟时才可以去世界各地旅行；而弗特纳特却不这么看："恰好相反，只有年轻人才真正了解世界之美，……聪明才智和各种知识只能给人提供面包，而对世界充满爱和真正的喜悦才能重新获得快乐和爱。"（334）这种喜悦和爱恋只有在自然之中，在漫游的旅途上才能得到。他觉得不能再忍受城市里和市政官员家中各种人情世故的束缚，尤其是不愿让弗洛伦蒂娜产生错觉，以为他想和她过平常的小市民生活，因为这样的世界是无聊的世界，一想到这样的生活，他只觉得汗流满面。漫游才是他的人生渴望，在漫游中体验人生乃是诗人成长中必须经历的历程。

在漫游途中他心中始终充斥着一种矛盾，一方面他希望大自然能够保持宁静，而另一方面他也感觉到世界上已不再存在美德，他渴望新诗的产生能够改变这一切，而剧团演出的则是一出出闹剧，演员中男性需要的是荣誉和财富，女性关心的则是爱情与礼物。要以怎样的方式去改变身边的人以至整个世界呢？如何才能让人们不再走向山谷而保持更高的追求呢？这些问题一直萦绕在陶醉于自然和漫游的弗特纳特心中。而且不仅是演员们，连画家和督学等都已蜕变，他的画作已经让弗特纳特大失所望。唯一能吸引他的是一幅以罗马为题材的画卷，它那梦幻般的废墟以及沐浴在南方晚霞中的宫殿强烈震撼着他，他发觉尽管世界上都是愚蠢蒙昧之人，但世界依然如原初一般快活美丽。所以当维克多向朋友们坦言，他想成为教士，他要推倒欧洲肮脏市场上的所有神像，促使人们重新看到上帝时，弗特纳特回答说：“您所说的和我在这个世界上的看法一样，除了诗艺我没有其他手艺，我将永远依靠它生活直至死亡！”（523）弗特纳特声称，他把诗看作工具，以此为真理铺平道路，他的真诚不容置疑。

秉承诗人的特性，弗特纳特认为朋友洛塔里奥（诗人维克多在剧团里的化名）可以成为伟大的诗人。而在友人瓦尔特的眼里，弗特纳特也是一位幸运的诗人，尘世中隐藏的美丽都在向他敞开心扉，遥远而陌生的事物都在向他靠近，新的远方又在奇妙地展现，并且愈加宽广和美丽。罗马的城市生活带给他的并非惬意，远方教堂传来的声音也似死亡的丧钟，不论身在何处，哪怕是令人神往的诗人国度意大利，没有漫游，没有像骑士一般的征途等待他，没有令人向往的体验，诗人弗特纳特依然会倍感无聊与寂寞。无独有偶，《预感和现实》中的雷奥恩廷对现代文明深感不适，他并不向往惬意的享受，而是追求高贵的英雄生活方式。从根本上来说，他的希望乃是对新的“黄金时代”的渴望，雷奥恩廷遭受的大多不是外在的压力，而是高贵的“骑士”思想和自由生活方式的缺乏。解放战争以后这种情况没有任何改变，工业社会的发展越来越明显，骑士般的生活已完全不可想象。最终他决定移居外地，那儿自然古朴的情况使诗意的生活成为可能。他热望返回祖国过上相似的骑士生活，因此弗特纳特在歌中唱道：

林梢簌簌不寒而栗，
如像此时此刻
在即将垮塌的墙边
古老的诸神在巡游。

桃金娘后面
壮丽、辉煌、神秘，
梦幻般的夜晚
在迷茫的梦中你对我说些什么？
所有的星辰以爱的目光

照耀着我，
远方的人儿正醉心地
谈论未来伟大的幸福。（411）

从诗中可以看出，此时的弗特纳特心情抑郁，迷惘之中不知自己追寻的方向在哪里，然而“桃金娘后面”是“壮丽、辉煌、神秘”的远方，那儿有“爱的目光”，诗人在那里才能获得“幸福”。听从自然的召唤，弗特纳特觉得和地图及向导相比，他在罗马看到和学到了更多的东西。同时从菲娅美塔不同形象的折射中，弗特纳特还明白了一个道理，不论是自然或者是女性都有诱惑人、使人进入迷宫一般的负面作用，作为诗人必须保持清醒的头脑，保持自身的纯洁刚正。在这样的情境下，意大利的名胜古迹失去了它昔日的光环，克服危机的方法只能是不断学习和漫游。不论诗人身处何地，他的使命始终如一，正如诺瓦利斯所说，诗人“永远走在回乡的路上”，[①]因此诗人不能忘却自己的故乡。他对年轻的诗人奥托不断批评自己的故乡持不同看法，因为他认为“故乡群山中森林的簌簌声是一首奇妙的歌，诗人不能脱离他的故乡”。（430）诗人要帮助其他人回家，首先不能失去自己的故乡，骑士诗人的漫游总有自己的目标。而奥托却正在逐渐远离他的目标，融入小市民的庸俗生活之中。弗特纳特惊异于奥托对这种平庸的接受，为此心中涌起不可抗拒的悲哀，在他看来，诗人奥托已被难以置信的陌生事物所迷惑。因此，当他告别友人时，其形象已经与行尸走肉无异。

从奥托身上，弗特纳特仿佛看到了自己的另一面，如果不及时加以修正，也许将来自己与奥托一样要遭受同样的命运。为此他只能继续漫游，罗马的一切对他而言仿佛不再有生命力，自然仿佛已经在沉睡。菲娅美塔尽管在他眼中依然如小孩一般纯真，但其爱的流露已经让他警醒，自己决不能坠入小市民的生存之中，否则只能带来毁灭。

① 诺瓦利斯：《海因利希·封·奥弗特丁根》。见刘小枫编：《大革命与诗化小说——诺瓦利斯选集卷二》，林克等译，北京：华夏出版社，2007，第 152 页。

奥托的情况印证了弗特纳特的判断，罗马、花园等对他来说已经宛如坟墓，他在心底里呼唤着春天的来临，然而积重难返，要改变自己已不是那么容易。即便是诗人，如果失去了方向，在尘世当中经受不住各种诱惑，那么他就不是真正的诗人，在生活中将走向死亡，因为在艾兴多夫看来，这样的诗人只是虚伪的诗人，不可能承担应负的职责。而《预感和现实》中的弗里德里希通过投身战争，利用这个从事伟大骑士事业的机会，实现美好的向往。战争唤醒并且重新要求现时代已显多余的古老骑士美德：勇敢、荣誉感、正直真诚、坦率、向往自由和渴望独立。[①]“通过这种方式（指战争），骑士另外一种性格要素也早已经发展形成：奇特的荣誉精神、崇高的思想、……它可以束缚住粗野的力量和宗教结成联盟，它可以使各个民族变得伟大。”[②]

弗特纳特则在漫游之中渐趋完善，他又开始了长诗创作，从而逐渐摆脱了心灵的危机，渴望也重新在他心中燃起。而画家奎多和哲学家古德林都已屈服于小市民的生活，画家阿达尔贝特甚至因为无法解脱内心的矛盾而选择了死亡；而花园、自然和漫游始终是弗特纳特如骑士一般的生存追求。菲娅美塔的声音则如寂静月夜的钟声吸引着他，催促他重新踏上漫游之路。他们踏上的是真正的返乡之路，迷茫的奥托走上的却是死亡之路。可见在艾兴多夫眼中，只有真正的诗人才能找到回家的道路。“可爱上帝在春天的夜晚留下雅各布天梯”，（492）真正的诗人精神焕发，通过它进入天国，其中星星闪耀在树梢上，“天父手抚竖琴，寂静的大地飘满轻柔慈善的音乐”。（493）摆在真正的诗人面前的，是一片绚烂的前景。

诗人必须摆脱各种诱惑才能成为真正的诗人，否则就像弗特纳特叙述的故事中的卡斯帕尔一样，经不住路途上华丽苹果的诱惑，结果被食人者抓获。但他坚持自己的信念，在各种各样神奇力量（小老鼠、苹果男孩以及虔信上帝的洋梨树）帮助下终于和安耐尔团聚。弗特纳

① Vgl. Volkmar Stein: Die Dichtergestalten in Eichendorffs „Ahnung und Gegenwart“. Winterthur: Keller, 1964, S.82.

② Joseph von Eichendorff: Schriften zur Literatur. Werke. Band III. München: Winkler Verlag, 1976, S.548.

特的经历像卡斯帕尔一样，他现在终于寻找到了自己的曙光女神奥罗拉，因此他忍不住向世界大声宣告："美丽奇妙的世界，上帝问候你！现在应当精力充沛地开始工作！"（498）浪漫派艺术的基本特征是对尘世之美短暂易逝的深深悲伤，它充满不可满足和期待渴望。同样的精神还创造了骑士阶层，中世纪的宗教诗歌即是以此为基础的。[①]因此，他在歌声中唱道：

我来自遥远的意大利
要向你们报道一切，
维苏威山脉和罗马的星星
古老的奇妙故事。

女神在蓝色海洋上歌唱，
桃金娘醉人地倾听——
只有德国森林的簌簌声
才让我倍感惬意！（499）

经历和体验了漫游的快乐，感悟了诗人国度的含义，弗特纳特收获了人生中最美好的礼物。他现在要把这份喜悦传递给自己熟悉的每一个人，让他们也分享自己所拥有的一切，从而唤起普通的大众，一起去"蓝色的大海"寻找那"仙女"，从而为德意志的复兴共同做出努力。弗特纳特借自己和菲娅美塔的亲历反复说明，浪漫主义并不是作家随意虚构出来的，必须有大众的精心参与才行，它不是一个早晨能完成的笑话。（502）

随着与弗特纳特的重逢，以前在菲娅美塔眼里困锁着她的城堡、花园和山峰都变成另外一幅景象，山川秀美、城堡壮观、花园美丽，未来在向他们招手。远处的钟声以及清新的自然始终是弗特纳特人生

① Vgl. Joseph von Eichendorff: Schriften zur Literatur. Werke. Band III. München: Winkler Verlag, 1976, S.558-559.

的目标，欢乐之中他总认为：“大地依然充满美妙的奇观，我们却不再重视它！”（510）唤起人们对淳朴自然的向往应该是他首要的责任，诗人本身也需要经历迷惘、混乱甚至危险，但诗人只有如骑士一般勇往直前克服自身的弱点和恐惧才能到达彼岸。他感觉自己从未如此真诚地祈祷过，他已经预感到，随着新的一天来临，他从此将和菲娅美塔踏上新的旅途。“因为爱只能依靠诗才能存在，它成为所有诗牢不可破的基本主题，对这一主题更高或更普遍的理解可以把真正的诗人和虚伪的诗人区分开来。”[①]诗人弗特纳特从来不曾被幻想所困扰，他相信借助诗人的言语可以到达此目的。

不然的话，就只能像诗人德吕安德一样，在他身上，“谎言和想象、真理和诗歌互相粘连相互缠绕，最终他自己也不知道如何才能退出来”。（520）在艾兴多夫眼中，这样的诗人只能是虚构的诗人，他永远不可能找到生活的真正目标和方向。尽管他不断写作，但是创作不出一部伟大的作品。“与格勒斯相比，施勒格尔主张诗人须更具体地为民众及个体服务，他应该影响大众，像骑士一样为整个民族而奋斗。”[②]而弗特纳特从维克多和曼弗雷德关于人生的争论中，更加坚定了自己的信念，不管是维克多用宗教启发他人，还是曼弗雷德脚踏实地改变他人，其实两者的目标都是一致的，诗人必须固守自己的诗艺，不管生老病死直至永恒。弗特纳特和菲娅美塔又满怀快乐和期待地踏上征程，他们的目的地永远是诗人的国度——意大利。

第三节　“小市民”观念与行吟诗人

艾兴多夫喜欢行吟诗人，希望通过他们来教育民众，使他们摆脱

---

① Joseph von Eichendorff: Schriften zur Literatur. Werke. Band III. München: Winkler Verlag, 1976, S.906.

② Volkmar Stein: Die Dichtergestalten in Eichendorffs „Ahnung und Gegenwart“. Winterthur: Keller, 1964, S.107-108.

小市民观念的束缚，这种思想很早就已经露出端倪。1805 年至 1806 年在哈雷大学求学时期，年轻的诗人艾兴多夫第一次接触到浪漫派文学运动，他在由施勒格尔兄弟创办的《雅典娜神殿》杂志上读到了诺瓦利斯对小市民的描述：

> 庸人只过日常生活。他们无论做什么，都是为了尘世的生存；……他们只在万不得已时搀入一点诗意，因为他们现在终于习惯，偶尔中断自己的日常进程。……礼拜天歇了工，他们比平常过得好些，这种礼拜天陶醉以平时难得的沉睡告终，……他们的娱乐聚会必须是传统的、习惯的、时髦的，就连他们的消遣也需要严格精细的加工，像他们做任何事情一样。
>
> 旅行、婚礼、让孩子受洗和做礼拜时，庸人达到了自己诗意生存的极致，这时他们最大的奢望得到了满足，甚至常常有所超出。[①]

由此看出，在诺瓦利斯眼里，小市民是麻木不仁、没有诗意的人，他们循规蹈矩地安排生活，对浪漫思想缺乏认知。为改变这种状况，诺瓦里斯在“他的头脑中有一个建立理智骑士团”的构想。[②]而布伦塔诺对小市民中庸性格的刻画也在艾兴多夫心中留下了深刻的印象，这些小市民穿着睡衣、带着睡帽和抽着烟斗的形象经常出现在他的叙事作品中。无独有偶，蒂克在他的作品中也描绘了小市民和艺术家的对立，有人劝施特恩巴尔德放弃绘画，因为“您有了固定的工作和足够的收入，您就可以在这里结婚，马上得到您今后无把握在远方寻找的东西。……即使您成了大师，您也只能过贫困的、最底层的生活”。[③]施特恩巴尔德的回答则非常坚定：

---

① 诺瓦利斯：《花粉》。见刘小枫编：《夜颂中的革命和宗教——诺瓦利斯选集卷一》，林克等译，北京：华夏出版社，2007，第 94 页。

② 汉斯·昆、瓦尔特·延斯：《诗与宗教》，李永平译，北京：生活·读书·新知三联书店，2005，第 172 页。

③ [德]蒂克：《施特恩巴尔德的游历——蒂克小说选》，胡其鼎等译，上海：上海译文出版社，2010，第 27-28 页。

> 我并不敬畏财富，我也永远不会勉强地去过这种没有艺术的生活。他（指丢勒）是穷，可是，他贫穷却比您幸福。……在尘世生活中，除了永恒之外，我们还有别的东西去寻找吗？我肯定也会竭尽全力，远远地避开种种虚荣。……我们必须工作、谋划、思考，因为我们被套在这生活里、这枷锁里，但是，我们永远不可因此而让高尚的事物从我们的眼里消失。[①]

大学期间，艾兴多夫就和其他同学成立了社团，与周围的小市民们格格不入。他们自称为缪斯之子，尽情享受着青春的活力及自由；经济上他们互相帮助，厌恶小市民的斤斤计较，对从事所谓有用的职业不屑一顾。大学时期的哈尔茨山和北德之旅，更使诗人体会到了难忘的自由情感及自然的喜悦，“漫游”从此成为诗人创作的重要母题之一，因为漫游意味着不受狭隘的小市民生活的拘束，对远方的向往和渴望以及摆脱或超越了生命的限制。人只有越少受计划的束缚才能经历和体验得更多，只有不断地保持青春活力才能永远追求广阔世界中的无限幸福。在阅读诺瓦利斯和蒂克作品的过程中，青年艾兴多夫的思想受到极大震动，他对“诗人”和“市侩”的区分也更加明晰，他认为自己决计不能像其他年轻人那样，言语中表示不要成为市侩庸人，行动上却常常成为其中的一员。[②]

此外，艾兴多夫能成为作家还得益于富凯的提携，他的第一部小说《预感和现实》就是由富凯1815年出版的，随后几年的诗歌也多由他出版。艾兴多夫认为富凯是浪漫派文学运动中“最坚定果断的先锋队员”。[③]如同与诗人勒本的关系，后来两人也因为文学见解的不同渐行渐远。而且由于经济的原因，艾兴多夫不得不一边从事自己不喜欢的职业，一边进行文学艺术创作。这一时期“小市民”的概念经常出

① [德]蒂克：《施特恩巴尔德的游历——蒂克小说选》，胡其鼎等译，上海：上海译文出版社，2010，第28-35页。

② Paul Stöcklein: Joseph von Eichendorff in Selbstzeugnissen und Bilddokumenten. Hamburg: Rowohlt Taschenbuch Verlag, 1963, S.62.

③ Helmut Bernsmeier: Joseph von Eichendorff. Stuttgart: Philipp Reclam, 2000, S.28.

现在他的作品当中，意指“市侩、庸人”，他们性格迂腐，观念狭隘，对艺术缺乏热情，生活中只追求物质利益，他们的精神境界与艺术家尤其是诗人形成鲜明的对比。按照艾兴多夫的观点，“追逐个人名利的人、道德败坏者、虚伪的人以及喜欢随意讽刺他人者等都属于典型的小市民”。[①]艾兴多夫经常将小市民和艺术家或诗人的生活方式作为其作品的主题，前者只追求个人家庭的幸福，而后者则向往奇妙的远方世界。1823 年出版讽刺剧本《与小市民做斗争》（Krieg den Philistern，1824）就是这种观念的明确反映，而且在自己所写的回忆性文字中，艾兴多夫把阿尔尼姆和布伦塔诺创办的《隐士报》称为“对小市民的宣战书”。[②]

另外，当时的贵族也有小市民的倾向，对此艾兴多夫曾经在《十八世纪的德国贵族》中描绘道：

> 幸福的人们大部分都舒适而满足地住在十分不显眼的房子里（不可避免地被称为“城堡”）。即便在风光旖旎的地区，这些房子的设计也不是出于审美需要获得纵目远眺的视野，而是为了从各扇窗户都可以方便地俯视牲口圈和粮仓。同时作为一个优秀的农业家是先生们的理想，而一个“主要女主人”则是夫人们的骄傲。他们没有时间，也没有意识去欣赏自然的美，……[③]

面对这种状况，瓦肯多德认为“只有艺术精神和艺术创造才能与之对抗”，[④]而施勒格尔则认为，“诗乃是因果链上最顶端的事物，因而也是最高事物。所以要让社会良性发展，就必须使社会具有诗的品

① Paul Stöcklein: Joseph von Eichendorff in Selbstzeugnissen und Bilddokumenten. Hamburg: Rowohlt Taschenbuch Verlag, 1963, S.66.

② Joseph von Eichendorff: Halle und Heidelberg. In: Regine Otto (Hrsg.): Joseph von Eichendorff. Gesammelte Werke. Band III. Novllen. Autobiographisches. Briefe. Berlin: Aufbau-Verlag, 1962, S.593.

③ 约瑟夫·弗莱海尔·封·艾兴多夫：《十八世纪末的德国贵族生活》，姜丽译。见孙凤城选编：《德国散文精选》，太原：北岳文艺出版社，第 176-176 页。

④ 冯亚琳：《德语文学与文化——阐释与思辨》，重庆：重庆出版集团重庆出版社，2007，第 125 页。

质，换言之，要把社会诗化，即‘人生与诗合一论’”，[①]这样才可以寻觅到人生的价值和意义。诺瓦利斯倡导的“浪漫化”就是把日常生活和世界诗意化，因此，“诗取代了上帝，具有了救世的功能，与预言、宗教和神秘感悟有着同样的启示功能”。[②]

晚年的艾兴多夫比较注意时代的文学状况，他认为当时的许多文学作品都不尽人意。他把当时的文学与理性文学等同起来，因为在这种文学作品中丧失了想象力，且对神秘和奇异的事物也没有给予足够的重视。此外，在这些作品中，人物的命运也不是由神性安排，而是通过偶然的状况所反映的。1844 年以后，艾兴多夫很少再进行文学创作，而主要致力于自传和文学史的写作。在其一系列的文学史著作中，艾兴多夫不仅记录了德意志民族文学的发展过程，还批判性地分析了浪漫派文学运动。1848 年革命期间，艾兴多夫创作了《利贝塔斯和她的追求者》（Libertas und ihre Freier，1849），对越来越功利化的启蒙运动进行了批判。“他认为革命中的知识分子并不能代表平民阶级的根本利益，由他们组成的议会只是绅士议会，他们所谈论的自由只是一种表面的自由。”[③]面对汹涌的革命浪潮，艾兴多夫迫切希望能有一位伟大的历史人物来引领这一革命过程，其中诗人应当成为拯救这个世界的决定性力量。

不论是在艾兴多夫的诗歌中，还是在他的小说中，“行吟诗人或者游吟诗人”（Spielmann / Troubadour）和“骑手或者骑士”（Reiter / Ritter）都经常出现。按照约阿希姆·布姆克的看法，进行文学创作的骑士同时也被称为游吟诗人。[④]那么何为中世纪的骑士精神和骑士美德呢？“概括起来就是荣誉感、忠诚、勇敢、坚毅、敬畏、美善、贞

① [德]施勒格尔：《浪漫派的风格——施勒格尔批评文集》，李伯杰译，北京：华夏出版社，2005，第 3-4 页。

② 谷裕：《试论诺瓦利斯小说的宗教特征》，载于《外国文学评论》，2001 年第 1 期，第 123 页。

③ Helmut Bernsmeier: Joseph von Eichendorff. Stuttgart: Philipp Reclam, 2000, S.30.

④ Joachim Bumke: Höfische Kultur. Literatur und Gesellschaft im hohen Mittelalter. München: Deutscher Taschenbuch Verlag, 2005, S.638.

洁、温和、适度、忍耐和节制。”[①]浪漫派的先驱奥古斯特·威廉·施勒格尔曾经指出：“在任何稍有持久性的战争里，人们都变得粗野了，于是骑士精神也就更加引人注目，正是这种精神在这里不让残忍露头。”[②]在他看来，骑士的荣誉是一种浪漫化了的道德，其原则不会泯灭。[③]尤其是随着工业发展进程的加快，平静自然的生活方式被打破，对金钱的追求使人道德堕落，保持骑士的美德便具有了重要的作用。

1817 年，艾兴多夫开始写作《一个无用人的生涯》时，就有意以“新游吟诗人”（Der neue Troubadour）来给小说命名，[④]从中可见他对行吟诗人的重视和喜爱。而且艾兴多夫在文学论文集中多次表明，骑士始终是他心目中的偶像。他认为，随着时代的发展，骑士阶层所持有的优良品质正在逐渐消亡。因此，在他的文学创作中，具有骑士品性的诗人就成为塑造的主要形象，并且赋予他们拯救日益衰落的文明社会的重任。此外，艾兴多夫把德国历史上的十字军东征理想化了，多次对此加以赞赏，认为骑士踏上耶路撒冷的征途正是为了拯救世界。而且他认为《埃达》和《梅塞堡咒语》的影响依然犹存，其记忆已深入民间，后来成为民间叙事诗以及中世纪骑士诗歌的基本主题。[⑤]沃尔夫拉姆·封·埃申巴赫的《帕尔齐伐尔》是一部奇特的诗歌，它“表现了至上的荣誉难以企及的痛苦，对更高事物的渴望以及把骑士阶层与永恒的事物联系起来的尝试”。[⑥]艾兴多夫认为，在埃申巴赫的作品中蕴含着一种思想，那就是创建多个宗教骑士团。另外，艾兴多夫还

① [德]约阿希姆·布姆克：《宫廷文化——中世纪盛期的文学与社会》，何珊、刘华新译，北京：生活·读书·新知三联书店，2006，第 377-388 页。

② 奥·威·施勒格尔：《启蒙运动批判》，李伯杰译。见孙凤城编选：《德国浪漫主义作品选》，北京：人民文学出版社，1997，第 384 页。

③ 奥·威·施勒格尔：《启蒙运动批判》，李伯杰译。见孙凤城编选：《德国浪漫主义作品选》，北京：人民文学出版社，1997，第 381 页。

④ Klaus Köhnke: Hieroglyphenschrift. Untersuchengen zu Eichendorffs Erzählungen. Sigmaringen: Thorbecke, 1986, S.74.

⑤ Vgl. Joseph von Eichendorff: Schriften zur Literatur. Werke. Band III. München: Winkler Verlag, 1976, S.544.

⑥ Vgl. Joseph von Eichendorff: Schriften zur Literatur. Werke. Band III. München: Winkler Verlag, 1976, S.569.

确信，“从少量古代德国流传至今的宗教传说当中，我们可以真正认识骑士阶层的外在相貌及道德基础，因为基督教的缘故它将得以存在下去并获得真正的意义，它将使整个欧洲重新再生”。[①]

1813 年，艾兴多夫本人就曾经参加德意志民族反拿破仑的民族解放战争，像骑士一样四处征战，甚至还随军进驻巴黎。同时他还大量创作诗歌作品，唤起广大德国民众参加这场保卫国家和民族的战争，像骑士一样肩负起了拯救祖国的使命。另外，他还曾经为骑士团城堡的修复筹集资金奔走呼号，并且写作了《德意志骑士团玛利亚城堡修复记》(Die Wiederherstellung des Schlosses der deutschen Ordensritter zu Marienburg，1844）作为自己退出公职生活的告别文件。正因为如此，他在自己创作的小说中刻画了众多骑士诗人，把他们和其他虚伪的诗人区别开来，让他们通过漫游不断成长为真正的诗人，从而投身到拯救世界的任务之中来。

拿破仑战争以后，德国的社会状况并没有多大的改变，“当时每一个人都茫然失措，失去了目标和方向，……生活中的问题越来越多。……纯真已经失去存在的基础，天堂也早已消失”。[②]随着工业生产的发展，整个世界就像一座可怜的工厂，表面上看来生产出来的是新鲜亮丽的产品，实际上到处藏污纳垢，令人不堪入目。古老而美好的事物被蒙上灰尘，没有人再去观察它们和发现它们。在《预感和现实》中，艾兴多夫把城市作为人生和社会的一个大舞台，让弗里德里希在其中去体验纷繁复杂的芸芸众生，感受世人的碌碌无为和庸俗腐化。已被社会败坏的普通人命运使弗里德里希深受震动，他尝试着使他们回归到正确的道路上来。在大城市中他看到了工业时代来临的征兆——令人悲叹的“工厂生活”。他不想再把时间花费在寻找个人幸福的事情上，他想忘记自我，投身于为全体民众造福的战斗中。阿尔尼姆和施勒格尔都认为，诗人的力量乃“民族的力量，诗只有面向民众、

① Vgl. Joseph von Eichendorff: Schriften zur Literatur. Werke. Band III. München: Winkler Verlag, 1976, S.546.

② Lothar Pikulik: Signatur einer Zeitwende. Studien zur Literatur der frühen Moderne von Lessing bis Eichendorff. Göttingen: Vandenhoeck & Ruprecht, 2001, S.189-190.

服务民众才有意义”。[①]

而现代人恰是忘记了自己的内心，疲于追逐外界事物，“不但不能认识世界，反而使世界物质化和对象化，把活生生的有机体肢解为可利用的材料。这种标榜文明和科学进步的做法实际是一种野蛮行为，客观上会使世界失去意义，主观上则导致内心的鄙俗化”。[②]在罗莎的梦里弗里德里希是手持明亮长剑为众人开辟前进道路的骑士，他的剑光可以照亮天空和大地，引领人们回到自己的故乡。他警告世人，不要把人的情感当作儿戏，维护社会的纯洁是每一个人的职责；不论是在冰冷的雪融化的时候，还是在“温暖的风吹拂之时”，抑或是“云雀振翅重新飞翔的日子”，都“不要轻易相信虚伪的灵魂”，否则“面临的只有死亡”（169—170），而维护“公正纯朴道德”的诗人因此也揭示了“古老的壮观之美”，[③]因为“真正的诗人在道德和智慧方面是超越他人的”。[④]

世界仿佛一面镜子，弗里德里希从中看到的只有悲哀，美丽、高贵和神圣的法则在混乱中显得过于渺小。他必须集中自己的思想和身心，忠诚地投入到帮助这个世界的事业当中。他觉得还有很多事情有待他去完成，这个世界和芸芸众生值得关注与同情。在这样的社会中，诗人应当变得成熟与独立，面对世俗之人，他不能再满足于个人的轻松愉快，而是要积极行动起来。在行动中他们也许能够更加深刻地认识到，诗人起到应有的作用是有多么艰难，但是诗人应该通过其作品向普通民众传播光明，倾吐其崇高的内心世界。秉承诗人的意愿，弗里德里希可以摆脱世俗之人的平庸，使他鄙弃世人的狂妄、冷漠及意志薄弱。诗人有能力构建新的社会，因为上帝已选定他从事这一伟大事业。“世界是一个有生命的机体，将由不同的器官组成，诗人是其最

① Volkmar Stein: Die Dichtergestalten in Eichendorffs „Ahnung und Gegenwart“. Winterthur: Keller, 1964, S.119-120.

② 江山：《德语生态文学》，上海：学林出版社，2011，第 129 页。

③ Vgl. Volkmar Stein: Die Dichtergestalten in Eichendorffs „Ahnung und Gegenwart“. Winterthur: Keller, 1964, S.108.

④ Volkmar Stein: Die Dichtergestalten in Eichendorffs „Ahnung und Gegenwart“. Winterthur: Keller, 1964, S.108.

内在的核心，他的存在和活动可以决定一切。只要心在跳动，生命就会延续下去，病态的器官就会重新恢复健康并且变得强壮。”[①]

由此，陶醉于自然中的弗里德里希重新变得精力充沛和心情愉悦，更加专注地开启了他的希望、规划、研究和学习，世界上还有很多热衷于小市民狭隘生活的人需要他去唤醒，还有很多不尊重上帝、亵渎宗教的人需要他去启发，还有很多口是心非的人需要他去教育，美好的事物中还存在不断剧增的无序乱象，无道德的歇斯底里和病态还有在全国蔓延的趋势，这些都是诗人弗里德里希关注的对象。维克多的来信也表明，这种情况不仅在弗里德里希所居住的首都存在，在他居住的地方也很普遍。整个国家就像一间废旧物品的储藏室，弥漫着令人抑郁的气氛，以至于维克多希望能够爆发一场战争，摧枯拉朽般地迅速将这种状况加以改变。因此他更加羡慕诗人弗里德里希和雷奥恩廷可以无拘无束地漫游在自然之中，不断认识新的人和事物。而他的生活却只能局限在斗室当中，一切都仿佛静止不动，令人发狂，一场雪的意外来临竟然能使他欣喜若狂。即便在病魔的困扰中，他仍然梦想着弗里德里希及雷奥恩廷的友谊，依然梦见自己还在低语吟诗。因为“诗人必须成为人类的代言人，通过描绘其内在情感而让他们了解自己、解救自己”。[②]

伴随着技术发展所带来的人的异化、环境的污染、世俗计较的压力、自我欲望的烦躁、过于追求物质化的生活，造成人的紧张沉闷纷扰烦恼，诗人对于小市民功利主义社会的反感，对大自然的亲近，对人生天真、坦然、诚挚的追求，为人们提供了所向往的健康而明朗的生存方式。在《两个伙伴》这首诗中，艾兴多夫描写了两种生活方式的对立：

两个快乐的伙伴

① Volkmar Stein: Die Dichtergestalten in Eichendorffs „Ahnung und Gegenwart“. Winterthur: Keller, 1964, S.114.

② Volkmar Stein: Die Dichtergestalten in Eichendorffs „Ahnung und Gegenwart“. Winterthur: Keller, 1964, S.70.

初次离开了家门，
热烈地欢呼着
扑进了春光明媚而又
愉快歌唱的波浪。

他们追求着高尚的事业，
希望无论有多少欢乐和痛苦
也要给世界带来正义，
他们从谁身旁经过，
他的思想和心灵就欢乐地微笑。

第一个伙伴寻到了小恋人，
岳母买下了院子和田产；
不久他推着婴孩的摇篮
一旁透过神秘的小屋
舒适地望着窗外的田野。

大地上千万种声音
歌唱者引诱第二个伙伴，
迷人的塞壬，牵着他
潜入了爱情的层层波浪，
那儿是鸟语花香的深渊；

从深渊里再度浮现的时候，
他已经疲倦和年迈，
他的小船搁在河滩上，
凉风习习吹过水面，
放眼远方一片寂静。

波浪哗哗在我头顶上

歌颂着春天；
我看到多少鲁莽的小伙子，
不由得热泪盈眶——
啊，上帝，快领我们回到你身边。[①]

诗歌叙述了两个伙伴所走的不同生活道路，一个伙伴追求的是尘世的生活目标，他拥有了“恋人、婴孩、院子和田产”，过上了令人“舒适”的小市民生活，尽管他曾经“追求高尚的事业”。第二个伙伴选择的是一条充满艰辛的漫游之路，其间有诱惑，有考验人的“深渊”。虽然他沉迷于“引诱”，变得“疲倦和年迈”，最终消失在“一片寂静”之中，但“我”显然为后者的命运而深感惋惜。因此，他呼吁“上帝”能够给予人们帮助，让人可以“愉快歌唱”，拥有“春光明媚”，希望人能融入自然，和自然相统一。艾兴多夫通过这首“动听的抒情乐曲，将埋藏在心灵深处的对人类美好生活的渴念、对逝去的温馨时光的向往一一展现开来。他的忧伤是整个人类脱离自然、迈向文明之后内心失落的缩影”。[②]

所以，舒尔茨认为，在《一个无用人的生涯》这部小说的结尾，“‘无用人’所希望的结婚旅行实际包含摆脱小市民生活的意图；尤其是旅行的同伴包括门房（小市民的主要代表）和布拉格大学生（自由以及无拘无束生活的代表），更体现了‘无用人’对传统的两人旅行结婚的拒绝”。[③]因此，科尔特写道，“成为小市民在艾兴多夫的叙事作品中……是一个世界观问题，是对现实世界平淡庸俗的理解”。[④]要使大众尽快脱离过于理性、工于计算、讲求实际的小市民世界，必须通

① [德]艾兴多夫：《艾兴多夫诗选》，曹乃云译，上海：上海文艺出版总社百家出版社，2006，第100-101页。

② 姜艾红：《痛苦的追寻——评德国浪漫主义诗人约瑟夫·封·艾兴多夫及其诗歌》，见张玉书等编：《德语文学与文学批评》（第一卷·2007），北京：人民文学出版社，2007，第337-338页。

③ Hartwig Schultz: Joseph von Eichendorff. Eine Biographie. Frankfurt am Main und Leipzig: Insel Verlag, 2007, S.172.

④ Hermann Korte: Joseph von Eichendorff. Reinbeck bei Hamburg: Rowohlt Taschenbuch Verlag, 2007, S.96.

过行吟诗人经历人生的考验，保持真诚的信仰，传播诗的理念、使世界诗意化，或者说诗人必须行动起来，有所作为，通过诗的教育功能，才能促成一个新的“黄金时代”的建立。而且在诗人艾兴多夫看来，除了民歌诗人和行吟诗人之外，还有一类诗人也是人类灵魂的指引者——宗教诗人，他们也是世人的救赎者。

第六章　宗教诗人

为了拯救世界，防止人类失去其本性，艾兴多夫让自己作品中的主人公一部分成为宗教诗人，他们将走遍世界各个地方，传播诗的思想，拯救人类的灵魂于水火之中。

第一节　作为“社会改良者”的宗教诗人弗里德里希

《预感和现实》中的弗里德里希即是宗教诗人中的典型。作为诗人，弗里德里希先后经历了通过诗歌改造人的理想的破灭、情感的失利、改革社会的愿望的失败和战争的困惑，最后回到故乡的修道院，成为了宗教诗人。

艾兴多夫的第一部长篇小说《预感与现实》分为三个部分，“第一部分的主题是自然风光和友谊；第二部分是城市现代生活众生相；第三部分则是新的出路。这一正反合结构与浪漫主义历史发展三阶段论相对应：先是本源（自然），然后是异化（文明），最后返璞归真”。“现时的表征是肤浅、庸俗、没有道德感、一味追求感官享受的城市生活。在艾兴多夫眼里，城市是罪恶的渊薮，上流社会灯红酒绿只能说明他们的空虚和堕落。作者把狂欢节和化装舞会描绘成城市生活的缩影。在花团锦簇之下，尽是虚荣和伪善。”[①]主人公弗里德里希最终皈

---

① 任卫东、刘慧儒、范大灿：《德国文学史》（第3卷），南京：译林出版社，2007，第148-149页。

依天主教，“作者想通过书中人物的灵魂归宿，向世人宣示信仰拯救现代人的可能”。[①]

和其他喜欢漫游的大学生相比，弗里德里希更显得宁静，偏爱沉思冥想；而且他的外貌也较之于他人单纯、无拘无束，像一位古代的骑士。在享受着漫游的喜悦时，他也尽情地陶醉于年轻人的青春活力当中，在他的内心中不断传来一种声音：“健康的年轻人，就这样前行！不要相信世界是其他模样！年轻人的快乐思想永远不会衰老，青春常在！”[②]他已经习惯了漫游这种生活方式，面对青春的勇敢、活泼和自由，他心旷神怡。漫游的路途中他宁愿在户外过夜，聆听四周的宁静，哼唱古老的歌曲。此时此刻，他觉得每一首歌都更具魅力，都在重新感动他，使他情不自禁对着夜空呼喊：“尘世中所有的人都在沉睡，而我是如此清醒，我要做一个舞者！”（13）

可以说，弗里德里希是一个不同于普通人的诗人，他具有清醒睿智的头脑，而且渴望在尘世生活中有所作为，唤醒世俗之人，从而改变世界。黑夜中他思索着自己在旅途中经历的所有事件，觉得一切仿佛如同梦幻，他正在从梦幻中醒来，更加谨慎地审视现实中的人和事。因此，他身边的大学生都认为他不是一个“忧伤、高贵、惬意悠闲、懒散的小市民！因为我们从心底认为，你是我们这些人中间最正直诚实的人”。（14）他们衷心祝福弗里德里希，愿他能与上帝同行。身处自然中的弗里德里希仰望明月照耀下的自由与无限的天空，倍感心情愉悦、精力充沛，无尽的回忆、对未来的憧憬和勾画与他如影随形，充溢他兴奋激动的心灵，使他深情地赞美生命和旅行：“哦，生命与旅行，你是多么美好！”（16—17）

弗里德里希觉得千百年前的骑士在如此寂静的夜晚穿行于山谷之中，思考自己的荣誉和伟大行为时一定也会怀有同样的心绪，他们胸怀高尚的思想和理念，希望从自然的森林和山川中搜寻出人生的真

---

① 任卫东、刘慧儒、范大灿：《德国文学史》（第 3 卷），南京：译林出版社，2007，第 149 页。

② Joseph von Eichendorff: Ahnung und Gegenwart. In: Regine Otto (Hrsg.): Joseph von Eichendorff. Gesammelte Werke. Band II. Berlin: Aufbau Verlag, 1962, S.9. 文中引用都选自这部作品，因此后面仅标注页码。

谛。他本人也在考虑自己的人生道路，相信在人生的壮年时期，人应该不断学习，不断磨砺自己，竭尽全力使自己成为真正的人。在内心之中控制自己并做出高尚的决定，经历道德的转变，具备品行端正的行为举止:“浪漫派所进行的事业只能建立在思想的内在精髓上及深深扎根于宗教生活当中。”①处在当今这个时代，对每一个人来说，宁静、勇敢、勤劳以及高贵正派的生活都一如既往显得必要，他认为每一个肯定和享受现世生活的人，每个月当中至少有一个夜晚须在户外单独度过，以便检视自己的各种技能与努力，加强与振奋自己的信仰。因此，他对世风日下充满反感，尤其厌恶女性狂妄放肆，因为在他心目中，女性总是以天使的形象出现，她们所说的话语就如音乐一般掠过他的心田。

在漫游中，弗里德里希一直在寻找心中的所爱，对象可能是女性，也可能是诗歌，目标还不是很明确，还有待他去发现。充满青春活力、性格开朗的人很容易成为他的朋友，专注于诗歌创作的歌者也喜欢和他相处。同伴的活泼使他感到心旷神怡，在他看来:“每一个诗人就应该如此，在清晨、在自由的天空下、在美好的环境中写作。只有这样，心灵才会精力充沛，诗人的创作就应该如森林簌簌、鸟儿歌唱及猎人幸福的吹奏。”（26）也就是说，诗人应当从自然当中吸取营养，献身自然，寄情于自然之中，永葆令人振奋的天性，因此诗人法贝尔赞扬弗里德里希在诗歌方面是“一个自然主义者”。（26）自然对诗人有着不可抗拒的强大影响，它使诗人的心灵协调发展，让诗人所有的感官喜悦，并且可以使诗人疲倦的精神得到安慰。“自然可以成为人的路标，它像一部打开的书，让忠诚的研究者阅读其象形文字。”人离不开自然，面对自然、人类不会茫然，他可以理解自然或者更好地感觉自然。“人类的心灵能够和自然产生联系，在特定时间及特定氛围中自然和心灵之间可以达到完全一致，自然和心灵相似并且相互适应。”②

---

① Joseph von Eichendorff: Schriften zur Literatur. Werke. Band III. München: Winkler Verlag, 1976, S.39.

② Hans Jurg Lüthi: Dichtung und Dichter bei Joseph von Eichendorff. Bern[u.a.]: Francke, 1966, S.190.

对于诗人来说，生活包含五彩缤纷的图画，就像一部无限详尽的象形文字之书。而对于读者而言，这本书充满人们不知晓的、由许多语言所产生的早已毁灭的原始语言。诚实可靠、心地善良的诗人永远在阅读此书，但这奇妙古老的象形文字人们还不熟知，而看过它的人都会感到非常惊羡。面对这生命之书，弗里德里希思考着作为诗人应该怎样直面人生和生活，理解和表现生活的核心及内涵，正如艾兴多夫所言："当他们（指浪漫派作家）突然站在被人遗忘的古老教堂之前时，他们惊呆了；他们确实要求积极的事物，但不是出于正统宗教的热情，而是因为神秘和奇妙以及围绕着它们的美丽光环；他们叙说的是宗教神话，而非异教徒神话。"[①]

弗里德里希不赞同诗人游戏人生的看法，同时也不认可雷奥恩廷和法贝尔关于游戏及冒险成分在诗人的作品中起主要作用的观点，他严肃而自信地说："如果是这样，那我永远也不会写诗。如果你们自己都不相信自己写作的东西，又怎能让人们尊重你们的作品，从你们的作品中得到享受和充实、恢复精神、消除疲劳，这样不过是通过华丽的辞藻以及矫揉造作以求蒙骗上帝和人类。"（31）作为诗人这不过是徒劳的、没有价值的游戏，对诗人没有任何帮助。这样的诗称不上伟大，只不过是心灵的简单流露，卑鄙的魔鬼总是潜藏在人群当中，随时会以此为剑来反对神圣的诗。如果诗人不能如高贵的骑士那般真诚，那么朴素完善的道德、忠诚的行为、美好的爱情、高尚的荣誉以及所有古老美好的事物，将如何得以保存下来呢？

诗人不能永恒地抱怨，通过哭泣的诗行乞求回归古老而美好的时代，就像容易点燃、但又很快熄灭的火焰，既不能烧毁可恶的东西，又不能照亮和温暖美好的事物。原因在于"所有诗的革命都是由宗教引起的。基督教在无政府的混乱中创造了无限的浪漫诗，改变并奇迹般地加深了整个世界观"。[②]弗里德里希认为，诗人是神圣的殉道者，

---

① Joseph von Eichendorff: Schriften zur Literatur. Werke. Band III. München: Winkler Verlag, 1976, S.40.

② Joseph von Eichendorff: Schriften zur Literatur. Werke. Band III. München: Winkler Verlag, 1976, S.543.

他以自己的言行在人世间表述上帝永恒的思想，在充满敌意的腐朽时代，以自己恰当的言语和神圣的创造真诚地宣告并颂扬这种思想。热衷于世俗的大众，他们行为迟钝、思想懈怠、卑躬屈膝地在尘世中追逐他们永远无法看见的永恒之光；而身处孤寂中的诗人却睁开他们美丽的眼睛，愉快惊喜地观察天地万物，目睹光明的前景而心旷神怡。当其他人沉睡的时候，诗人在站岗执勤、思索和辛勤创造。诗人是快乐之人，孤独中上帝总与诗人同在，只有他知道，诗人忠诚地追求什么，尽管世人都不关心诗人的存在。“诗人是人类真正使命的引导者，他有着神圣的使命，与其他人相比更深远”。①

在雷奥恩廷的城堡中，虽然有友情的温暖、自然的吸引力和爱情的温馨，但弗里德里希对诗的陶醉和向往不为任何事物所动，而且他对恋人罗莎沉醉于世俗的喧闹倍感心痛，能够打动他心灵的是琉特上响起的和弦和随从艾尔文所唱的歌，古老简朴的旋律让他回忆起永生难忘的童年。在诗人看来，生活没有什么比旅行更令人愉悦的事情，旅行不是四处游历，而是如上帝所愿走向广阔的自然，它正通过森林、山谷、河流、古堡以及明亮的城堡中风华正茂的女孩的脸庞向诗人致意。旅行就像人的生命，大多数人的生命都是从“黄油市场向奶酪市场的永久商务旅行，而诗人的生命则是自由无限地通向天堂的旅程。”（40）

诗人不能脱离现实生活勾勒自己的空中楼阁，正如诗人雷奥恩廷所说：“这样旅行的诗人一如快乐鸟，人们错误地以为它们是没有脚的。”（40）这样的诗人创作出的作品如无本之木、无水之鱼，没有牢固的基础，也不可能有永恒的生命力，所有的一切都是空想或幻想。诗人必须深入普通大众的生活，摒弃废话，抛开各种不切实际的幻想，从现实中攫取创作的材料，使之成为永不枯竭的创作源泉。弗里德里希一直在谈论古老的正义以及自由，他所指的是理想化了的骑士世界，对他来说这个世界有着完善并被人普遍承认的制度，充满各种价值观

① Hans Jurg Lüthi: Dichtung und Dichter bei Joseph von Eichendorff. Bern[u.a.]: Francke, 1966, S.247.

念、美德和义务。他以极富想象力的言语谈到未来的战斗，这是一场新与旧、正义与非正义的斗争，世界终将像“被解放的少女在新的光辉和辉煌中哭泣着”升起。①

弗里德里希强调，诗人的内心应该充满喜悦，这种喜悦如朝阳一般照亮着整个世界，赋予世界中的一切事物以特有的意义。这种喜悦之光乃是一种真正神圣的恩赐，人类的品行以及伟大思想只能在其间发展，世界也因此变得意味深长、富于青春活力和充满魅力。厌烦恼怒、迟钝沮丧及魅力消失才是真正不符合事实的想象，诗人应力求通过其祈祷和勇气克服这种幻想，否则它将毁坏世界原初的美丽。在和朋友关于诗的讨论中，法贝尔所述的童话故事给弗里德里希留下了深刻而特别的印象，尤其是故事中的女主人公伊达所唱的歌曲：

> 尽管太阳已经西下，
> 我们必须身处黑暗，
> 上帝的善良与力量，
> 因为黑夜不能阻止我们，
> 表达对天父的赞美。（44）

能够触动弗里德里希心弦的，正是女主人公对上帝的虔诚信仰和赞颂，因为诗人只有笃信上帝，才能获取无穷无尽的灵感与力量。艾兴多夫也认为，“对他（指诺瓦利斯）来说，宗教是唤醒人们的宗教意识最自然的工具，宗教诗因此也应该成为渗透到所有人际关系和此岸生活之中并且神化它们的力量。宗教诗歌对他（指诺瓦利斯）来说意味着一种礼拜仪式，诗人就是牧师，…… 他寻找着永恒的、神圣的内容”。② 从中可以看出，艾兴多夫对宗教怀有怎样的感情，他通过弗里德里希寄托了自己劝人皈依宗教努力奋进的观念。

---

① Volkmar Stein: Die Dichtergestalten in Eichendorffs „Ahnung und Gegenwart“. Winterthur: Keller, 1964, S.124.

② Joseph von Eichendorff: Schriften zur Literatur. Werke. Band III. München: Winkler Verlag, 1976, S.27.

而且在弗里德里希看来，童年的美好回忆（花园、树木、花草、喷泉、白云、远方以及美丽的女孩等）使他觉得时间宛如一首古老、忧伤而甜蜜的歌，这首歌的每个音符都会触动他的心灵，引起他对故乡的无尽思念，它不是单纯地涉及山水花园，是对一种更遥远、更深邃的家园的渴念。在尘世间，这一家园可惜只剩下明媚的反光，因此他感叹道："为什么我们会失去对世界的纯洁的思考、奇妙的渴望以及自然中神秘而异常的光芒？只有在梦幻之光中我们才能重新看见那不可知的、奇特的地方！"（47）

弗里德里希不但从自然之书中吸取营养，而且通过别人朗诵的故事《带角的齐格弗里德》和家庭教师《圣经》的阅读等，不断深化对诗的认识。书籍为他打开了通往宝藏的大门，给他描绘了自然之中所隐藏的壮丽，他的心灵因此变得前所未有的虔诚和快乐，甚至笨拙的木刻版画也变得可爱和有价值。如果诗中能够镶嵌上美丽的自然景色图画，那么这样的诗才是他最喜爱、最好的。艾兴多夫认为诗在人类生活当中具有非常重要的意义，"它是有教养之人的社会的有机组成部分"。[①]弗里德里希把象征不同类型的诗分别比作铜版画和木刻画，铜版画虽然精致、整洁、带有现代气息，但它却限制甚至败坏人的想象力；木版画虽则线条混乱，因为想象力而面目全非，可是没有想象力，人类即无法进行阅读，它能够开启清新与无限的空间，而这正是诗之所求。他的幻想力在大自然的陶冶下，在书中主人公及其经历的激励下，充分沐浴着健康与自由的清风，抗拒着整个无诗意的世界，其中马蒂亚斯·克劳迪乌斯的一些小诗因其亲切动人而令诗人弗里德里希激动不已；在他身处无聊沮丧之境时，这些诗给他送来纯朴、真诚和忠诚，给他带来了美好宜人的安慰。尽管弗里德里希经常在各地漫游漂泊，但是他依然特别愿意长久地与诗人克劳迪乌斯进行心与心的交流，愿意将自己所有的祝福都献给这位诗人。在弗里德里希看来，人生中能够与诗人克劳迪乌斯见上一面乃是他最为真挚与热忱的愿望。

---

① Hans Jurg Lüthi: Dichtung und Dichter bei Joseph von Eichendorff. Bern[u.a.]: Francke, 1966, S.78-79.

影响弗里德里希整个人生、标志着他生命新阶段的则是宗教，首先是家庭教师关于耶稣受难故事的激情朗诵，随后是弗里德里希本人对《圣经》的忘我阅读。艾兴多夫本人也认为："诗与宗教在这一点上是一致的，即它需要整个人类，包括其情感、幻想力以及理智。"[①]弗里德里希反复强调，他永远无法用言语来描绘他阅读这些虔诚文字时的心理感受，只能通过发自内心的抽泣来宣泄自己的情感，他的心灵时刻被这些故事所充盈，因此，他不能够理解，为什么他的家庭教师以及家里其他人都早已熟知这些故事却仍然内心无动于衷，为什么他们依然能够清闲地生活下去。说这些话时弗里德里希情绪高昂，然而他自己唯一的听众，也就是恋人罗莎却已经悄然入睡。而且他关于诗的思想并不能改变和影响友人雷奥恩廷和法贝尔的诗人气质，一种令人痛苦的情感掠过他的心头，重新出行漫游的渴望霎时间又占据了他的心灵，只有在漫游中他才能找到并实现他的期待与梦想。他深感不能将自己生命中最美好的时光耗费在毫无目的和意义的冒险中，更不能浪费在无聊的行动中。他的真正思想和情感已经超越世俗之人，正在向更高的地方飞翔。思绪万千之时，他记起了从前一首歌：

我曾经写过一首诗，
灵魂因此而欢喜，
忠诚的行为和爱恋，
这才是我的最爱。

感动我心灵的一切，
我都会忠诚地说出，
这些并非虚构，
而是出自我的内心。

① Joseph von Eichendorff: Schriften zur Literatur. Werke. Band III. München: Winkler Verlag, 1976, S.544.

爱人也无法解释，
只能当面给我嘲笑。
她转而面向他人，
对我不闻不问。

她与傻瓜游戏，
我心日益忧伤，
我的头脑发胀，
因为我已不能爱恋。

啊，上帝，我还可把谁相信？
她都不愿将我理解，
她显得如此陌生，
一切必将消逝。

众人迷惘徘徊，
她是如此美丽红润——
什么也不能令我兴奋，
我更宁愿死亡！（56）

借爱人对他的不理解，弗里德里希尽情地在抒写世人对他的不了解，而诗人所珍视的始终是“忠诚的行为和爱恋”；诗人愿意把自己内心体验和感受的一切，毫无保留地献给忠心倾听他的声音的听众。而世俗之人回报诗人的，却只有冷淡和嘲笑，诗人不愿意屈服于这种小市民的生活方式，他将以诗为工具，同不再倾听诗歌声音的世界斗争到底。正是令人忧虑的时代和事件改变了他和他的诗人气质，虚伪的人群让他恶心，他们对可怕的时代进程无动于衷，对骇人听闻的时代警告心不在焉。世界的新生将带来人的解救，时代要求人们投身未来，这不是偶然的历史事件，而是现时代对诗人的要求。[①]

尘世间所发生的一切似乎也印证了弗里德里希所唱的一切，连小女孩玛丽也不例外，世俗正在把她吞噬，幸好弗里德里希坚信，人世间存在永恒的情感，它必须通过诗的力量，提高和改善人类。他无视于世俗之人戏弄和讽刺诗人的行为，而且他对恋人罗莎厌倦自然不告而别的轻率行为深感忧虑，他认为罗莎下山去往平原乃是离开美丽的自然世界进入平凡的世俗世界，而在这个世界中，忠诚的道德、虔诚以及纯真都已经不复存在，罗莎正在走向一座装饰华丽的巨大坟墓，其结果必然是咎由自取。面对世俗中的任何有违道德的行为，弗里德里希会不顾一切地阻止。而且他认为世人对于生存意义的认识并不明确，尽管忙忙碌碌，却不知生命的意义何在。因此，他觉得对于世俗之人的言行很难理解，对此，雷奥恩廷也深表赞同，因为“一切都已消失，没有人知道它是否还将重现。当今世界已不知道应将成什么样子，但也已经不是原来的样子”。[②]

作为诗人，弗里德里希渴望看到人与自然以及人与人之间的和谐相处，所以在和雷奥恩廷一起去其女友尤丽娅父亲庄园的路上，当他看到不同身份和等级地位的人和平相处、彼此开着玩笑以及人与自然融洽统一之时，他由衷地赞叹。在这种和谐氛围中，弗里德里希感觉到诗可以鼓舞、启发、开导和感化人。诗人要为诗人之外的目的服务，诗人应该培养及保护人类曾经拥有而现在正遭受破坏或威胁的事物，即“公正纯朴的道德、忠诚的行为、美好的爱情、德意志荣誉以及所有古老壮丽的美景”。[③]弗里德里希和雷奥恩廷陶醉在大自然的明朗、快乐与无拘无束之中，大自然当中的一切使他们感觉到舒爽愉悦，其心情也随之变得宁静柔和，许多人为了找到这种情感，在纷繁复杂的世俗享乐或者科学研究中白白寻找了一辈子。这种祥和的生活使弗里

① Vgl. Hans Jurg Lüthi: Dichtung und Dichter bei Joseph von Eichendorff. Bern[u.a.]: Francke, 1966, S162-163.

② Volkmar Stein: Die Dichtergestalten in Eichendorffs „Ahnung und Gegenwart“. Winterthur: Keller, 1964, S93.

③ Volkmar Stein: Die Dichtergestalten in Eichendorffs „Ahnung und Gegenwart“. Winterthur: Keller, 1964, S.105-106.

德里希倍感舒适，他的心灵更加强烈地感受到了这种静谧的氛围。森林的簌簌声、四周鸟儿的歌声、自童年伊始便惦记在心的美好孤寂情感，一切的一切在他内心深处又唤回永恒的情感。美好的未来如朝霞一般笼罩大地，从人的预感与记忆之中能够产生新的世界，平凡的事物显得更加伟大、美丽和强劲，它们以更奇异的面貌出现。在这种氛围的激励下，弗里德里希随心所欲地创作了无数的诗歌以及奇妙的故事，对他来说这时候是他一生中最幸福的时刻。

他坦率地告诉尤莉娅的父亲，什么也不可能阻碍自己诗艺的发展。他知道尤莉娅的父亲对任何严肃的事物都心怀神圣的敬畏，由于已经厌倦所受的片面教育和所遭遇的无数痛苦，他已经放弃了对诗歌、爱情、英雄气概以及生命中一切伟大非凡的事物的忠诚信仰，因为世俗中的一切无不显得笨拙且不再适应时代的要求和发展，人们已经厌倦了去探讨世界的奥秘，沉溺于狂妄的虚无之中，渐渐地愈来愈冷淡地退回到自己狭小的天地，并且最终把世间的一切事物都变得空虚和无价值。但是，他特别喜欢弗里德里希和雷奥恩廷这两位年轻人，因为他们善于理解他讽刺时弊充满睿智的幽默和笑话，他们代表着这世俗社会中新的群体，他们使他变得欣喜愉快；此外，他还觉得他们的到来让他仿佛恢复了过去的朴素、诚恳和正直。艾兴多夫在评价阿尔尼姆时也曾经说："谁要战胜糟糕不健康的状况，谁就必须克服自身的道德败坏。"[①]因此，弗里德里希也发自内心地喜欢上了这位长者。

与此同时，城堡中的两位女性也引起了他的注意。尤莉娅的天真、纯朴让他深感惊讶，她的这种品质已经使她远远超越了狭隘的生活圈子的限制。化妆成男孩的埃尔文一直以仆人的身份跟随在弗里德里希左右，虽然她的行为较之于其他人比较特立独行，但一直未得到弗里德里希的关注。尽管弗里德里希发现她浑身充满使一切迷惘混乱乃至毁灭的热情，尤其是她特别缺乏宗教素养，但弗里德里希还是决定对她进行宗教教育，促使她理解熟悉拯救者——上帝的所有品行与举止。

① Joseph von Eichendorff: Schriften zur Literatur. Werke. Band III. München: Winkler Verlag, 1976, S.790.

随着时间的流逝，他发觉埃尔文更易于受奇异事物的影响。通过弗里德里希的启蒙，埃尔文内心变得更加宁静、平和及愉快，这是弗里德里希第一次利用宗教诗歌对人进行启发教育，并且取得了一定的成效。由于他们的到来，尤莉亚开始读书写作，而埃尔文则弹起吉他唱起歌来，诗已经宛如春风一般拂过她们的心灵，促使她们的心灵发生了极大的变化。弗里德里希“谈到诗，他会很肯定地赋予它以道德的使命，通过道德标准衡量生活”。[①]

作为诗人，弗里德里希对自然有一种本能的热爱，他对雷奥恩廷坦言，自然乃是美的独特体现，它有自己的思想，通过溪流、树木、山川等表现自身，其中包含着丰富的艺术和乐趣，宛如充满魔力的大海。宁静安详之人置身其中，不会受其他力量的干扰；诗人会在这片美丽的土地上自由地创作，“生活在这块神奇的土地上就仿佛生活在寺庙的厅堂之中”。（96）由此不难看出，弗里德里希不仅怀有朴素的自然观，而且对宗教抱有崇高的敬畏，自然之中的美好有如宗教殿堂的幸福，生活在其中的诗人因此而倍感惬意。因此，在美丽的花园中，或者在令人清爽的森林中，弗里德里希又开始了勤奋的诗歌创作，陪伴在他左右的只有他从尤莉娅父亲的图书馆那儿借来的书籍。在这样自然的环境中，弗里德里希的灵魂不再受到世俗事物的干扰，他的精神变得开朗及轻松愉快，充满生机和活力，即便是最普通的一本小说，他也会满怀虔敬之心充满幻想地凝神阅读。

艾兴多夫在谈到诺瓦利斯时说道：“诺瓦利斯第一个意识到，新的教育在精神上全部扎根于基督教之中，其基础必然追溯到基督教，如果今后要想获得意义和持续下去。只有宗教才能唤醒欧洲，保护各族人民。”[②]然而，弗里德里希也深深地意识到自然已经被人为地破坏，往昔的美好已经不复存在，照耀着这些书本以及整个大地的富有生命力的光芒已经消逝；他所熟悉的那些人物形象已然变得陌生和不同，

---

① Volkmar Stein: Die Dichtergestalten in Eichendorffs „Ahnung und Gegenwart“. Winterthur: Keller, 1964, S104.

② Joseph von Eichendorff: Schriften zur Literatur. Werke. Band III. München: Winkler Verlag, 1976, S.26.

在他眼里他们就像一幅蹩脚的木刻画，令他啼笑皆非。怎样才能拯救自然的毁灭呢？只有像鲁滨孙或骑士一样在漫游的过程中与大自然亲密接触，让自然的风景深入诗人的内心，流淌于他笔下诗作的故事以及人物中，让大自然之书沉浸在绿色的宁静氛围里，不断向远方潜行，让世俗之人从中获取恢复精神的力量。

诗人是通过自然之书进行创作的，没有诗人能够创造完美的天堂乐园；他只能从美丽的大地上搭建起一架通天之梯。(98) 懒惰及厌世之人已经丧失攀登这金色之梯的勇气，对他们而言，神秘的自然之书不再具有生命力，日常的生活和劳作已牢牢地将他们束缚，他们对阅读自然之书毫无兴致。由于对大自然有着深切的理解和感悟，弗里德里希才能够体会神学家维克多自然率直的天性如何为世俗社会所不能容忍的现实。维克多的性情一方面忧郁和压抑，另一方面又表现出诙谐与放肆，习惯于以世俗的眼光来考察人之天性的普通人把他看成双面人，而这正是他性格的自然展现。他从不满足于表面上形式相同秩序井然而实际上单调无聊的事物，他滑稽有趣的天性后隐藏着讽刺嘲弄睿智，以此表现出他对小市民社会的不满意。小市民们的奉承阿谀、庸俗世故违背自然的特质，他鄙视世俗社会中人与人之间的友谊，与这些矫揉造作的人始终保持着一定的距离。这些人不懂他为何忧伤为何快乐，以自身的虚伪和狭隘从各个方向挤压着他，弗里德里希认为这实际上意味着对自然的扼杀。

对自然天性的仰慕促使弗里德里希和雷奥恩廷经常去拜访维克多，弗里德里希创作的诗歌由维克多演唱，尽情享受着大自然给予他们的乐趣。在小说的叙述者看来，诗人天性都向往自然，渴望自由、爱好漫游，奇妙与永恒的国度才是他们诗意的栖息之地。可是恋人罗莎不理解弗里德里希的诗人情怀，她一心追求的只是城市的社交生活，为此她甚至与弗里德里希不告而别。为了寻找她，弗里德里希不得不离开深爱的自然，进入世俗的城市。出发前他来到昔日作诗的花园，吟咏出下面这首感人的诗句：

呵，远逝的山峰和峡谷，

美丽的森林，青苍碧绿，
你是虔诚的圣殿，
优美的驻留之地！
人间，繁忙的世界
常常欺骗地喧嚣一瞬间，
再展开一回吧，
你这绿色的营帐！

天将破晓，
云蒸霞蔚，大地闪烁，
欢乐的小鸟在歌唱，
歌声飞出了你的心窝：
世间的烦恼阴沉沉，
刹那间云消雾散毫无踪影，
你又该复活了
返回年轻时代的胜景！

清朗朗，林间写着
一句话，幽静、端庄，
颂扬爱情，颂扬方正，
那是为人立身的根本。
我忠实地读着这番话，
简朴、晶莹，
贯穿我的灵魂，
那是何等的光明。

不久我将要离开你，
陌生地转悠异国他乡，
五彩缤纷的小巷，飘忽晃荡，
那是演奏生活的戏场；

生活的囊核里，
孕育着你那刚正的力量，
它将我从寂寞中唤醒，
我的心再也不会迷茫衰老。[①]

这首诗叙述了“我”在森林中的驻留以及随之而来的与森林的告别。诗歌一开始“我”就身处森林（浪漫派作家们的梦想之地），和森林热烈地交谈着，从而与“忙碌”的尘世（现实）划清了界限。因为外在的世界充满“欺骗”，只有森林才是他欢乐与痛苦的“虔诚”之地。他呼唤着森林，盼望森林再一次为他撑开绿色的穹顶。同时，“我”在森林中还感受到了爱的诚挚而隐秘的话语，内心变得一片澄明，现在却不得不与森林告别，去观看世俗社会中的“生活戏剧”。此时“我”的心里很清楚，离开森林将意味着什么，“陌生”与“孤寂”会如影随形。“我”直截了当地赞美森林并把它与“忙碌的世界”进行比较，世界在森林的外面，世界在“疾驰”，代表的是异样和陌生；而这个“绿色穹顶”则蕴藏着宁静与和谐。诗行中将“疾驰”与“忙碌的世界”联系在一起，表明外面的世界已经不再宁静，充满纷繁与困扰。时间上正好与德国历史上工业不断发展的情况相吻合，那时人有被当作有用的工具的趋势，不再被看成是独立的个体。反对这种发展趋势的后果则是艾兴多夫的一贯思想。

诗中的“我”描绘了森林清晨的鸟语花香，雾气弥漫，万物处在平和静谧之中；置身其间，人顿觉神清气爽，忘却了忧愁和烦恼。诗歌表现了“我”的深切渴望，即希望尘世之苦早日烟消云散，只有这样人才能在庄严中再生，永葆青春活力，开启新的生命征程。正是由于理解了生命的要义，诗中的“我”才恍然大悟。随着时间的顺延，“我”再一次与森林直接攀谈，因为他即将告别森林，进入城市“五彩缤纷的小巷”。森林乃是和谐自然的象征，离开森林也即意味着离开了

① [德]艾兴多夫：《艾兴多夫诗选》，曹乃云译，上海：上海文艺出版总社百家出版社，2006，第17-19页。

自然的怀抱。诗歌一方面表达“我”新的生活计划，另一方面也隐含了“我”对未来的不确定，突出了人在陌生之地（城市）愈发显得陌生的感觉，表现了“我”对即将离开森林进入森林之外的城市世界的恐慌。在艾兴多夫看来，城市意味着沉闷、孤独和无聊以及时间和空间的凝固。最终诗行笔锋一转，对森林力量的信赖和对森林的回忆（信念）鼓舞着深感孤寂的抒情主人公，使他的心灵在纷繁复杂的世界中依然年轻并且充满生机与活力，因为“诗是拯救世界的良方”。[①]

初次到达城市中的弗里德里希无时无处不被不自然的氛围所包裹，罗莎又被社交聚会所吸引，她新换的女仆因为弗里德里希衣服满是飞尘而鄙视他，警察也因为他的行踪可疑而驱赶他。城市就像充满魔幻的海洋，各种声音和色彩如潮水般向他涌来，撞击着他的心灵。一切对他而言都显得光怪陆离，令人迷惑，使他情不自禁心生恐惧。城市中的人都是一群没有个性的木偶，他们孤独无助。他来到城市后参加的第一次活动是一场假面舞会，城市就像一个巨大的舞池，昏暗空旷，戴着面具的人们在其中混乱地跳着舞，随时随地都可能迷失方向。在这些人群中，弗里德里希觉得仿佛置身于死亡之海中，没有生机、没有活力，而且这些人已显露出道德沦丧的痕迹。他看到罗莎交了新的男友，而男友在送她回家后马上又登上了另外一位女士回家的车。由此，弗里德里希发出了“这儿所有的花都已经枯萎的感叹”。（114）尤其是罗莎原来的女仆玛丽，善良童真的她竟然也在这城市的漩涡中变得轻浮，失去了原初的本性。弗里德里希痛心不已，毅然将她带离假面舞会，送她回到住处，质问她为何没有真正认识和了解一个男人就轻易地以爱相许。他认为舞会上的黑衣骑士是魔鬼的化身，众人都受其诱惑而迷失了自然本性，因而跟随他疯狂舞蹈。尽管他外表装饰华丽，是个精力充沛的舞者，但他的眼睛空洞无光，双手如死人一般冰冷，实际上是人间恶魔。他告诫玛丽：“轻率的女孩啊，生命中你已犯下大错，……如果你投入他的怀抱，你的生命将随之消亡。”（116）

---

① Volkmar Stein: Die Dichtergestalten in Eichendorffs „Ahnung und Gegenwart“. Winterthur: Keller, 1964, S.34.

玛丽听完悔恨得泪流满面，然而这一切却被玛丽的女仆所打断。

弗里德里希的仆人艾尔文也感觉城市非常令人恐惧："车子的辘轳声就像永不停歇的狂风暴雨，夜晚的城市如同昏昏沉沉的巨人。"（118）弗里德里希深有同感，他觉得正是这个"巨人"在吞噬着玛丽和罗莎等人，自然已经被人所破坏和毁灭，所有这些都使他的内心充满悲哀。城市和城市中的人仿佛是一副美丽的僵尸，不再有生命力，人的内心变得混乱不堪。这样的环境、这样的人生对诗人而言毫无吸引力，只是空空的躯壳。因而施泰因认为："诗人必须以其新奇和愉快的思想填充心灵的内在圣地，他知晓随意激发人们的神秘力量，通过他的话语让人类倾听不可知的美妙的世界，因此艾兴多夫赞同诺瓦利斯作品中诗是神圣的以及道德应该与宗教相一致的观点。"①

在艾兴多夫笔下，弗里德里希才是大自然中和谐宁静的代表，他对自然怀有深深的眷恋，大自然对他而言就是母亲。他以虔敬的诗人力量挽救迷途之人，因为他知道，离弃母亲只能走向毁灭。诗人的任务就是要使这些人迷途知返，重新回到母亲的庇护中。尽管面对世俗社会的强大，他的作用有时显得异常渺小和微不足道，因为在世人眼里看来，外在的世界中有"充满魔力的河流"，是一个"美丽的世界"（123—124），他们宁愿投身怪诞、梦幻的河流中，屈从于其诱惑，随波漂流。在这样的环境中，弗里德里希感觉精神疲倦、平淡无聊。他看到的是与自然疏远的人们在浑浑噩噩地喧闹，他们不再在高山上或森林中感受伟大思想的庄严隆重，他深感绝望，渴望看到爱人的目光，希望得到自然神奇的问候，重新找回宁静、安慰和快乐。因为"诗人因其神秘的力量而具有最崇高的尊严，他能唤来众神的帮助。他是人类真正的统治者，同时也是人类最尊贵的仆人"。②

百无聊赖之时，他再次离开房间去寻找爱人罗莎，然而他的期望再一次落空，他的心中有了继续旅行的冲动，他独行在大街小巷中，

---

① Volkmar Stein: Die Dichtergestalten in Eichendorffs „Ahnung und Gegenwart". Winterthur: Keller, 1964, S.17.

② Volkmar Stein: Die Dichtergestalten in Eichendorffs „Ahnung und Gegenwart". Winterthur: Keller, 1964, S.14.

心情懒散、兴味索然，每个人的面孔都显得十分陌生，他不知道自己的路在何方，“我们在陌生的大城市中度过的每时和每刻都是生命中最为烦恼的时光”。（125）迷茫中他决定带着朋友的推荐信去见城市中的部长。然而令弗里德里希失望的是，部长的态度也已经丧失了自然本性，他的冷漠使弗里德里希感到有一种无形的力量在压抑着他，场面完全不同于他在美好自然中的想象，促使他不得不迅速逃离这种地方。而对弗里德里希关于国家、公共事物及人的爱国热忱等最新时局的看法，部长表现淡漠，只是平静劝他专心致志于法律、财政及国民经济学等实用的谋生技艺的学习，并且介绍他去观看舞台剧的演出。在卡特娅·勒尔看来，弗里德里希追随罗莎来到城市，幻想通过部长参与政治生活，改变当时的社会时弊，实际上是“偏离了道路，也就是说，弗里德里希迷失在尘世中，已经不知道回归大自然的道路”。[①] 弗里德里希和部长观看的演出，现场非常混乱，舞台下年轻女性轻浮的尖叫声和众人喋喋不休熙攘的笑闹声，表明了大众教育的匮乏和人们对自然和宗教的不理解。尤其是大部分观众的中途退场和组织这场舞台剧的女主人的矫揉造作，使他怀疑演出这部舞台剧的真正目的所在。更让弗里德里希愤怒的是，女主人的孩子也受这种无教养习气的影响，行为举止变得不再纯洁无邪。

此外，有些“诗人”对富人卑躬屈膝，把诗歌当作献媚工具，弗里德里希对此气愤不已。他认为这些诗人只是一些虚伪的诗人，而潜心于诗歌作品的人一定会宁静地享受诗人的创作，心怀朴实无华的思想意识和正直诚恳的愿望，才会愈来愈明白诗中所蕴含的深刻含义。当今时代真正理解诗作的重大障碍是失却内心的平静，以病态的心理进行文学创作，并将这些作品公布于众。真正的诗人乃是展翅高飞的雄鹰，而虚伪的诗人则是自我陶醉的鸵鸟。城市中的生活给弗里德里希带来的是空虚、疲惫和不舒畅，世俗的小市民仍然处在迷惘和不觉悟中。诗人拯救世界和世人的使命还面临重重困难，诗人自身还必须

---

① Katja Löhr: Sehnsucht als poetologisches Prinzip bei Joseph von Eichendorff. Würzburg: Verlag Könighausen & Neumann , 2003, S.148.

接受更多的磨砺，但陶醉于自然和钟情于宗教已经是弗里德里希作为诗人的基本特征。由于世俗之人意志薄弱、道德堕落，弗里德里希渴望通过诗的奇特力量能够拯救民众，正如施泰因说的："诗人应该使民众在思想上做好为自由、荣誉和尊严而战斗的准备。"[①]然而整个社会已经被愚蠢无聊、幼稚可笑及沮丧消沉所控制，人们行色匆匆，耽于庸俗的事物，对诗人抱着讽刺嘲笑的态度，他们生活在非理智、偏见和误解当中，给弗里德里希的感觉是社会呈现一片荒芜，发展已经停滞。人类必须在虔诚的上帝和纯真的诗歌引导下脱离放纵混乱的生活，重新沐浴在朝阳之中。所以研究者认为，艺术不是人类神性的唯一表达，自然更能使人激动，它的表现力处于更高的层次，它比艺术作品更靠近上帝。艺术家被超越尘世的光芒所照耀，它是上帝和人类联系的纽带。艺术家本人突出于其他人之上。艺术家的成就在于，他屈尊于人类之中，使他们理解，通过上帝的仁慈他们体验到了什么；艺术家心中隐藏各种无价之宝，它们直接来源于上帝。[②]

面对罗莎对自己关心了解政治事件的嘲笑，面对侯爵和部长对社交生活的迷恋，面对王子的褒奖和极力劝自己投入世俗事物的邀请，弗里德里希向王子道出了自己的心声："上帝会保佑我不必承担此类耻辱的使命，我的生命属于上帝和自己合法的主人。"（162）在弗里德里希看来，以王子为代表的世俗势力不是他真正的主人，因为现实中以王子和部长为代表的世俗之人，他们耽于庸俗的追求，希望能够恢复狭隘时代的古老法令。弗里德里希执着于自己的梦想，渴求着最高的人生理想。尽管他渴望得到罗莎真挚的情感，但世俗的爱情却不是他所需要的。罗莎的变化他已经洞察于心，她的轻浮和无聊使他们彼此之间的距离越拉越大，因为弗里德里希以为："真正的爱情是单纯、天真和无忧无虑的。"（167）他以思考和写作来摆脱感情的困惑和烦恼，在吉他伴奏声中演唱古老的歌谣成为了他的习惯；同时他喜欢去无人

① Volkmar Stein: Die Dichtergestalten in Eichendorffs „Ahnung und Gegenwart". Winterthur: Keller, 1964, S.124.

② Vgl. Volkmar Stein: Die Dichtergestalten in Eichendorffs „Ahnung und Gegenwart". Winterthur: Keller, 1964, S.18-19.

或人迹稀少的小巷漫步，亲身贴近自然与观察世间的人情冷暖。他的生命只能属于他所热爱的自然、诗和上帝，因此，成为陶醉于自然中的宗教诗人即是他的目标，在他的生命当中这三者已经相互融为一体，不可分割。

大自然中安然宁静的生活历历在目，对上帝的赞美依然在耳边鸣响，这样的日子让人倍感幸福，能够让人忘却人世间的喜与忧。弗里德里希陶醉于大自然的美景之中，仿佛与相识已久的爱人又一次重逢，之后又沉浸于教堂的宁静、庄严、肃穆与永恒当中，这些已经预示出诗人弗里德里希应当走的道路。当王子因为被他诱骗的平民少女离世而向弗里德里希忏悔，并要作诗纪念这位美丽纯洁的女孩时，弗里德里希认为，王子应该去上帝面前忠诚悔过，以便求得上帝的宽恕和谅解。同时他说道："如果只是一场游戏，我就不会写诗对此加以纪念，除了诗歌之外我们现在还能在哪儿展示自己的忠诚与真实呢？"(194)如果一个人有勇气要改邪归正，那就必须去教堂衷心地祈求上帝的力量与仁慈，而不仅仅是以诗行来抽象地代替祈祷。在弗里德里希眼中，这不应该是一个真正的男子汉的所作所为，不值得自己同情与宽慰。

在混沌的时代，保持清醒是诗人必须具备的品质，面对世风日下保持坚定的信念弥足珍贵，展现充分的经历和源源不断的创造力尤显必要。世界已然腐朽不堪，唯有采取强有力的行动才能改变整个世界，正如引导他来到由高山上的居民自发组成的民军营的向导所说，现在有比旅行更重要的事情等待大家去完成，弗里德里希从他们积极向他垂询外界的最新情况以及向导勇敢、高贵和热爱自由等言行举止断定，经过连日来的迷失方向和四处奔波，他终于找到了自己的目标，为此他感到难以形容的喜悦。尽管这个世界已经不存在忠诚和思维，生活于这个世界中的人也已经忘却真诚及人类共同的追求，但弗里德里希认为，在任何时候人都必须以上帝的名义维护自己的诚实并且保存自己虔诚的品质。他以自己的实际行动规劝民军的同事既不要惧怕死亡，也不要轻易舍弃自己的生命。在战斗中他以自己的智慧带领众人突出重围，随后又身先士卒与敌人血战到底，他从内心深处感谢上帝赐予他机会，平生第一次他对自己的所作所为感到满足。他深信追求的目标是正确的，之前他尝试、寻求和从事的一切都是为这明晰而伟大的思想做的准备，现在这种思想正在指引他的行动和思维。他坦言："我会严肃对待从前的一切，与其他人相比我更愿成为真诚的愚人。"(216)

然而，战争虽然持续多年却未取得预期的成果，反而使无数人流离失所，丧失生命，遭受了沉重的灾难和巨大的苦难。可是以女伯爵罗曼娜为代表的富贵阶层却仍然花天酒地、歌舞升平，弗里德里希唯一能做的就是劝他们诚心向上帝祈祷，恢复对自然的关注与热爱，与大自然为友，使世界保持秩序和虔诚。他尤其希望人类能够战胜潜藏于内心的魔鬼，以神圣的思想促使自己的生活或生命变得光明而美好，让荣誉、美德及笃信上帝和谐统一，以完成更加坚定不移的和更伟大的事业。"诗人能使英雄永生，使美好事物长存，使伟大得以延续。"[①]这时宗教信仰已经在他诗人的心中萌芽，经历了长期的思考和丰富的阅历，他已把这种信仰和他诗人的气质融合在一起，在生命的旅途上他将再次起航。他知道，诗人应该预言上帝的精神，因为时代已经"风化"并且"充满敌意，它使人类生活的正常秩序遭到破坏，不再区分事物的高贵和低贱，屈服于庸俗的市侩习气"。[②]在弗里德里希看来，教育人并使人皈依上帝乃是他诗人的任务。

由于埃尔文的病逝，弗里德里希决心要与狭隘庸俗的城市生活和小市民习性诀别，从此返回故乡，回到能够恢复青春活力和心灵喜悦的大自然当中去。他认为，"城市和宫廷对他来说是虚伪与腐化的温床"。[③]自然才是他的故乡，而诗和宗教则成为他内心的故乡。"诗还能构建从社会到世界到宇宙的美，于是在本体意义之外，诗有了救世的功能"。[④]十字架上金色的光芒在黑夜中依然闪烁，历经沧桑的诗人

---

① Volkmar Stein: Die Dichtergestalten in Eichendorffs „Ahnung und Gegenwart". Winterthur: Keller, 1964, S.21.

② Volkmar Stein: Die Dichtergestalten in Eichendorffs „Ahnung und Gegenwart". Winterthur: Keller, 1964, S.108.

③ Egon Schwarz: Joseph von Eichendorff. „Ahnung und Gegenwart" (1815). In: Paul Michael Lützler (Hrsg.): Romane und Erzählungen der deutschen Romantik. Stuttgart: Philipp Reclam, 1981, S.309.

④ 刘润芳：《德国浪漫派抒情诗探识》，载于《外国文学评论》，2006 年第 3 期，第 45 页。

终于找到了自己的家。弗里德里希决定："现在要将所有的计划、天赋、艺术和科学压在心底，重新阅读圣经，就如童年时开始阅读它那样。这样我才能在混乱的时代中找到慰藉，通过神圣的十字架获得人间唯一的公理和正义、解救与幸福。我终将扔掉幻想的七彩朝圣大衣，穿上亮闪闪的甲胄成为上帝的战士，守护在两个世界的边境线上。"(282）他遥望远处的山谷，跪倒在地衷心祈求上帝赐予他力量，能够告知所有的兄弟他的决定。尽管他想把艺术压在心里，然而从教堂里传来的宗教歌声、动人的乐曲声和教堂的钟声混合在一起，一直在他身后萦绕。同时雷奥恩廷也提醒着他，即便弗里德里希能够放弃内心的歌谣，但能够摆脱青春的歌谣、大自然中鸟儿的歌声以及森林的号角声吗？放弃诗歌意味着忧伤和不幸，因为唯有歌声才能使人幸福。

当雷奥恩廷和尤莉亚对欧洲现实十分失望恐惧，准备离开欧洲去海外寻找自己的乐园时，弗里德里希却毅然决然走进了教堂，他的内心已经成熟。由于世界还远未达到完善，诗人负有参与世俗事物从而改变世界的使命。痛苦中有的人会选择离开，而弗里德里希则选择宗教，通过不断净化自己的心灵，等待着时机的到来。只有尘世间的人忘却了世俗的烦恼，放弃无谓的妄图，使时代重新克服弱点努力渡过难关，全力转向宗教，心灵接受宗教中神圣真理的洗礼和启迪，上帝的精神和伟大才能在大众生活中重新生根发芽。唯有如此，行动的时代才会真正到来，古老的自由和荣誉才将重返人间。弗里德里希认为，"正是这种思想的作用我才能留在德国，选择十字架作为宝剑"。(295）"信仰之国"已然倒塌，但弗里德里希相信，这个过程可以阻止，国家可以重新建立。在衰老虚弱的时代背景下，诗人的形象在熠熠生辉，"他自己就应该成为更新这一过程的诗人"。①

此时弗里德里希觉得仿佛唤回了他希望的伟大图画，他内心高兴万分，以古老质朴的歌曲叙说着自己的心声：

---

① Volkmar Stein: Die Dichtergestalten in Eichendorffs „Ahnung und Gegenwart". Winterthur: Keller, 1964, S.113.

忠诚的想法，真挚的追求
都有真正的意义，
它可以升华人的心灵，
任何时候都使我感动。
……
诗人不可能穷困；
即使一切没落，
上帝的怜悯也将托起他——
诗人乃世界的心灵。（295—296）

诗人应该而且必须有自己美好的理想，有始终如一的追求，这样才可以利用上天赐予的灵感和语言，大胆展现内在的秘密，表现丰富多彩的生活中的虔诚和严肃，收获快乐和幸福。诗人应该自由地歌唱，不论是在高兴中，还是在痛苦时，都必须虔信上帝，以便使所有人的心灵都能够得到自由。只有让上帝留驻诗人的心田，他才能精力充沛地衷心歌唱。成为宗教诗人，以自己的歌咏唤醒人们的心灵，是拯救这个世界和这个时代的处方。“步入教堂并不意味着软弱地逃避世界，弗里德里希把宗教生活理解为战士气质的另一种表现形式，通过宗教革新为政治改革做准备。”[①]他决定先开始宗教生活，不是为了避开世俗的危险而躲进安全的港湾，他的目标是为以后的行动创造前提。

弗里德里希从来不曾动摇过，童年时代宗教就已经奠定其生命的基础，这一基础是持续的，即使他陷入感官爱情的世界之中，他依然没有丧失生活的目标，他清楚地看到目标就在他的眼前。他的目光始终向上，以此表现他与世俗之人的不同。虽然他曾经陶醉迷惑过，但他仍然把诗看作是人类的使命，决定通过宗教活动来完成这一使命。人类已经把纯朴的美德基本从社会中驱离，失去了适应古老社会制度的意愿，不加辨别地接受已存在的事物；随着纯朴消失的还有虔诚信

① Volkmar Stein: Die Dichtergestalten in Eichendorffs „Ahnung und Gegenwart“. Winterthur: Keller, 1964, S.123-124.

仰的力量，由此生命——其表现形式为“忠诚的行为”和“美好的爱情”——也失去了令人愉悦的欢乐。世界曾经有过完美和谐的状况，这不是已经毁灭的上帝之国，也不是《圣经》中的天堂，而是理想的社会状态。弗里德里希想到了这“美好辉煌的时代”，诺瓦利斯在《基督教或欧罗巴》中描绘过这个时代，而格勒斯则在其有关民间故事书当中赞美过这个光辉的时代。①

第二节　作为“隐者”的宗教诗人维克多

在艾兴多夫的作品中，还有一类满怀真诚信仰、不避尘世的宗教诗人，他们心怀救世的目的，无须经历任何考验即可显示他们诗人的天赋，其代表是《诗人及其同伴》中的维克多。

维克多是艾兴多夫创作的诗人形象中极其重要的一个，作品中的他尚未登场，就早已受到小说中所有人的尊敬和爱护。诗人或想成为诗人的人在寻找他，期待与他相见；沉迷于生活的小市民在阅读他的诗作时，颂扬他是天才的诗人。因为他就像“黑夜的暴风雨，尽管使人惊异与恐惧，却能表现人类心灵中最隐秘、最内在的思想”。②他们可以建立宗教王国，这样的人必定更彻底地了解时代最深刻的运动——宗教运动。

人们谈到他时，只知道他在旅行；在寻访其故乡的道路上，年轻的骑士诗人弗特纳特曾经迷失方向，因为心怀真诚的信念，终于走出迷宫般的森林，抵达诗人的故乡。在和弗洛伦蒂娜的父亲谈起诗人维克多时，这位长者反复告诫弗特纳特，不要和其他普通人一般见识，

---

① Volkmar Stein: Die Dichtergestalten in Eichendorffs „Ahnung und Gegenwart“. Winterthur: Keller, 1964, S.104-113.

② Joseph von Eichendorff: Dichter und ihre Gesellen. In: Regine Otto (Hrsg.): Joseph von Eichendorff. Gesammelte Werke. Band II. Berlin: Aufbau Verlag, 1962, S.307. 文中引用都选自这部作品，因此后面仅标注页码。

认为维克多只是位思想僵立的学者诗人,"人们看到伟大的维克多骑着马在森林中狩猎，流连在令人眩晕的悬崖上——总而言之：这才是真正的男人"。(315) 可见维克多一直秉承诗人的信念，在漫游当中体验着生命和生活的真谛，而不是如学者一般闭门造车、追逐名利。在其故居前，弗特纳特偶然遇到了诗人，他们首先参观故居的花园，这座由维克多亲自设计的花园建在悬崖边上，引起了弗特纳特的赞叹与羡慕。在艾兴多夫的作品中,"花园是无限和原始的神秘表现形式，象征着一种无意识的统一"，[①]或者如谢林所说"自然应该是可见的思想，而思想则是不可见的自然"。[②]作为诗人诗意栖息的地方，它是诗人追求自然、向往远方及渴望自由的体现，也是他与世俗的小市民的区别所在，因为在小市民眼里，他"脑中除了诗、旅行以及其他一些审慎且耗费高的玩意儿外一无所有"。(326) 他们的话题自然转到诗上，维克多认为，诗人总是具有一种天赋，他把梦想时刻牢牢地抓在手上，自然因此向他敞开心怀。(317) 他预言弗特纳特将来一定会成为诗人，成为另一个维克多，并且拒绝了弗特纳特向他发出的去当地行政官员家的邀请，继续踏上他的漫游旅途。

此后他隐姓埋名参加了一个剧团，成为剧团的文学顾问，有时也参与演出。维克多出身贵族，这是他暂时逃避自己的社会阶层，因为他与这个阶层已经保持了距离。对维克多来说，只有这种无拘无束流浪的生活方式是往日骑士自由生活的替代形式。艾兴多夫认为,"那个时代的贵族已经淡漠了自身的使命，丧失了传统的和真正的信仰，古老的事物已经破碎，金色的线条也已被粗暴地扯断"。[③]演出途中他经常借歌咏来表达他对自然的喜爱、对亲人的思念以及对世俗生活的厌倦：

---

① Hans Jurg Lüthi: Dichtung und Dichter bei Joseph von Eichendorff. Bern[u.a.]: Francke, 1966, S.102-103.

② Vgl. Volkmar Stein: Die Dichtergestalten in Eichendorffs „Ahnung und Gegenwart". Winterthur: Keller, 1964, S.8.

③ Joseph von Eichendorff: Der Adel und die Revolution. In: Hans-Jürgen Schmidt (Hrsg.): Romantik I. Stuttgart: Philipp Reclam, 1986, S.226-227.

在科学之城，
我想摆脱金钱，
有时严肃沉思
有时啜饮美酒。
当我厌倦学习时，
月儿轻轻散步！
在这美丽的门前，
我常奏响音乐。（338）

即便是进行枯燥的科学研究，也必须能够防止世俗生活的各种利诱，当诗人厌倦了各种俗务时，伴随诗人的有音乐，还有漫游途中那“令人满意的心绪”（337），这些才是诗人所追求的永恒的信仰，如艾兴多夫所言：“在艰难的时刻浪漫派诗歌的声音正逐渐消失，只有少数才能够被内心所倾听，因为它唤醒尚未觉醒和成熟的天主教意识。”[①] 由于维克多心怀这种坚定的信念，使他显得与剧团的演员们格格不入，在他们眼中维克多是个“野蛮人”，一点儿不知道现世生活中精神和情感的快乐，对此他以怀念亲人的歌声作为回答；关心他的女伴劝他别过于忧伤时，他认为女伴并不懂得他此时的心绪，因为他真正想念的是能够理解的歌咏、倾听他诗人心声的志同道合者。随后在剧团即兴演出时，维克多更是通过自己的幽默和智慧，对身边这些人进行了辛辣的嘲讽。他们满足于小市民的生活，对剧团的戏剧演出不屑一顾，认为戏剧改变不了人的生活，一切都会依然如故。他们自诩为莎士比亚和康德，带给人世间的只有一场闹剧，他们只有在喝醉酒的时候才能说出最理智的言语。对于小市民的谩骂，他用鼓声予以回击，而对关心他的女伴请求他放弃倔强耿直的性格的规劝，他的回答十分坚定，“不要在我这儿谈放弃和改变”。（345）尽管在各地漫游，但他所爱之地依然是故乡，随时都会去探访家乡的花园，他的信念永远不会改变。

---

① Joseph von Eichendorff: Schriften zur Literatur. Werke. Band III. München: Winkler Verlag, 1976, S.45.

和剧团来到伯爵的休假地演出后，演员们都沉醉在物质生活的满足当中，连诗人德吕安特也不例外，甚至还做起了追求伯爵夫人的美梦。维克多对此了然于心，在和弗特纳特的谈话中，他对脱离实际生活、沉醉于无聊俗务中的诗人非常反感，认为他不愿做欺名盗世的诗人，这样的诗人只会像风神琴一般发出虚幻的乐音，写出的小说虽聒躁一时，过后却再也无人问津。同时，他还坚定地表明："如果生活美好，那么我也要美好地生活，如罗密欧一般恋爱，如葛茨一样勇敢，像堂吉诃德一样深邃。"（383）维克多认为，"一个天才人物，尤其是诗人，他不可能没有天赋"。（317）

施勒格尔曾经说过："作为真正的人的艺术家与他的理想的关系，实际上就是宗教。——如果人们心怀上帝，不是由于义务而是因为爱而做所有的事，我就认为这是宗教性的。……因为上帝说过，即上帝在我们心中。"①作为诗人，既要生活于现实当中，从中吸取创作的营养，又要不拘泥于现实，善于对现实加以思考，从而确定自己正确的生活方向和生活道路。而对自己的同伴——年轻的诗人奥托，他则给予了无微不至的关怀和爱护。当奥托把自己刚完成的剧本朗诵给剧团的演员听，受到他们的无端指责和奚落、嘲笑时，维克多竭尽所能给予他劝慰。他认为，现在的读者和听众已经完全纠缠于戏剧中的胡扯和荒唐可笑的念头，他们所希望的男主角不需要艺术的熏陶，他们的形象机械单一，且他们的性格粗俗鲁莽；女主角只需漂亮可爱、遵守规矩、谈吐抑扬顿挫并善于炫示富贵即可。他们所需要的诗歌得有助于餐后食物的消化吸收以及娱乐消遣，尽管这样的剧本只能如空中楼阁一样转瞬即逝，甚至有可能给戏剧带来致命的损害和毁灭性的打击。但是他告诫奥托，诗人不能因此就屈服，他必须相信观众并不都是愚蠢的，诗人应该使戏剧诗化，感受生活的困苦，忍受无聊的煎熬，保持精神焕发和洒脱不拘。古老而美好的诗歌当中能够形成新时代的戏剧，但是新的诗歌却不会产生于观众病态的要求以及机械的戏剧创作

① [德]施勒格尔：《雅典娜神殿断片集》，李伯杰译，北京：生活·读书·新知三联书店，1996，第 133 页。

者迂腐的写作当中。他劝告奥托，如果要做诗人，需要为有判断力的人服务，同时自己也须具备这种能力，而不必询问他人应该如何去成为真正的诗人。他必须远离剧团的这些演员和女性，不再虚度生命、浪费光阴，“谁若在生命的废物中间闲荡，蝙蝠就会飞过谁的头顶，谁柔软的金发也将因此而受损”。（389）

与此同时，诗人德吕安特在侯爵的城堡中已完全发生蜕变，他接受侯爵的聘任，担任宫廷“娱乐顾问”（386），利用诗人的名声炫耀自己，整天周旋于世俗的小市民当中。对此维克多借为奥托筹款去意大利的机会，给予其有力的鞭挞，嘲笑他缺乏运动，要他多多练习舞蹈。同时，他再次提醒奥托：“谁若真诚地对待他所心仪的事业，谁就能够完成想做的事业。”（391）只有真诚的人，才能真正完成他应该完成的事业，这就是维克多在世间游历所体验的人生真谛。在艾兴多夫看来，以德吕安特为代表的诗人就是他所称谓的虚伪诗人，真正的诗人都是不同凡响之人，“所有杰出的人都会称赞上帝为主人”。[①]况且从诗人奥托憔悴迷惘的脸上，维克多看到了过分的激情所造成的精神和身体上的伤害，他重新审视自己，非常清楚地认识到自己所面临的危险，决定改变自己，而且他也有能力改变自己。他就像隐者一样过起了忏悔生活，以便再次成为自身无限的主人，获得内心的宁静。维克多说：“如果没有人想帮助你，谁给我们权力去抱怨？……我只征募精力充沛勇敢并且要求战斗之人。”（522）单纯的诗歌并不能改变世界，只有将诗歌和宗教结合起来，号召人们投入伟大的战斗当中或者投身丰富的生活实践当中，才能发挥诗歌应有的作用，维克多认为自己成为一名教士正是想把两者有机结合起来，以便为未来服务。

小说中，维克多总共经历了两次爱情悲剧。第一次把爱人的名字刻在故居前的树干上后踏上漫游之旅，并使他由一名军官转变为诗人；第二次再次开始游历则使他确定了诗人的人生方向，尽管他曾经困惑过、迷惘过，但他感觉到，他又有了进行诗歌创作的真正兴致，

---

① Joseph von Eichendorff: Schriften zur Literatur. Werke. Band III. München: Winkler Verlag, 1976, S.49.

正像他在诗歌中所唱的：

如今歌咏和怨诉都沉默，
未来我仍需快乐，
打碎所有的苦痛……
啊，你不属于我，
我的爱早已消逝，
我要捣碎你，
美丽、虚构的图像！（446—447）

他决心摆脱忧郁的困境，重新深入生活，开始新的生命征程。为此，他用令人震撼的声音呼唤在斗室中闭门造车进行诗歌创作的奥托从中逃出来，深入到实际当中去，哪怕是参与战争、种田、伐木甚至是沿街乞讨，只有这样才能获取创作的灵感，“因为我们这个时代的诗不是一种单纯的奢侈品，不是为了给闲散无事的观众消遣和利用，与其他介质相比，它在民族构成中有着内在必要性”。[①]同时，诗人还需抗拒诱惑，为此他对奥托的现状感到非常惊讶，不管这种诱惑是来自俗世生活，还是所谓的“真正爱情”，都会使诗人迷失正确的方向。基于此，他之前曾提醒诗人奥托尽快离开剧团，寻找适合自己的人生坐标；此时他再次规劝奥托，不要被表面的“美好”爱情所迷惑，因为很少有诗人能够注意到，有时看似华丽迷人的夜晚，其实已布满各种危险，它将把诗人引向深渊，被维纳斯所引诱，使人的心灵陶醉于尘世的愉悦、华丽和梦幻之中，沉迷在心血来潮的欲望和对物质的渴望中。同时他坦言：“我也必须和自己搏斗，但愿上帝保佑我们俩！”（454）此后，他拒绝了剧团女同伴科德欣留下来的请求，坚定地走出城门，开始他的朝圣之旅，因为他已经选定宗教诗人作为自己新生活的方向，尽管无数心绪涌上他的心头，但他感觉到一颗颗明亮之星在忧伤的黑

① Joseph von Eichendorff: Schriften zur Literatur. Werke. Band III. München: Winkler Verlag, 1976, S.532.

夜渐渐升起，一切都会变得不同以往。

朝圣途中他偶遇一位隐士，受到他的启迪，作为从前的战士、现在的修道者，他认为用武力占领一座要塞比较容易，难的是无需任何武器就能攻占天堂般美丽的城堡。其实要真正占有它，并不需要任何装备，人所必须做的只是每日的谦恭。经过一夜的冥思苦想和对隐士所居山间修道院的探访，他终于有所领悟，是上帝让和平宁静普照四方，天使就在人间轻舞漫步。可怜的是世俗之人耽于梦幻之中，在黑夜里的陌生之地哭祷上帝，迷惘地探寻上帝的居所，终日为生计所拖累，随着时间流逝他们长大变老，却无法叩开上帝之门，始终不能真正认识上帝及其栖居之地。他深刻认识到："谁若诚恳祈求和平，即使为此心力憔悴，这有什么不好呢？看呐，伙伴，这就是宗教的权利和每日的工作！"（467）也就是说，要过上虔诚的生活，必须有美好坚定的天性，必须放弃暴力，拒绝诱惑，才能成为真正的诗人。因此，他拒绝了奥托要成为隐士的请求。从此他改名维塔利斯，也成为一名了隐士，定居在山间修道院中，和隐士一起斋戒、一起祈祷，当隐士丧失勇气和信念时，他还以自己的歌咏给予他人帮助和鼓励。克恩克注意到，"艾兴多夫曾经计划写一部自传性的中篇小说《开始和结束或我怎样成为隐士》，并且做了一些写作笔记"，[①]可见诗人艾兴多夫通过维克多寄托着自己的理想。

在骑士诗人弗特纳特看来，现在的维塔利斯尽管脸色黝黑，神色憔悴，却比以往任何时候都更英俊，眼神也更加深邃，因为诗意的元素就像春天的微风感染了他。他觉得维塔利斯更开朗、更严谨，"是一位猎取更高贵猎物的猎人。同时也是一位未穿修士衣服的隐士"。(515)因为历尽世事，也因为隐居思索，他变得更加睿智，对诗人也有了更加深刻的理解，所以他认为德吕安特尽管也在隐居，但他依然摆脱不了世俗之物的困扰，不能成为真正的诗人，他所谓的诗歌创作只不过是把尖刻明了的散文化（即单调、平淡、乏味）的东西转移到了诗意

① Klaus Köhnke: „Hieroglyphenschrift". Untersuchungen zu Eichendorffs Erzählungen. Sigmaringen: Thorbecke, 1986, S.14.

般的东西之上，其结果只能导致其毁灭。他在黎明时的歌声中宣告：夜间，上帝我主已在巡游，历尽艰辛寻找他的信徒，尽管屡遭挫折依然痴心无悔。艾兴多夫反复强调，“宗教的本质是对尘世生活的不满足以及把尘世生活和更高贵的生活、把此岸和彼岸通过神秘的未来和过去与现在联系起来。诗的任务与宗教的基本特征是吻合的，其核心内容是宗教性的”。[①]只有具备良好、坚定的天性才能过神圣虔诚的生活，因为维克多认为，“我的爱是真诚而严肃的，因此我想待在山上振作精神审慎思考。相信我，身处高山之上寂寞之中乃是一件壮美的事情。只有为了上帝而不是世俗之利学习，才能真正读懂生命之书”。(522)

孤寂中从遥远的东方传来教堂的钟声，穿越千山万水，呼唤沉睡中的人们起来迎接曙光和黎明的到来。为此，他和隐者已经准备好了漫游的行装即将启程，他对身边的同伴们再次表明了他的心意。与弗特纳特和菲娅美塔的结合相比，他也即将成为新郎，不过他的爱人却是诗。爱人非常认真严谨，作为诗人的他必须首先振作精神进行内心沉思。美好的事物常与孤独紧密相连，只有根据上帝的意愿不断学习的人才能读懂生命之书。诗人不应抱怨生活，沉醉于自己的天才中，而应深入生活，拨开生活的迷雾，给心地善良的人们带去梦想，因此他“要去欧洲古老闷热满是尘土的市场，摧毁叛教之人自造并在其周围舞蹈的神像，拨云见日，让人们带着敬畏重见天幕之中上帝忠诚的目光”。(522) 他反复强调，尘世仍然烟雾弥漫，天使仍需仗剑拯救大众，让他们重获自由及一切，因此，他认为“这是一个幸运的时代，谁出生在这个时代，就必须与它战斗到底”。(523)

总而言之，维克多是一个性格风趣、爱好思索的诗人。在他追求美好诗意的诗人生存中，他曾经经历绝望与困惑，沉醉于梦幻般的漫游之中，但他渴求快乐之心不改，心中不断燃起诗人的热望，通过自己与德吕安特、奥托等诗人的比较认识自己，修正自己的追求目标和人生方向，因此他才决定皈依宗教做个宗教诗人。为实现这个愿望，

① Joseph von Eichendorff: Schriften zur Literatur. Werke. Band III. München: Winkler Verlag, 1976, S.542.

获得内心的宁静，他也如同隐者一般过着严格的忏悔生活。他曾参加西班牙反拿破仑战争，想在战争中寻找高尚的生活，摆脱小市民的狭隘与俗气；他也曾化名参加剧团四处流浪，以此追求无拘无束自由自在的高贵骑士生活。最终他选定宗教诗人作为职业，不但内心获得了宁静，同时还决定再次漫游，以自己的力量拯救迷惘困惑之人，给他们指明上帝和真正的故乡。完成这一使命需要勇气与理智，需要一颗“宗教的战士之心”，把“民族内在的发展当成战场”，[①]这样现实生活才不至于苍白无力，诗人才能有真正的目的和归宿。在诗人艾兴多夫看来，“德国人历史上曾经信仰自然之神，古代日耳曼人甚至信仰英雄之神，例如《埃达》这部英雄史虽然不能证明宗教的历史影响，但其中已可预见神圣的真理。这个民族的来源也可追溯到宗教，这种宗教来源赋予民族以其独特性”。[②]

维克多没有把自己封闭在教堂中，作为教士他来到世界中，他没有放弃诗歌。他的诗艺不同于弗特纳特向往远方的漫游之诗，但它仍是诗，不是夜晚梦幻之中的歌唱和叫唤，而是清晨催人清醒的呼唤。在维克多身上诗人和教士已经融为一体了，他的诗是促人觉醒的呼唤。他心旷神怡地谈论世界之美，同时提醒人们注意其危险。他引导读者穿越尘世的深渊直至混乱的边缘，他要唤醒那些无信仰之人及迷信者、高傲之人及梦幻者，要求他们做出决断。他拯救自然使其充满神圣的意义和天国的光辉，他要把人们带往这天堂之国。维克多为他新的神圣生活选取了殉道者维塔利斯这个名字并为最后献身做好准备，他已经达到了艾兴多夫作品中诗人能够到达的最高境界。他的这一境界是以长期漫游为前提的，穿越了时间和空间，穿越过自然的高山和深谷。他的成长之路经历了尘世的魔幻花园，维纳斯山的深谷和自身心灵的混乱，由于献身于神圣的思想，他重新变得纯洁并获得了内心的宁静。

---

① Volkmar Stein: Die Dichtergestalten in Eichendorffs „Ahnung und Gegenwart“. Winterthur: Keller, 1964, S.141.

② Joseph von Eichendorff: Schriften zur Literatur. Werke. Band III. München: Winkler Verlag, 1976, S.550-551.

第三节　艾兴多夫的宗教观与宗教诗人

把宗教诗人作为诗人的主要形象，对艾兴多夫来说既有自身的原因，也是受浪漫派前辈影响的结果。艾兴多夫出生于天主教家庭，而且终生笃信天主教。他一直以为，“每一件真实的艺术品都是神圣的灵感，产生于虔诚并且通过虔诚而理解。一直以来，深刻反映于图画、音乐和建筑中的各种秘密的天主教对他（指诺瓦里斯）而言即是所有艺术的真正土壤和核心”。[①]不论是在他的文学创作中，还是在其文学论述中，宗教都是贯穿始终的核心内容。在艾兴多夫看来，宗教能够给人带来和平、宁静和仁爱，可以引领人类到达永恒的天界——阿卡狄亚。艺术应该是隐藏的天使，它来到我们中间，指明美丽的故乡之所在。另外，让·保尔的影响也不容忽视，因为他曾经说过：“所有新诗的源头和特征都产生于宗教，因此，浪漫诗也可以称为宗教诗。”[②]艾兴多夫赞赏这一观点，在文学论文集中也多次提到这个观点。

众所周知，艾兴多夫深受海德堡浪漫派的影响，尤其是诺瓦利斯。诺瓦利斯说过：“诗人和教士起初是合一的，只是后来的时代才把他们分开了。真正的诗人始终是教士，一如真正的教士始终是诗人。”[③]而且德国浪漫派作家普遍渴望宁静，他们的理想世界是宗教改革前中世纪的欧洲，他们用理想化了的中世纪欧洲与当时动荡的欧洲现实相比较，非常希望通过宗教的理想来拯救现实世界，使世界重新变得和谐统一。他们主张用宗教的思想统一人的意识，认为宗教改革虽然解放了人们的思想，可也在一定程度上带来了社会动荡。在诺瓦利斯看来，

---

① Joseph von Eichendorff: Schriften zur Literatur. Werke. Band III. München: Winkler Verlag, 1976, S.29.

② Jean Paul: Quelle der romantischen Poesie. In: Herbert Uelings (Hrsg.): Thoerie der Romantik. Stuttgart: Philipp Reclam, 1986, S.122.

③ 诺瓦利斯：《花粉》。见刘小枫编：《夜颂中的革命和宗教——诺瓦利斯选集卷一》，林克等译，北京：华夏出版社，2007，第91页。

宗教代表了过去和未来，是已逝的美好和将要来临的“黄金时代”。[①] 对于艾兴多夫来说，“歌咏是语言的最高形式，通过它，人与自然、内心与上帝可以进行交流”。[②]艾兴多夫进行交流的工具就是他创作的诗歌：

外面的世界已经安静，
灯火渐渐熄灭，
我的心在窗口回望谛听
夜里一片寂静。

喧嚣的白日已经过去
带着它的痛苦与快乐，
你在这场游戏中赢得了什么，
有什么还留在你困倦的心中？

月亮升起，带着抚慰、祥和，
红尘的世界已经隐没。
星斗闪射着神圣的光
只有他们高高在上。
主啊！在浊浪滔天的大海上
我驾着一叶小舟。
忠实地跟随你金色的群星
奔向永恒的朝霞。[③]

① 谷裕：《隐匿的神学——启蒙前后的德语文学》，上海：华东师范大学出版社，2008，第274页。

② Herbert von der Heide: Innerlichkeit und Kritik in der Literatur der Romantik. Joseph von Eichendorff.„ Aus dem Leben eines Taugenichts. Stuttgart: J.B. Metzlersche Verlagsbuchhandlung, 1977, S.17.

③ Joseph von Eichendorff: Gedichte. Herausgegeben von Peter Horst Neumann. Stuttgart: Philipp Reclam, S63.

寂静的夜晚，“我”站在窗边用“心”观察着世界。诗人在日夜的自然交替中看到了两个世界：一个是白天，代表着世俗的生活，人们为了名利而奔忙，身心变得日益“困倦”，却不知道在这扰攘疲惫中“赢得了什么”；另一个是神圣的夜晚，它给人带来“抚慰、祥和”，让人感受着上帝的安祥。月光和星辉都体现出上帝的神圣，他们在给人的生命引航。人类的心灵只有倾听上帝的声音，感受上帝的启示，才能寻找到生命航船的方向。宗教源自人类心灵对无限的内在渴慕，诺瓦利斯甚至说，“宗教是最高等级的道德”，“我们的一生是为上帝服务”。[①]

德国的新教神学家或者日耳曼学者认为诺瓦利斯的“天主教情结”是他“对一种普遍的‘公教’的憧憬，诺瓦利斯感兴趣的，绝不是对教会的旧形式加以革新，而是筹备一个未来的基督教，这种宗教应该具有促进人类的统一、维护和平的功能”。[②]其意义是“召唤黄金时代的到来，并建立一个新的宗教”。[③]浪漫派作家并不是把宗教简单地看作解救的福祉，而是在经历了启蒙运动、法国大革命和民族解放战争等社会及思想危机后，寻求到的精神上的出路之一。这种信仰的根本“在安置自己的心灵，意在一种对人的终极关怀，而绝对不与外在的物质利益相关”。[④]对艾兴多夫来说，宗教是他从小就确立的信仰，他相信上帝，祈求上帝的赐福与拯救。他希望人类重新回到上帝的怀抱。并且艾兴多夫认为，德国浪漫派作家应该通过自身的诗歌反对人们对浪漫派的指责，“他们并没有使新一代的德意志的天性和艺术陌生化，他们的作品中不包含清净无为的思想，他们在政治上并非无所作

① 诺瓦利斯：《百科全书》。见刘小枫编：《夜颂中的革命与宗教——诺瓦利斯选集卷一》，林克等译，北京：华夏出版社，2007，第 186-187 页。

② 谷裕：《隐匿的神学——启蒙前后的德语文学》，上海：华东师范大学出版社，2008，第 269 页。

③ 冯至：《自然和精神的类比——诺瓦利斯的文体原则》，李永平、黄明嘉译。见范大灿编：《冯至全集第七卷》（德国文学简史），石家庄：河北教育出版社，1998，第 4 页。

④ 刘润芳、罗宜家：《德国浪漫派与中国原生浪漫主义——德中浪漫诗歌的美学探索》，北京：中国社会科学出版社，2009，第 199 页。

为，而且对时代的重大问题表现得也不是冷漠”。[1]

而诺瓦利斯也认为，“宗教奠基于爱。……上帝就是爱”。[2]他的作品也非常能够完整地体现出德国早期浪漫主义的特色，他是理想化了的中古德国积极的提倡者和天主教信仰者。他的重要政论《基督教或欧罗巴》提出宗教改革前中世纪宗教的统一和天主教的欧洲应当作为解救日益混乱的现代欧洲的一种方法。诺瓦利斯认为，新教既带给人们自由思想，同时也使世界分裂、动荡，世俗之人已经变得精神堕落、生活腐化和极端自私。“基督的历史同样是一首诗，《圣经》的内容与一篇童话明显相似，一篇神书是著作界的最高任务。”[3]艾兴多夫认为，诗人应该心怀渴望，特别憎恨“时髦神学家们”平淡乏味的理性主义。[4]他指出，“他（指诗人哈曼）的任务是通过更高的认识实现信仰和知识的和解，以此为基础，用思想、诙谐机智、博学多能及所有的精神武器来保护遭人鄙视和被人误解的基督教”。[5]显而易见，艾兴多夫已经认识到，当时的时代对宗教存在误解。

对于艾兴多夫来说，诺瓦利斯是一位发现时代缺陷的诗人。他还指出，“所有新的教育应该扎根于宗教，其基础必然也是溯源于此”。[6]艾兴多夫认为，文学是教育的手段，仅仅按照美学价值来评价诗是远远不够的，更重要的是应该注意诗是否与民族的精神相一致。[7]由于德意志民族当时尚未形成统一的民族国家，德国作家更有必要以崇高的事物为指引，将此岸与彼岸联系起来，将过去、现在与神秘的未来

---

① Joseph von Eichendorff: Schriften zur Literatur. Werke. Band III. München: Winkler Verlag, 1976, S.25.

② 诺瓦利斯：《百科全书》。见刘小枫编：《夜颂中的革命和宗教——诺瓦利斯选集卷一》，林克等译，北京：华夏出版社，2007，第 188 页。

③ 威廉・狄尔泰：《体验与诗：莱辛・歌德・诺瓦利斯・荷尔德林》，胡其鼎译，北京：生活・读书・新知三联书店，2003，第 258 页。

④ Joseph von Eichendorff: Schriften zur Literatur. Werke. Band III. München: Winkler Verlag, 1976, S.19.

⑤ Joseph von Eichendorff: Schriften zur Literatur. Werke. Band III. München: Winkler Verlag, 1976, S.19.

⑥ Helmut Bernsmeier: Joseph von Eichendorff. Stuttgart: Philipp Reclam, 2000, S.18-19.

⑦ Hans Jurg Lüthi: Dichtung und Dichter bei Joseph von Eichendorff. Bern [u.a.]: Francke, 1966, S.26.

相统一。因此，诗的核心永远是宗教性的，且在宗教生活中才能真实存在。读者和研究者在阅读德国浪漫派文学史时或许都有可能会注意到，诗人怎样在起始时疏远了宗教，最终又重新回到它的怀抱。通过艾兴多夫可以看出，诗人非常看重宗教所包含的忠诚如一与平和宁静两种特征，而这也是作家让他作品中的诗人通过漫游最后心路成熟并且皈依“积极宗教”[①]的主要原因。

施勒格尔是艾兴多夫另一位伟大的导师，他不仅影响了艾兴多夫的思想和创作，并且还促成了艾兴多夫一些重要的诗学概念的形成，尤其是艾兴多夫晚年写作的文学历史文献中某些重要见解，都有施勒格尔兄弟观点的痕迹。在艾兴多夫看来，诗是不可言说之物的象征表达，超越感官的世界、神性以及纯粹的思想，不可能直截了当地描绘出来；自然与人性才是诗所固有的最直接的题材。但这种更高的精神世界隐藏在世俗的材料当中，诗本身只表现永恒的、有意义的以及美的事物。它扎根于传说、民族记忆与过去之中，将现实与未来融于一体，是永恒的事物或完美时代真实而感性的描绘，无限的诗将感性事物描叙成了永恒的象征。艾兴多夫非常重视诗在人类生活中的作用，诗与社会密不可分，艺术作品通过有限的手段描述无限的事物，其基本特征是美，没有美就没有艺术作品。诗即创造，它是所有艺术中最为本质的，它是整个世界的写照。小说是浪漫之书，爱的精神应当纵

① Joseph von Eichendorff: Schriften zur Literatur. Werke. Band III. München: Winkler Verlag, 1976, S.745. 按照艾兴多夫的理解，这种宗教是一种“普遍的人性宗教”（eine universale Menschheitsreligion），是一种“更高级的宗教”（eine höhere Religion），“自然是她的圣经，可臻完善的人的精神是它永恒的启示”。而根据汉斯·昆和瓦尔特·延斯的观点，“上帝自身，在哈登贝克（诺瓦利斯）转化为诗的自我哲学中，被看作伟大的自我，他是每一个体自我的生命根基，是整个宇宙的精神——根源和中心：现代意义上所理解的上帝，是世界中的上帝，是在我们自身和我们的良心中在场的上帝。……诺瓦里斯从未打算为复辟中世纪的天主教教会辩护，……在中世纪后期，‘信仰与爱’为‘知识与占有’（自主的科学和个人的财产）所取代，牧师的自私自利，贪欲和懒惰，人的贪得无厌和耽于尘世，湮灭了中世纪盛期的‘最初的爱’（erste Liebe）。的确，依据诺瓦里斯的说法，教会在16世纪所剩下的不过是一堆‘废墟’和早期基督教制度的一具‘僵尸’而已，以至于‘早在暴乱爆发之前，罗马的真正统治就已经分崩离析、悄然结束了’。……他的理想既不是心胸狭隘的罗马教会，也不是地方主义的新教教会，而是真正的天主教的普遍教会，即欧洲的普世教会”。见：[德]汉斯·昆、瓦尔特·延斯著：《诗与宗教》，李永平译，北京：生活·读书·新知三联书店，2005，第162-176页。

贯其中，这种爱已超出个体，预示着更高境界的永恒之爱，它是行动的源泉与灵魂；它无形地存在于浪漫之诗中，只有幻想力才能理解和描绘其神奇，它是幻想之物的诗意表达。幻想力竭尽全能想表现自己，而圣明之物在自然之领域只能间接地显示出来。因此，艾兴多夫在其作品中没有将现实刻画为单纯的时空现实，因为诗的主要任务在于表达世俗事物中的永恒及美好，所以只有被超越尘世的力量所美化了的现实才是诗的题材。[①]

德国浪漫派作家的创作反映了他们的宗教虔诚和对“彼岸”“来世”的追求。例如耶拿浪漫派作家瓦肯罗德热心钻研中古文化，强调中古德国艺术和民间文艺的价值与优美，是重视民间文学和面向中古德国文化的德国浪漫派的先驱。他的代表作是《一个爱好艺术的僧侣的心曲倾诉》，书中写一个僧侣在修道院的孤独生活中对中古文化艺术，特别是对绘画、音乐的见解。作者在评论中世纪德国文化艺术时，尤其赞赏中古德国文化所表达的宗教内容，他认为“艺术和宗教应该一致，艺术家和宗教信仰应该统一”。[②]在他看来，“这些中世纪艺术中蕴藏着人类的爱和宽容谅解精神，这种精神又是在全能的造物主感召下产生的，作者认为中世纪艺术的价值就在于它的宗教精神”。[③]

艾兴多夫始终相信，宗教本身可以结束人世间的混乱状态，重新建立有组织、有秩序的生活。真正的宗教把即将沉沦之人和神性的重新统一作为自己的目标，让人再次获得和谐。只有宗教思想才能指出正确的方向，产生真正的艺术作品。诗最内在的关切即为：真正的诗是完全宗教化的，而宗教是诗意化的，描述这两者神秘的双重性是浪漫派最重要的任务。[④]浪漫派作家想通过宗教使整个生活神圣化，施

① Vgl. Hans Jurg Lüthi: Dichtung und Dichter bei Joseph von Eichendorff. Bern [u.a.]: Francke, 1966, S.78-90.

② 余匡复：《德国文学史》（修订增补版，上卷），上海：上海外语教育出版社，2013，第251页。

③ 余匡复：《德国文学史》（修订增补版，上卷），上海：上海外语教育出版社，2013，第251页。

④ Vgl. Hans Jurg Lüthi: Dichtung und Dichter bei Joseph von Eichendorff. Bern [u.a.]: Francke, 1966, S.20.

勒格尔尤其如此。"揭示并使人们认识到所有科学以及生活关系中教会的力量从现在开始乃是作家们的任务。……教会本身乃是所有知识的容器，破坏它乃是所有行为最糟糕的一种。"[①]所以艾兴多夫才认为，"阿尔尼姆诗歌的力量就存在于它的道德元素，他诗歌的伟大正义性和天生的宽容融合在一起，他的诗歌比他天主教化的时代和艺术同伴更加天主教化"。[②]

艾兴多夫《预感和现实》中的诗人弗里德里希就相信，人类以前过的就是美好生活，因为那时宗教是信仰、智慧与诗歌三者的统一。他认为，有道德的生活与诗意的生活大体上是能够一致的。逝去的黄金时代是自由漫游、充满英雄行为和理想的国度。诗人为了保护恢复这种生活秩序所做的奋斗的基础是宗教性的，因为他拥护这种观点，所以他就同时预言并赞美了"上帝的永恒精神"。[③]从中可以看出，艾兴多夫对宗教怀有怎样的感情，他通过弗里德里希寄托了自己劝人皈依宗教努力奋进的观念。

弗里德里希同时还认为，时下文学的弊病在于完全的抽象化，生命的平庸以及形象的空洞。诗更应该充满激情地观察审视社会及人间的各种事物，着重于思考，只有在高贵的思想中，道德、美丽、品德与诗歌才会天人合一，使读者心怀神圣的欢乐和喜悦。艾兴多夫对此也心知肚明，所以他才说："这样的小市民不知道怎样对待诗，而诗也同样不知道如何和这些小市民相处，尴尬之中这群小市民今后只能单纯用理智来作诗。"[④]通过对弗里德里希人生的描绘，艾兴多夫要表明，"人类的疾病在于，他们被尘世享乐所迷惑，偏离了上帝，他们能够而且必须回归上帝的怀抱，为避免在永恒的生命中堕落，帮助他们乃是

① Joseph von Eichendorff: Schriften zur Literatur. Werke. Band III. München: Winkler Verlag, 1976, S.31-32.

② Joseph von Eichendorff: Schriften zur Literatur. Werke. Band III. München: Winkler Verlag, 1976, S.791-793.

③ Volkmar Stein: Die Dichtergestalten in Eichendorffs „Ahnung und Gegenwart". Winterthur: Keller, 1964, S.106.

④ Joseph von Eichendorff: Schriften zur Literatur. Werke. Band III. München: Winkler Verlag, 1976, S.12.

诗人的使命”。[1]由于启蒙主义者将知识和信仰割裂开来，世界由从前的精神花园变成了一片理性的荒漠。“对宗教的蔑视，同时也是对想象、情感、艺术爱好、美德、过去和未来的蔑视！”[2]

艾兴多夫刻画弗里德里希时，许多神秘的事物吸引了他，很多东西都是他内心的隐秘之物，如同古老而已消逝的思想令人沉醉。而且诗意之物不单纯来自生活，它和生活构成了更高的统一体——诗意的生活。“诗歌创作是诗意之人的独特行为，这类人在不进行诗歌创作时也是诗意的。诗歌创作是一项实实在在的使命，在很大程度上生活本身比诗意化更为重要。”[3]正如蒂克所说：“艺术家是智者、英雄和殉道者，艺术则是标志、瑰宝及间接起作用的力量，它是崇高的要素，促使所有人相信自己，相信人类更高的事物，使他们摆脱厌恶与绝望。”[4]

艾兴多夫在《论艺术文学》中认为：“艺术创作活动通常是向着天主教的故乡前行，以便在那里获取暖人的力量。”[5]诗的语言中包含着许多神奇的力量，它将从人类纯洁的内心中喷涌而出照亮世界。面对可以买来荣誉、爱情以世俗快乐的金钱，人们可以不遵守自己的承诺，可以饱食终日直至死亡，甚至所谓的“诗人”也可以中饱私囊，完全不觉得自己的行为有多么可笑。因此光明与黑暗还在进行着激烈的争斗，未来尚不知是祸是福，世界还处在深沉寂静的期待之中。青年人既不能沉溺于无忧无虑的游戏，也不能和父辈一样陶醉于优雅的宁静，生命的神圣和庄严将使人觉醒，新与旧的战斗没有止境，奇迹终将出现，新生事物必将在战斗中获取新生。带着如此信念，弗里德

---

① Volkmar Stein: Die Dichtergestalten in Eichendorffs „Ahnung und Gegenwart“. Winterthur: Keller, 1964, S.56.

② 汉斯·昆、瓦尔特·延斯著：《诗与宗教》，李永平译，北京：生活·读书·新知三联书店，2005，第 172-173 页。

③ Volkmar Stein: Die Dichtergestalten in Eichendorffs „Ahnung und Gegenwart“. Winterthur: Keller, 1964, S.47-48.

④ Vgl. Volkmar Stein: Die Dichtergestalten in Eichendorffs „Ahnung und Gegenwart“. Winterthur: Keller, 1964, S.18.

⑤ Joseph von Eichendorff: Schriften zur Literatur. Werke. Band III. München: Winkler Verlag, 1976, S.8.

里希满怀希望走进山上的修道院，明亮的太阳冉冉升起，新的前程已经展现在他的眼前。雷奥恩廷远走美洲探索世界，兄长鲁道夫走向埃及开始新生活，法贝尔依然沉迷现实进行创作，都不是弗里德里希所要追求的目标，将诗与宗教结合才是他的首要任务，正如艾伯哈特·勒莫特所说："弗里德里希期待着未来的启程时刻。"①浪漫派作家要把诗变为宗教，把宗教变为诗，以便重新赋予诗人古老的祭司尊严。诗被称颂为救赎与和解的力量，步施莱尔马赫的后尘，诺瓦利斯也把诗人看作是两个世界的中间人。诗人获得了一种神圣的尊严，"他使人与自然、精神性与动物性相互和解……富于灵感的诗人能够完成哲学家没有做到的事情：通过拯救人类，使人类超越自身，并以诗的比喻，向人类揭示出那个普遍的，而不是分裂的，并且只有在艺术中才复苏的世界"。②

身为天主教徒的艾兴多夫试图从宗教信仰的角度解决理想与现实的冲突问题，过分启蒙的弊端在于否认神的启示，片面推崇人的理性。他认为："诺瓦利斯把他的事业就直截了当地建立在天主教真理的基础之上，宗教情感中的不可言说之物也表现在瓦肯罗德和蒂克的作品中。"③宗教把沉沦之人和神性的再次统一作为自己唯一的目标，能够让人类社会再次充满和谐。只有宗教思想才能指出正确的方向，产生真正的艺术作品。诗最内在的关切即是：真正的诗应该完全宗教化，而宗教是诗意化的，描述这两者之间神秘的双重属性是浪漫派最为重要的任务。④艾兴多夫认为，"现在无限自由的主体应当独立起作用，它最本真、最直接的力量为其预感能力，它是主体中不可抗拒的

① Eberhard Lämmert: Eichendorffs Wandel unter den Deutshen. Überlegungen zur Wirkungsgeschichte seiner Dichtung. In: Hans Steffen (Hrsg.): Die deutsche Romantik. Poetik, Formen und Motive. 2. Auflage. Göttingen: Vandenhoeck & Ruprecht, 1967, S.224.

② 汉斯·昆、瓦尔特·延斯著：《诗与宗教》，李永平译，北京：生活·读书·新知三联书店，2005，第186页。

③ Joseph von Eichendorff: Schriften zur Literatur. Werke. Band III . München: Winkler Verlag, 1976, S.28.

④ Vgl. Hans Jurg Lüthi: Dichtung und Dichter bei Joseph von Eichendorff. Bern [u.a.]: Francke, 1966, S.20.

力量”。[①]《预感和现实》中弗里德里希心怀救世济人的理想进入修道院,《诗人及其同伴》中的维克多成为修士后又满怀信念走向大众世界,他找到了自己的生活方式,这种方式同时也是浪漫派诗人的理想:“成为隐士,通过诗间接为世界服务,他的诗在宗教中形成,从生活中吸取力量。”[②]他们的目标只有一个,以便回归世界,拯救尚未觉悟的普通民众,因为诗人应该行动一直是诗人艾兴多夫的生存原则。诗人“向上帝指明人性的混乱,并且借助上帝的力量解决这一问题”,[③]因此,艾兴多夫堪称“浪漫派中具有宗教良知的诗人”。[④]到了晚年,艾兴多夫的宗教情结日益深厚,自然染上了更为深重的宗教色彩,他对上帝满含着虔诚,对自然充满着敬畏。[⑤]他愈加相信,宗教诗人才能救赎世界。诗人希望通过发展潜藏在“人心和世界内核中的渴望和力量,从而让世界实现欢乐与和谐”,[⑥]因为“过去的时代是和谐的,现在则是分裂的,所以要求克服分裂,重返和谐”。[⑦]

---

① Joseph von Eichendorff: Schriften zur Literatur. Werke. Band III . München: Winkler Verlag, 1976, S.10.

② Hartwig Schultz: Joseph von Eichendorff. Eine Biographie. Frankfurt am Main und Leipzig: Insel Verlag, 2007, S.235.

③ Wolfgang Nehring: Spätromantiker. Eichendorff und E.T.A. Hoffmann. Göttingen: Vandenhoeck & Ruprecht, 1997, S.27.

④ Erich Hock: Eichendorffs Dichtertum. In: Paul Stöcklein (Hrsg.): Eichendorff heute. Stimmen der Forschung mit einer Bibliographie. Darmstadt: Wissenschaftliche Buchgesellschaft, 1966, S.112.

⑤ Vgl. H.A. Korff: Geist der Goethezeit. IV. Teil Hochromantik. Leipzig: Koehler & Amalang, 1984, S.230.

⑥ [德]艾兴多夫:《艾兴多夫诗选》,曹乃云译,上海:上海文艺出版总社百家出版社,2006,第2页。

⑦ 李伯杰:《“思乡”与“还乡”——〈海因利希·封·奥夫特丁根〉中的还乡主题》,载于《外国文学评论》,1997年第3期,第115页。

第七章　女性在诗人成长中的作用

发端于18世纪末的德国浪漫文学运动是"人类抗拒启蒙理性对个性的羁约，争取精神自由的重要尝试，为世界文明史，留下丰富遗产"。[①]其早期理论家施勒格尔兄弟、诺瓦利斯及施莱尔马赫等人就围绕女性展开了富有浪漫色彩的颂扬，尊奉女性为诗学理想的化身，认为女性具有"创生精神的爱"，[②]揭示出人类历史和宗教神学乃是女性或者母性的象征。德国浪漫派的诗哲们主张世界必须通过"浪漫化"才能皈依本源的意义，对他们来说，"浪漫化"意味着"诗化"，而世界的"诗化"首要的是人的诗化，其实现的手段为爱。诺瓦利斯认为"爱是最高的实在，原始的根基"，[③]因为爱可以使分裂的世界回归统一，消除对抗和分离的苦痛。而弗·施勒格尔则把"爱"视为浪漫派诗歌的原则，相信"爱的精神"是浪漫诗学的真谛，"它必须若隐若现地时刻漂浮在浪漫的诗歌当中"。[④]在他看来，只有内心充满爱的人才能成为诗人，诗人是被诗化之人，需要爱的契机激发灵感，存在于女人的爱中。因此，施拉弗尔强调指出："浪漫主义者的女性……便是诗人们表达诗学生活理想的化身。"[⑤]

在艾兴多夫的作品中，民歌诗人、骑士行吟诗人和宗教诗人才是真正的诗人，他们能够给受生活局限无法自拔的人们指明生活的道路

---

① 卫茂平：《序言》。见张帆：《德国早期浪漫主义女性诗学》，上海：上海大学出版社，2012，第1页。

② 张帆：《德国早期浪漫主义女性诗学》，上海：上海大学出版社，2012，第3页。

③ 转引自张帆：《德国早期浪漫主义女性诗学》，上海：上海大学出版社，2012，第19页。

④ [德]施勒格尔：《浪漫派风格——施勒格尔批评文集》，李伯杰译，北京：华夏出版社，2005，第204页。

⑤ 转引自张帆：《德国早期浪漫主义女性诗学》，上海：上海大学出版社，2012，第20页。

和方向，拯救他们脱离狭隘和世俗的生活。与此同时不难看到，这些诗人的成长并非一帆风顺，女性在他们成长发展过程中的作用功不可没，而这也是艾兴多夫作品所要表现的重要母题之一。艾兴多夫认为，女性在日耳曼民族中占有重要地位，在痛苦、快乐时她们抚慰男性，给男性以众多帮助，使他们变得精力充沛，甚至在战争中她们也跟随军队参与其中，救助伤员，通过其勇气改变战争的方向，战争失败时英勇赴死。“就这样两性互为补充，从两者的相互尊重中能够产生精神之爱的力量，其光辉奇妙地照耀着骑士的中世纪，这种力量承认宗教和它一样具有同样重要的地位。”[①]艾兴多夫作品中表现的女性形象，多多少少是人的基本特征、思想和情感的反映。不管女性是什么样的形象，但在诗人的成长过程中，她们都对诗人有着各种各样的影响。女性的性格特征代表着生命、自然以及所有充满活力的诗人的渴望与追求，其中玛利亚是女性及人类神圣的象征。玛利亚的形象在诗人发展中的地位不容忽视，承担着三种重要的使命。

第一节　诗人心中的圣像

女性在艾兴多夫的作品中，尤其是在诗人的心中是一尊圣像，无论诗人走到哪里，身处何处，她总是永恒地植根于诗人的心中，无时无刻不在伴随着他们，直到他们寻找到生命中永恒的真谛。在艾兴多夫眼里，她们是民歌的象征，代表着诗人的成长方向，体现了诗人的创作原则。小说《一个无用人的生涯》的女主人公奥蕾丽是她们中的典型代表。

这部小说就像一部童话，主人公“无用人”则像一位被爱情所陶醉的人体验着世界。尽管小说一开始主人公曾经说过他的一切都是由

① Joseph von Eichendorff: Schriften zur Literatur. Werke. Band III. München: Winkler Verlag, 1976, S.548.

上帝所安排，他将自己的一切都托付给了上帝，但自从漫游途中邂逅奥蕾丽后，他的内心便无时无刻不被她所占据，爱情的魔力在他的梦中生根发芽，奥蕾丽成了主人公心目中的幻象。他们的初次相遇便让“无用人”感到“有谁比我更快乐”。[①]和奥蕾丽同乘一辆马车去维也纳的路上，“无用人”觉得大地上的一切都灿烂无比，天空中的百灵鸟也似乎在为他歌唱，他快乐得“不好意思大声叫出来，只好在心里欢呼，在马车的踏板上乱蹦乱舞，差点儿把挟在腋下的小提琴丢了”。（45）他童年时听人叙述的一切和自然里蕴藏的神秘事物以及大自然中的所有歌唱，对他来说都是艺术，都是隐匿在他内心中的美好事物在现实中的表现。他的漫游仿佛只有一个目的，那就是去发现并找寻这些隐匿之物。而在他的梦境和现实中不断出现的奥蕾丽，成为这隐秘事物最内在的本质，等待着他前去发掘和认识。施勒格尔曾经说过：“一个风华正茂的姑娘就是纯粹的善的意志力最具魅力的象征。”[②]小说中“无用人”很少能够直接和她说上话，只能从远处注视着她的一举一动，但他迫切希望能跟她在花园散步，把自己想出的许多美妙的话讲给这位美丽少女听。诺瓦利斯称赞女性“是人类的典范，她们比我们更完善、更自由，是天生的艺术家”。[③]“无用人”对她已经心生爱意，而浪漫的爱必然生成浪漫的诗歌。[④]

在“无用人”的眼里，美少女奥蕾丽像个仙女一样娴静、高贵和温柔，他简直不知道他是在做梦，还是醒着。美丽、年轻、活泼的奥蕾丽能够促使“无用人”愉快地拉琴和唱歌，让他觉得宫殿里的夜晚很美好，甚至有时会使他认为：“一只瞎母鸡也会找到一粒谷子；最后笑的人，笑得最开心；常常有意外的事发生；哪怕人们考虑得再周到，

---

① Joseph von Eichendorff: Leben eines Taugenichts. In: Mathias Jung und Bernhard Pöllmann (Hrsg.): Eichendorff. Ausgewählte Erzählungen. Dortmund: Harenberg Kommunikation , 1984, S.44. 文中引用都选自这部作品，因此后面仅标注页码。

② [德]施勒格尔：《雅典娜神殿断片集》，李伯杰译，北京：生活·读书·新知三联书店，1996，第 56 页。

③ 转引自周国平：《诗人哲学家》，上海：上海人民出版社，2005，第 48 页。

④ 曹俊峰等：《西方美学史（第 4 卷）：德国古典美学》，北京：北京师范大学出版社，2013，第 376-400 页。

最后还是由上帝安排一切”。（47）尽管由于他们之间身份地位的悬殊促使他时不时冒出放弃这种不切实际的幻想。看到她时，主人公的内心充满了快乐；看不见她时，“无用人”的心中又满怀忧伤，他的喜怒哀乐总是与奥蕾丽联系在一起。因为奥蕾丽的存在，他懊恼自己没有学习别的手艺，不能在节日时尽情欢乐。无论何时何地，奥蕾丽总是以和平宁静纯洁高尚的天使形象出现：

> 那美人儿，手里拿着一束百合花，坐在小船的边上，默默地微笑着在观赏着清澈的水波，用百合花拨弄着它们。她的整个影子出现于映照在水上的云朵和树木间，看起来像个飘过深蓝的天空的仙女。（49）

而在早期叙事作品或者诗歌当中，艾兴多夫就经常通过罗马神话中的曙光女神奥罗拉的形象来描绘刻画过他所追求的诗歌的特征和作用方式。奥雷丽即代表了奥罗拉，是诗人充满生命力和创造力的象征，这种力量使诗通向其真正的使命。“诗人和奥罗拉的关系更多地是具体描绘为恋爱关系——诗的内容和目的的引导性力量，百合花象征纯洁、宁静。”①在奥蕾丽的柔美目光的鼓励下，“无用人”克服了腼腆与窘迫，唱起能直抒胸臆的民歌：

> 我在自己的花园，
> 找到美丽的鲜花千万，
> 编成许多花环，
> 我把无尽的思念和问候
> 编进花环里面。
> 我不配把花环向你呈献，
> 因为你太美丽和高贵，

① Vgl. Otto Eberhardt: Eichendorffs Taugenichts. Quellen und Bedeutungshintergrund. Untersuchungen zum poetischen Verfahren Eichendorffs. Würzburg: Königshausen & Neumann, 2000, S.87.

我只好让花儿枯萎，
让无比的爱情，
永远在我的心底深埋。
我心儿十分愉快，
忙忙碌碌干活，
其实我心痛欲碎，
我依然一边唱歌
一边挖我墓穴的土块。（50）

透过质朴的语言，“无用人”情感的苦与乐无不表现得淋漓尽致。不管是在工作当中，还是在闲暇之余，“无用人”的脑海中时时刻刻闪现着奥蕾丽娇美的身影，这种不可遏制的情感促使他躲藏于奥蕾丽的窗帘前，静静欣赏她优美的形影，倾听她美妙的歌儿；激励他把前任税务员园子里所种的马铃薯和别的蔬菜都抛掉，在整个园子里种上了精选的花卉，[1]每天把最美丽的花扎成花束，送给高贵如圣母玛丽亚的奥蕾丽。这表明“无用人”希望借此摆脱俗套的小市民生活，进入纯洁的状态，沐浴在自然的怀抱中。浪漫派诗人坚持认为：“只有情感，才能保证诗的世界的纯度，情感是诗的根本条件。”[2]

“情感是神秘的，是一种生命的力量，是诗的源泉。”[3]无论他做什么的时候，他都没有忘记奥蕾丽．和她相处时的恐惧、心跳和极大的快乐几乎让他昏迷，使他感到兴奋不已，好像有莫大的幸福或者什么不平凡的事在等待着他；反之，他又垂头丧气，觉得花儿好像哭过似的，甚至任由野草在他的花园里蔓生，风把花瓣吹散，他的心就像花园的荒芜和凄凉。当他胆怯时，她给予他信心和力量；当他控制不住自己表现得昏昏颠颠时，她则彰显严肃和愤怒。她可以让他快乐地想念和期待什么，把他的一切痛苦和悲哀连根拔掉，使他感觉到“玫

① 在艾兴多夫看来，“蔬菜”等都是所谓的世俗之物，而“花卉”是诗意生活的象征。
② 刘小枫：《诗化哲学》，上海：华东师范大学出版社，2007，第 74 页。
③ 聂军：《译序》。见[德]曼弗雷德·弗兰克：《德国早期浪漫主义美学导论》，聂军等译，长春：吉林人民出版社，2006，第 6 页。

瑰花又像她的嘴了，天蓝的五爪龙像她的眼睛，垂着头的百合花简直跟她一模一样”。(56) 在作品中，“无用人”对奥蕾丽的眷恋其实是诗人对诗的渴望，因为女性是真理和艺术的影射，[①]在弗·施勒格尔看来，女性就是诗，女人本身是一种诗意的存在，“一首完整的诗……最早、最原始的诗”。[②]

对“无用人”来说，奥蕾丽总是纯洁的象征。在他的眼里，“她全身穿着雪白的衣服，就像夜里的一朵百合花，也像清朗的天空上的月亮”。(58)“白色的衣服象征着纯净和明智”，[③]而且百合花素有“云裳仙子”之称，它是神圣之物，寓意圣洁及纯真，由于其外表高雅纯洁，天主教以它作为玛利亚的象征。《圣经》里面也记载，百合花是由夏娃的眼泪所组成，是清新和忠贞之意的代表；根据希腊的社会风尚，女子穿白色衣服，手里拿着一枚百合花，即表示高尚与贞洁。她的清纯有如质朴的民歌，时时感染着大众，使快乐的人们简直要发狂，使“无用人”也忍不住放开嗓子跟人们一起喊“万岁”。而当“无用人”误会她已经和穿着军服、胸前挂着许多闪闪发光的星形勋章的绅士已经结婚时，他又坠入了沉思的深渊，他觉得自己像个猫头鹰一样蹲在树上，蹲在他的幸福的废墟上，他只能“用思想裹住自己，就像刺猬用刺裹住它的身子一样”。(59) 而且他深深感觉到

> 这种思想宛如一阵凉风使他从梦幻中醒来，使他感觉到从前所感动的全部悲哀、快乐和伟大的期望，使她总是在以前看到她的地方或者躺在树荫下想念她的地方驻留，最终促使他重拾旅行的念头。在这个世俗的世界上没有“无用人”和他忠心的小提琴的份儿，他只能和他来的时候一样可怜地离开他的小房子，走上了明晃晃的马路，离开时他心里有一种说不出的感觉，一方面感到悲哀，但另一方面感到非常快乐，就像只从笼子里逃出来的鸟

① 转引自张帆：《德国早期浪漫主义女性诗学》，上海：上海大学出版社，2012，第 23 页。

② 转引自张帆：《德国早期浪漫主义女性诗学》，上海：上海大学出版社，2012，第 27 页。

③ Otto Eberhardt: Eichendorffs Taugenichts. Quellen und Bedeutungshinter-grund. Untersuchungen zum poetischen Verfahren Eichendorffs. Würzburg: Königshausen & Neumann, 2000, S.96.

儿一样。(60)

因为奥蕾丽的缘故，他决定去诗人的故乡——意大利。一路上“无用人”想到的是家里的磨坊和维也纳城市中奥蕾丽的花园，梦见的是奥蕾丽从美景中慢慢走来，她那又长又白的面纱在旭日下飘荡着。在奥蕾丽的幻象中，“无用人”觉得自己好像不在外乡，而是身处故乡磨坊旁边的树荫下，她的和善亲切消除了“无用人”心中的忧伤，她唱的美丽曲子让他内心充满宁静。虽然有时“无用人”也觉得她的大眼睛奇怪地凝视着他，有时“无用人”又觉得梦中的奥蕾丽的脸色变得越来越苍白，面纱越来越长，弄得他简直有点害怕。但是不管何时何地，也不管他处在哪种境况下，奥蕾丽在他的心中始终是一尊圣像。

在去意大利的旅途上，“无用人”的渴望成为诗人的理想出现动摇，因为他觉得“我在这儿也好，在外地也罢，或者已经死了，对大家反正都一样”。(66)他忽然感到世界辽阔广大得可怕，而他在世界上孤苦伶仃，因此他恨不得从心底里哭出来。他觉得不论是在前往意大利的路上，还是已经身处意大利，因为奥蕾丽的缺席，画师勒昂哈特那清脆的歌声“谁能够飞翔，就鼓起翅膀！……要是歌声也长有翅膀，那我一定尽情地歌唱”(70)尽管激起“无用人”强烈的内心共鸣，然而他却表现得非常疲倦，歌词和音调渐渐搅乱了他的心灵世界，最后他竟昏沉沉地酣睡过去。无独有偶，画师基多先生忧郁凝重的歌声也只能促使他入睡。而且，意大利作为诗人的国度也不如他想象中那样令人满意：酒吧里女佣们蓬头散发地跑来跑去，围巾乱七八糟地围在皮肤发黄的脖子上；客栈的房东都梳着又短又粗的发辫，看起来像公子哥儿一样完全没有诗意。“无用人”甚至觉得好像他和他的德语深深地沉到海里去了，而在寂静的海里，各种稀奇的虫子在他四周乱爬和沙沙作响，它们瞪着眼睛看着他并且似乎要咬他。意大利的古堡环境也并不令人满意，因为

园艺工作做得很不好。所有的小径上都长着高高的草；人工造型的黄杨没有修剪，它们像鬼怪一样把鼻子或者两尺高的尖帽

子伸到空中，在黄昏中看起来非常可怕。在干涸的喷水池里，毁坏的石像上甚至挂着洗好的衣服；在花园中间，有些地方种有白菜；杂乱地长着一些普通的花，树的四周蔓生着野草，草里有杂色的蜥蜴蜿蜒爬行。从高大的古树间望去，到处是一片空旷凄凉的景象，一直到眼睛能够看见的地方，延伸着起伏的山岗。（80）

“花园”在艾兴多夫的作品中本来应该是诗人诗意栖居的地方，现在却呈现“一片空旷凄凉的景象”，蔓生的“野草”、没有修剪的“人工造型的黄杨”以及“杂色的蜥蜴”无不说明了花园的破败；而“干涸的水池”“毁坏的石像”及上面晾晒的衣服、花园里种植的“白菜”和“普通的花”，则是小市民生活的象征，它与诗人的追求相去甚远。可见，没有奥雷丽天使一般圣像的存在，即便是诗人的国度，在“无用人”看来也毫无吸引力可言。正如艾兴多夫所见，“因为爱只有依靠诗才能存在，它成为所有诗牢不可破的基本主题，对这一主题更高或更普遍的理解可以把真正的诗人和虚伪的诗人区分开来”。[①]在浪漫派诗人看来，一切最终将化为诗，这是不言而喻的，世界归根到底就是情感。[②]弗·施勒格尔也曾经感叹“在感受模糊神秘的真理时，或许纯洁的、受到善和美熏陶的女性，要比许多男性更胜一筹”，[③]因为女性隐喻真理和艺术。

在日益孤寂的古堡中，“无用人”第一次收到了奥蕾丽的来信，他的整个脸忽然变得像牡丹一样红，心也跳得愈发急促。奥蕾丽在信中告诉他：“一切又好了；所有的障碍都排除了。我偷偷利用这个机会，头一个向你报喜讯，你赶快回来吧！这儿非常冷落，自从你离开以后，我简直活不下去了。”（83）读完信后，狂喜、恐惧和说不出的快乐，使主人公泪流满面。他把每句话都背下来了，然后又不停地重复着，阳光透过一簇簇的树叶，在字面上跳来跳去，在他的眼前像金色的、

① Joseph von Eichendorff: Schriften zur Literatur. Werke. Band III. München: Winkler Verlag, 1976, S.906.

② 转引自张帆：《德国早期浪漫主义女性诗学》，上海：上海大学出版社，2012，第 24 页。

③ 转引自张帆：《德国早期浪漫主义女性诗学》，上海：上海大学出版社，2012，第 25 页。

浅绿的和鲜红的花一样，不时地纠缠在一起。在此刻的他看来，天空是红的，所有树林里的鸟都在愉快地鸣唱，山谷里充满了生机，而他的心变得更加快活。他的快乐感染了周围的人，古堡中阴沉沉的总管消除了脸上忧郁的皱纹，女管家喋喋不休地谈论着什么，女佣们则一块儿在草地上跳舞。奥蕾丽的信使他重新鼓起了漫游的勇气，决定离开让他心情沉闷、身体疲惫的古堡，到遥远的地方去，回到奥蕾丽的身旁。但是随后他被人幽禁在古堡的卧室当中，这时他满怀忧虑，他想象奥蕾丽一定会站在窗旁，眺望恬静的花园对面的公路，看他是不是拿着提琴赶回来了，梦想着他从住处向她走来。他的心里非常痛苦，简直不知道要做什么好，因为浪漫派诗人认为，"爱情关系实际上是诗人和诗之间的关系"。[①]奥蕾莉和"无用人"之间就是这种关系的体现，相反古堡是小市民狭隘生活的象征，它厚重的城墙起着隔断诗人和诗歌关系的作用。而在诺瓦利斯看来，诗高于一切。[②]女性忠于自然情感，她们爱接近"自然"和"生命本源"。[③]

最终在善良的大学生的帮助下，"无用人"成功逃离了古堡，踏上了前往罗马的旅途。在他的想象中，"罗马和空中飘过的云一样美丽；它在蓝色的海边，四周都是奇妙的山岗和深渊，城门是金的，穿着金衣服的天使在灿烂的塔顶上歌唱"。（87）在皎洁的月光下，"无用人"忽然看见了罗马这座遥远的城市："远处，海在闪闪发光，无边无际的天空上有无数的星星闪烁着，下面就是看起来像一条长雾似的神圣罗马。它像一只睡在寂静的大地上的狮子，在旁边的山像守卫的巨人。"（87）穿过一片辽阔的荒地，拒绝了鬼神的诱惑，城市越来越清楚和美丽地呈现在他的眼前，"高大的城堡，城门和金色的塔尖在月光下美妙地闪烁着，仿佛真有穿金衣服的天使站在塔顶上，在寂静的夜里歌唱似的"。（87）他穿过华丽的城门，走进了著名的罗马城。月光

① Otto Eberhardt: Eichendorffs Taugenichts. Quellen und Bedeutungshinter-grund. Untersuchungen zum poetischen Verfahren Eichendorffs. Würzburg: Königshausen & Neumann, 2000, S.88-94.

② 冯至：《自然与精神的类比——诺瓦利斯的文体原则》，李永平、黄明嘉译，见范大灿编：《冯至全集第七卷（德国文学简史）》，石家庄：河北教育出版社，1998，第 19 页。

③ 张帆：《浪漫主义女性诗学》，上海：上海大学出版社，2012，第 21-26 页。

照在宫殿间，像白昼一样明亮。在快乐的月光和香气中，“无用人”又听到了奥蕾丽经常歌唱过的威尔斯曲子。他像着魔了似地寻找着奥蕾丽，回忆着从前的美好时光，梦见了“蔚蓝色的花和美丽的、深绿的、幽静的原野，那儿泉水淙淙地响，溪涧奔流着，还有五颜六色的鸟儿在歌唱着”。（89）对奥蕾丽的渴盼与对遥远未来的展望（蔚蓝色的花在浪漫派作家的眼中通常预示着遥远的未来），和对自然的憧憬与向往紧密结合在一起，促使“无用人”情不自禁地唱出了自己的心声：“如果我是一只小鸟，我就知道歌儿该怎么唱，如果我有一对翅膀，我就知道应该飞向何方！”（89）正是由于心怀对奥蕾丽的思念，“无用人”才有了摆脱尘世束缚飞向永恒自由的愿望，只有拥有了天使般的奥蕾丽的指引，“无用人”才能寻找到自己渴望的天堂。从无用人所唱的歌曲当中可以看出，奥蕾丽代表的就是民歌一般的歌谣。因为她不是一个贵人，而是一位来自民间的女子。弗·施勒格尔曾经说过，永恒诗歌的载体是女性，永恒女性的载体是诗歌。①

在罗马城中德国画师的住处，“无用人”看到了画师为寻找自己而来到意大利的奥蕾丽所画的画像，他觉得“仿佛有人打开了黝黑的屋子的窗户，早晨的太阳突然照到我的眼睛里似的”，（92）往昔的回忆和温馨的情景再一次浮现在他的眼前，心中的快乐和城市中的喧哗使他像喝醉了酒一样，他再度去城市中寻找奥蕾丽，徒劳与失望再一次笼罩着他，使他感到罗马的街道变得死气沉沉，整个城市则在明亮的晌午忽然来到的寂静中显得很可怕。收到误以为是奥蕾丽写来的纸条后，他奏起在孤寂的古堡里学会的舞曲。受他的感染，花园里许多年轻的男女都跳起舞来，人们忘记了之前的争吵和烦恼，尽情地享受着音乐带来的乐趣。他跟随侍女来到花园，然而在那里等待他的并不是奥蕾丽，他原本埋怨时间过得太慢的心情又一下子跌到了深谷，月光下美妙的喷泉也不再使他高兴和快活，他“下决心要离开假情假意的意大利和那些疯狂的画师、橙子及侍女”（102）。也是因为奥蕾丽的缘故，“无用人”对代表着古罗马文化的意大利深感失望，决定回到奥

① 转引自张帆：《浪漫主义女性诗学》，上海：上海大学出版社，2012，第27页。

蕾丽的身边。奥蕾莉才是他心目中真正的诗，正如弗·施勒格尔坦言，“女人不太需要诗人的诗，因为她们自身最独特的本质就是诗”。[①]奥蕾莉才是诗人的引路人，没有了她，意大利和罗马在“无用人看来总是充满了矛盾和不和谐，不能成为他内心中诗的象征。

因为即将回到奥蕾丽的身边，奥地利的山山水水使“无用人”心里乐得笑开怀，他不断地欢呼“奥地利万岁”。所有的人在他看来都成了朋友，他和布拉格的几个大学生一起奏乐歌唱，和他们聊大学的生活，一起读上帝在大自然里给他们打开的巨型图画书，在返乡的船上和神父畅谈意大利的经历，觉得自己是一个品性优良、很有前途的英俊少年，他们追求的人生目标都是自由。喜悦的气氛弥漫在他心中，四周的一切都在闪闪发光，花园里芬芳四溢，他看见奥蕾丽端坐于天鹅湖旁的绿草地上，身穿华丽衣裳、黑发上带着红白相间玫瑰编成的花环，宛如一尊圣像。画家莱昂哈德用他富有哲理的话语祝福他们再次相逢：

> 爱情——关于这一点学者的见解是一致的——是人类心灵中一种最勇敢的天性；它那炯炯的目光能摧毁身份和地位的堡垒；对它来说，世界太狭小，永生也太短促。是的，它其实就是诗人的外套，在这冷酷的世界上，每个要到理想世界去的幻想者，一定会把它披起来。两个情人分开得愈远，旅途上的风愈会把这件五光十色的外套吹得鼓起来，于是外套的皱裥就会大胆地、意外地增长，外套的下摆便会在情人后面变得越来越长，以致使一个外人在出去游历时，时常会不小心地踩在这种拖长的下摆上。啊，亲爱的税务员和新郎，虽然你穿着这件外套，跑到台伯河的岸边去了，你的情人的小手儿还是会牢牢地抓住外套下摆的一端；哪怕你再挣扎，拉提琴和吵嚷，你仍旧得回来受她美丽的眼睛默默的支配。既然这样，那么你们这两个非常可爱的痴心人，就把这件幸福的外套披在你们的身上，让四周的世界沉没吧……（114）

① 张帆：《浪漫主义女性诗学》，上海：上海大学出版社，2012，第27页。

可以看出，作为女性的代表，奥蕾丽的高尚情操与纯洁品性不仅仅是爱情的完美典范，她的情感力量更是有力地支撑着“无用人”念想成为诗人的行动信念。这种力量不仅能为诗人遮风挡雨，更能帮助他们抵御世俗世界的冷酷，促使他们尽情挥洒自己的幻想，尽早寻找到自己的理想世界。浪漫派诗哲认为，只有诗才能治愈理智造成的创伤。①专制的理性主义使人类的情感受到阻碍，世界已有在女人的感性想象、激情、博爱和幻想中实现绝对无限的自由。②在诗人的心中，她的魅力与影响无处不在。无论天涯海角，她都是诗人们心中唯一的惦记。只有这样，诗人们才永远不会偏离预定的目标，才能真正获得完美的幸福。因此，“艾兴多夫作品中的女性人物都具有象征性的特征，诗人能在其中找到积极的意义”。③

再次见到“无用人”的奥蕾丽依然腼腆羞怯，她不仅令“无用人”心碎，同时也使他感到心满意足，而且他们商定将再一次前往诗人的国度——意大利，一切的一切都很美满。总之，就整个作品而言，无论何时何地，奥蕾丽总是以和平宁静纯洁高尚的天使形象出现，在诗人犹豫和绝望之时给予他无穷的力量。对“无用人”来说，奥蕾丽不仅妩媚可爱，而且由于她的纯朴高洁，所以才成为他的生命之歌——民歌的象征，是他成为诗人应当努力的方向。正因为有了她精神上的相伴，主人公才没有在渴望远方的漫游中迷失方向。对诗人来说，当他的爱恋没有得到他心仪的女性应有的回应时，他觉得世界对于人们来说显得相当陌生；而当爱情有了回报之时，他觉得自己沐浴在幸福之中，世界对他而言则显得过于狭隘和渺小。作品中只有奥蕾丽“才能给他披上诗人的外衣”，爱好幻想的诗人披上它以后，才能在冷漠的世俗社会当中寻找到通向艾兴多夫心目中的世外桃源——阿卡狄亚的道路。尽管路途上有断念和痛苦，有怀疑、失望和动摇，但对奥蕾丽

① 冯至：《自然与精神的类比——诺瓦利斯的文体原则》，李永平、黄明嘉译，见范大灿编：《冯至全集第七卷（德国文学简史）》，石家庄：河北教育出版社，1998，第 19 页。

② 张帆：《浪漫主义女性诗学》，上海：上海大学出版社，2012，第 25 页。

③ Theresia Sauter Bailliet: Die Frauen im Werk Eichendorffs. Verkörperungen heidnischen und christlichen Geistes. Bonn: Bouvier, 1972, S.205.

的执着使他充满自信并且善于克制自己，提醒自己时刻保持冷静，不被小市民的庸俗生活所拖累和束缚。因此，人们可以把《一个无用人的生涯》中的女主人公奥雷丽看作是真正诗歌的表现，由于“无用人”本身即将成为诗人及歌者，奥雷丽对他来说确实是一个合适的爱人，给予他进行诗歌创作的动力，或者说她就是他的缪斯。[①]

纵观小说可以看出，“无用人”的漫游就是一个不断追求梦想与实现理想的过程，这个过程没有终点，更不会完结，随之而来的又将是向着永恒目标的启程，伴随他们的是永不满足的渴望与追求。对于“无用人”来说，奥蕾丽就是他的诗歌女神——奥罗拉。在小说中，女性成为浪漫派充满诗意的人生理想具体化的载体，在女性身上可以实现艺术和生活的统一。[②]“通过诗成为女性，爱连接诗和诗人，生活成为艺术作品”。[③]

第二节　人生的路标

在艾兴多夫的作品中，女性也是诗人生命中的路标，给诗人指明漫游和生活的方向。这种特征鲜明地表现在《诗人及其同伴》中的菲娅美塔和《雷声大雨点小》中弗洛伦婷两位女性身上。对《诗人及其同伴》的主人公弗特纳特而言，菲娅美塔是典型的清晨之礼，时时沐浴着朝霞之光，以至于弗特纳特最终将她看成了曙光女神奥罗拉，把她称作“妖媚的诗人之妻”。[④]菲娅美塔成为诗歌的象征，其特征与《雷声大雨点小》中的诗歌女神奥罗拉——弗洛伦婷相似，两者都是真正

---

① Vgl. Otto Eberhardt: Eichendorffs Taugenichts. Quellen und Bedeutungshint-ergrund. Untersuchungen zum poetischen Verfahren Eichendorffs. Würzburg: Königshausen & Neumann, 2000, S.88.

② 张帆：《浪漫主义女性诗学》，上海：上海大学出版社，2012，第 30 页。

③ 转引自张帆：《浪漫主义女性诗学》，上海：上海大学出版社，2012，第 30-31 页。

④ Joseph von Eichendorff: Dichter und ihre Gesellen. In: Regine Otto (Hrsg.): Joseph von Eichendorff. Gesammelte Werke Band II. Berlin: Aufbau Verlag, 1962, S.97. 文中引用都选自这部作品，因此后面仅标注页码。

的诗歌拟人化的表现，是虔诚骑士、行吟诗人弗特纳特和维利巴尔德所追求的典范。

菲娅美塔的出现正值诗人弗特纳特处于迷惘之时，此前他曾一度和诗人维克多同时沉迷于西班牙伯爵夫人尤安娜的美丽，迷失了自己漫游的方向。尤安娜为了摆脱维克多的纠缠而投水后，他顿时觉得尘世间的一切美好事物都是暂时的，怀着深深的恐惧前往意大利，寻找自己新的人生。尽管罗马非常漂亮，让他仿佛到了童话世界，可孤独无聊依然侵袭着他，使他觉得如同处在死亡的边缘。菲娅美塔恰巧在此时出现，给城堡带来了生机与活力，使弗特纳特觉得"爱的目光、所有的星星儿都向我闪烁，远方向我沉醉低语，仿佛诉说着美好的未来"。(411) 菲娅美塔的声音就如穿过清晨荒野的钟声，父女散步的情景就像从古老的图画和书本所描绘的那般奇异，而且菲娅美塔在谈话中还表达了她要去认识一位诗人的强烈愿望。施勒格尔指出："女性不大需要诗人的诗，因为他们的本质就是诗。"[①]"只有通过爱，通过爱的意识，人才成其为人。"[②]弗特纳特被深深陶醉，每天有计划地参观罗马，观察各种人的生活，看到了许多、同时也体验到许多做梦都不可能想象得到的事物。

在艾兴多夫的作品中，"诗人的天性是漫游，是不断地经历空间和时间的变化，从而探寻生命的意义"。[③]长时间的城堡生活使弗特纳特渐渐感到一切有生气的东西都在消逝，空间和时间都在凝固，菲娅美塔和她可爱玲珑的声音对弗特纳特来说就如森林的魔鸟，一边嘲弄着他，一边引诱他进入暗无天日的森林迷宫。为了摆脱这种无聊与沉闷，他忘情于山水、投身于学习，然而诗人奥托及其女友安妮迪的俗气及其父母的市侩让他感到了不可抗拒的忧伤，使他对自己和菲娅美塔之间的感情可能流于世俗的圈套而倍感恐惧，于是他决定去那不勒

① [德]施勒格尔：《雅典娜神殿断片集》，李伯杰译，北京：生活•读书•新知三联书店，1996，第 168 页。

② [德]施勒格尔：《雅典娜神殿断片集》，李伯杰译，北京：生活•读书•新知三联书店，1996，第 178 页。

③ Hans Jurg Lüthi: Dichtung und Dichter bei Joseph von Eichendorff. Bern [u.a.]: Francke, 1966, S.138.

斯旅行以逃避这段感情。在西西里岛和那不勒斯，他暂时忘却了烦恼和迷茫，创作出了由几组歌组成的、不同音节的长诗，诗的主人公是一位意大利女孩，写作过程中他越来越觉得主人公像菲娅美塔，仿佛她就在诗行的花丛中向他微笑和低语，“你瞧瞧吧，你永远属于我！”(442)施莱尔马赫也认为，浪漫的爱情是“生命意义的象征，是将枯燥的生活散文诗意化的必要构成部分”。[①]对菲娅美塔的思念促使他回到罗马，可是菲娅美塔因为父亲破产已经去了德国，在出资买下菲娅美塔一家居住的城堡后，弗特纳特踏上了回德国寻找她的路途。而且菲娅美塔的声音就像钟声，一直萦绕在弗特纳特的心中，指示着他前行的方向。

途中他无时不在思念着菲娅美塔、意大利和罗马，常常觉得自己好像身处梦幻之中，心里情不自禁地呼唤着她的名字。随后他们在多瑙河岸边不期而遇，短暂的惊喜过后，菲娅美塔就催促弗特纳特重新踏上漫游的旅程，因为诗人不能停顿，否则一切都将凝固成永恒的现在，而按照诺瓦利斯的看法，“现在意味着退化和粗野化”，[②]诗人敏感的心灵将失去活力。正因为如此，此时的弗特纳特觉得自己就像空中自由的鸟儿，即将跟随菲娅美塔走遍整个世界。尤其是在听完菲娅美塔在他离开后的遭遇以及对从前和他在一起度过的时光、对弗特纳特和罗马花园的思念后，弗特纳特更加坚定了和菲娅美塔一起游历世界的决心，他心中既充满喜悦，又深感迷惘，不知道应该和菲娅美塔怎样开始新的生活，同时对婚姻的恐惧仍然在侵蚀着他，使他害怕的其实应该是担心像诗人奥托或画家奎多一样，随着婚姻陷入狭隘庸俗的小市民生活圈子，从而失去诗人的自由和对空间及时间的自由自在的体验，这是和诗人的原则和他外出漫游的目的相违背的。因为“诗人号召人们出去漫游，摆脱市侩庸俗生活的束缚”。[③]

① [德]施莱尔马赫：《论宗教》，邓安庆译，北京：人民出版社，2011，第 6 页。

② 转引自[俄]加比托娃：《德国浪漫哲学》，王念宁译，北京：中央编译出版社，2007，第 188 页。

③ Volkmar Stein: Die Dichtergestalten in Eichendorffs „Ahnung und Gegenwart“. Winterthur: Keller, 1964，S.157.

即将到达诗人维克多的故乡时，弗特纳特给菲娅美塔讲述他自己创作的卡斯帕尔与安耐尔的故事。通过这个故事，弗特纳特描绘了一个美好的世外桃源的景象，即艾兴多夫心目中的阿卡狄亚——诗人理想的故乡。美丽的安耐尔曾经对卡斯帕尔说过："相对你的年龄比较，你还非常愚钝，从现在开始待在我身边吧，否则你将在这儿迷路。"（494）在通向家乡的道路上，诗人经常会遭遇重重困难和挫折，甚至会退回到原来的出发点，但只要有坚定的信念，诗人一定能够寻找到自己的故乡，就像故事中卡斯帕尔能够找到安耐尔和山巅之上美丽神奇的城堡一样，弗特纳特又何尝不是如此呢？菲娅美塔就是使他成为真正的骑士诗人的路标，所以当她听到弗特纳特描绘的如天使一般的家园时就马上呼唤出："啊！我也要去那个地方！"（494）而故事结束时弗特纳特更是吐露出了自己的心声："他们还共同生活在充满快乐的自然之中，因为如果他们还没有去世的话，那他们今天一定还活着——而我就是热恋中的卡斯帕尔，你是曙光女神奥罗拉，我心爱的诗人之妻！"（497）卡斯帕尔终于找到了女神之女安耐尔，因为女性具有断念、谦恭和顺从以及慈善之爱、温柔及纯洁的特征，诗人因为这品质而学会控制自己、充实自己，作为理想，这些品质应该激励与鼓舞他们。①

面对已无悬念的感情，菲娅美塔除了快乐，同时还流露出一些感伤，她在歌中唱道：

星儿发出耀眼的金光，
我孤独地站在窗前
倾听远方
寂静原野的邮号声。
心儿在深处燃烧，
我默默念祷：
啊，谁能在这华美的夏夜

① Vgl. Theresia Sauter Bailliet: Die Frauen im Werk Eichendorffs. Verkörperungen heidnischen und christlichen Geistes. Bonn: Bouvier, 1972, S.179.

一起出行!
两个年轻的小伙
在山坡经过，
我听到他们沿着这静静的国度
漫游歌唱：
歌唱险峻的山岩深谷，
森林在那儿簌簌歌咏，
歌唱众多的山泉，
从沟壑奔向黑暗的森林。
他们歌咏大理石像，
歌咏花园，
它们在岩石上
在暮色降临的亭院中渐渐荒芜，
月光下的宫殿
女孩倚窗静听
什么时候琉特的声音响起
井儿在华美的夏夜中
困倦地潺潺。（507—508）

歌声唱罢，菲娅美塔竟因为痛苦而哭泣，是什么原因促使天性活泼开朗的菲娅美塔如此伤感呢？从诗中我们可以看到，城堡里的少女孤独无助，只能倚窗倾听外面的声音和观看外面的世界，以打发寂寞无聊的时光，而城堡外的小伙子在快乐地漫游，他们歌唱山谷、森林、泉水、大理石像和荒芜的花园，在他们眼中一切都是那么美好、那么自在。菲娅美塔渴望漫游，追求自由自在的生活，弗特纳特听懂了菲娅美塔的心声，他郑重地对菲娅美塔承诺，不久他们就将启程漫游，而目的地就是她出生和成长的故乡。“漫游者就是追求者，追求着自由并走向理想。”[①]菲娅美塔通过她的歌声一方面表达了她内心的期盼，

① 刘润芳、罗宜家：《德国浪漫派与中国原生浪漫主义——德中诗歌的美学探索》，北京：中国社会科学出版社，2009，第216页。

另一方面也为弗特纳特的生活指明了方向，即诗人的生命不能停留和沉迷于现在，他们只有不断游历，才能永葆青春和活力。于是他们又踏上了去意大利的行程，展现在他们面前的是一片光明的大道，河流、白云、小鸟和森林在晨风中都迎向美丽的远方，菲娅美塔真的觉得自己成了诗神奥罗拉，为诗人弗特纳特指引着人生追寻的方向。

而弗洛伦婷则是维利巴尔德心中的精灵，大自然的声音对她来说就像妩媚的歌声，一如鸣响的月光萦绕在诗人耳畔并且浸润着诗人的心田。尽管维利巴尔德心怀成为诗人的美好心愿，但是在遇到弗洛伦婷之前，他的漫游是没有目的的，他的心在故乡和意大利之间徘徊，不能确定自己前进的方向。遇到弗洛伦婷——真正的奥罗拉之后，他虽然依旧怀念故乡、大学时代度过的哈雷以及漫游过的哈尔茨山，但跟随弗洛伦婷成为他最终选定的目标。期间他因抑制不住自己的狂热之情而曾经迷茫过，有时甚至觉得弗洛伦婷就像一只林中之鸟，一会儿高高飞翔在树梢，一会儿又沉没在森林的绿色怀抱之中，让他不知所措，弄不清楚她到底藏匿何处，但维利巴尔德不得不承认："她的形象就像一道光芒永远驻留在我心中。"[①]由于自己的过失，他失去了弗洛伦婷，但在无比的孤寂当中他觉得周围的一切都像充满魔力的童话世界，失去的爱人仿佛在以此重新给予他引导，再次漫游去寻找她。当世人都沉浸在普布利孔先生和假的奥罗拉之间婚礼的喜悦中时，历尽千辛万苦的维利巴尔德终于找到了真正的奥罗拉——弗洛伦婷，他满怀喜悦地称弗洛伦婷才是他心仪之人。依照弗洛伦婷的安排，他们将要远赴意大利——诗人"永恒的故乡"。维利巴尔德认为诗人乃是一种高尚的存在，不受权力和经济的束缚。而艺术家是"人类的上帝"，他将作用于整个人类。[②]

此时维利巴尔德的灵魂深处燃起了奇异美妙的图像，这种图像已

---

① Joseph von Eichendorff: Viel Lärm um nichts. In: Mathias Jung und Bernhard Pöllmann (Hrsg.): Eichendorff. Ausgewählte Erzählungen. Dortmund: Harenberg Kommunikation , 1984, S.162. 文中引用都选自这部作品，因此后面仅标注页码。

② Volkmar Stein: Die Dichtergestalten in Eichendorffs „Ahnung und Gegenwart“. Winterthur: Keller, 1964, S.23.

在梦中与他相遇，在古老的画面中也表现得似曾相识，它就是具有诗意心灵的奥罗拉，与他终生相伴的伴侣。这就是诺瓦利斯所说的："一颗挚爱的心却能满足追求的精神。"[①]而弗特纳特同样觉得菲娅美塔宛若可爱的小精灵，在他心中，曙光女神奥罗拉和现实中的诗神菲娅美塔已经融为一体。在弗特纳特的诗人意识中，菲娅美塔已经具有了重要的意义。维利巴尔德和弗特纳特都受所爱之人的引导，进入了诗人所向往的国度，受她们指引，两位诗人都将前往意大利——诗人的故乡。维利巴尔德和弗特纳特的婚姻都象征着诗人和诗的关系，是诗人和诗的完美结合；弗洛伦婷和菲亚美塔是诗的隐喻，代表着更高的现实，是诗的精神的反映。只有她们才能帮助诗人确立渴望的目标，引导他们逐渐向着目标前行。"诗与爱的王国在尘世的降临，意味着将一时的尘世世界变为永恒世界、'永恒的黄金时代'。"[②]

第三节　诗人的救星

在艾兴多夫的作品中，女性还是诗人的救星，她们能够拯救艺术家，使他们不致于迷失在小市民日常的生活中，让他们不会错过生存的向往。《一个无用人的生涯》和《雷声大雨点小》等作品中的诗人在寻求自己所真正追求的目标的过程中，都曾出现过短暂的迷茫与混乱，是他们心目中的女神帮助了他们，使他们没有迷失自己。而对《诗人及其同伴》中的维克多（洛塔里奥）来说，则是女神尤安娜拯救了他。

尤安娜既神秘又令人惊异，不同于普通的女性，随即引起了诗人维克多的特别关注，因为她不但美丽，而且还拥有高出普通猎人的胆量和勇气。维克多敏锐地觉察到，尤安娜一定又度过了她富有传

① 诺瓦利斯：《补遗》。见刘小枫编：《夜颂中的革命和宗教——诺瓦利斯选集卷一》，林克等译，北京：华夏出版社，2007，第 97 页。

② [俄]加比托娃：《德国浪漫哲学》，王念宁译，北京：中央编译出版社，2007，第 206 页。

奇色彩的一天。在他眼里，尤安娜总能给人以深刻强烈的印象。为了她，维克多参加了拿破仑对西班牙的战争；同样为了她，维克多抛弃了自己心爱的故乡和他自己精心设计的花园，四处流浪成为行吟诗人。因为误以为她在和法国人的战斗中葬身大火，他把她的名字刻在花园的树上作为纪念，把她视为自己心中的楷模。在他看来，尤安娜是诗意之美的象征，他要把这种诗意之美转化成现实，尽管尤安娜过着独特的生活，渴望自由和独立。维克多追求尤安娜，希望通过她把美引导到自己的生活当中——人们也可以确定其为诗，以此照亮自己的内心。[①]

而同样参加过拿破仑对西班牙战争的英国勋爵的叙述，更烘托出她的不同凡响。她出生的家族自古就有崇尚自由的传统，经常以无畏的自尊抵抗当时宫廷权贵的各种要求，同时也不屈服于城市的胁迫。她父亲同情新生事物却不问世事，她经常和父亲夜晚登上城堡，聆听父亲讲述家族古老而伟大的历史以及对自由的向往，这种思想深深地扎根在尤安娜的心中。尤安娜虽身为女子，却希望像男子一样参与战争，渴望像男子一样自由地拥有一切。因此不论是在抗击法国入侵的战争中，还是在和平宁静的生活中，保证自身的自由一直是她的首选目标。因为“有了自由，人才能够体验到自身的‘美的精神’，才能够发现并感受到自然的美”。[②]可以说为了达到保持自由的目的，她不惜使用任何手段，这使她的性格中带有“维纳斯”的色彩，通过引诱和控制他人以保全自身的自由。

另外，作品中的她反复强调，她不愿依附于任何男子，因为这样就意味着她的毁灭。她对偶然相遇的弗特纳特说道：“您想从我这儿得到什么：请别追求我，也许我更喜欢自由。不管侯爵夫人怎么想，我不会成为你们的人，不会成为任何一个男人的女人——你当心点，否

---

① Vgl. Theresia Sauter Bailliet: Die Frauen im Werk Eichendorffs. Verkörperungen heidnischen und christlichen Geistes. Bonn: Bouvier, 1972, S.194-197.

② 聂军：《译序》。见[德]曼弗雷德·弗兰克：《德国早期浪漫主义美学导论》，聂军等译，长春：吉林人民出版社，2006，第5页。

则我们俩都面临死亡！”[①]但尤安娜同时也是一位天使，就在英国勋爵讲完尤安娜故事的当晚，侯爵和这位勋爵就看到了站在对面阳台上的她。侯爵也欲追求她，尤安娜却把侯爵带到了被他遗弃的女孩和母亲面前。这位女孩已经精神失常，而她母亲则双目失明，侯爵见到此情景仓皇逃遁。而尤安娜不仅出资救助她们，而且好言劝慰她们，女孩的母亲因此也衷心祈祷，相信天使在这寂静的夜晚真的光临她们家。

尤其是她还带领猎人和农民组成队伍，参加了保卫西班牙的战争，这些无不表明尤安娜的不同凡响。而在维克多眼中，她不仅是美丽的代表，更是自由之诗的体现。为此他放弃了花园，为了找到她，隐姓埋名到处漫游，他的目标即是将美丽的尤安娜作为诗的幻想融入自己的生活中，以此来照亮诗人的生命，实现诗人的梦想，因为“想象力是种创造力”。[②]然而尤安娜先是拒绝维克多帮她走出悬崖险境，继而结束自己的生命，以断绝维克多追求她的愿望，终于使维克多领悟到诗人的任务是做此世与彼岸的中介，而不能陷入小市民的庸俗生活中不能自拔，最终像诗人奥托和画家阿尔伯特一样，在迷茫困惑中结束自己的生命。由此他才踏上了宗教诗人的道路，立志走遍世界，传播诗的理念，以此来拯救世人，给他们指明生活的方向。

与尤安娜不同的是，《幸运骑士》中的女主人公邓克莉出身普通，父亲从前是一位士兵，现在是木偶戏演出者。从小她便随父亲到处演出，走遍山山水水，这使她的性格非常朴实与自然。从她所唱的歌中也可以看出，他们居无定所，到处流浪，经常把绿色的森林作为休憩的客栈；他们与城市中的小市民们格格不入，傲慢与盛气凌人从来与他们无缘。与城市中的小市民相比，他们快乐自由、无拘无束，通过自己的音乐与表演给普通大众带去欢乐是他们的生活使命，而漫游则是他们生活的主要方式。面对战火带来的巨大灾难他们虽感同身受，

① Joseph von Eichendorff: Dichter und ihre Gesellen. In: Regine Otto (Hrsg.): Joseph von Eichendorff. Gesammelte Werke Band II. Berlin: Aufbau Verlag, 1962, S.403. 文中引用都选自这部作品，因此后面仅标注页码。

② 聂军：《译序》。见[德]曼弗雷德·弗兰克：《德国早期浪漫主义美学导论》，聂军等译，长春：吉林人民出版社，2006，第4页。

却表现出超常的隐忍与坚定，正如父亲所说：“战争就是一台巨大的收割机，它促使他们勇敢地向前收割，日日夜夜我们都能听到它上面的大镰刀所发出的响声和震颤声。我们这些社会地位低微的人得到的仅是庄稼收割后留在地里的落穗。”[①]他们疲倦时的归宿之地是圣彼得居住的金色之城，同时也是天使的栖息之所、美妙的音乐之乡、和谐宁静之地。她从一开始就相信诗人克拉里内特是一位幸运骑士和一个真正的诗人，他不会轻易忘记自己，在成为真正的战士后一定会来与她团聚。而艾兴多夫也曾经指出，阿尔尼姆相信民歌对生活有极其重要的影响，他年轻时听过的民歌“有力地抗拒了人们当时对病态与毁灭——多愁善感或感伤的追求”。《男童的神奇号角》“通过歌咏把分散的人民统一到新时代当中去”，因为民歌乃是民众行为活动的体现。[②]带着如此的憧憬和希望，他们有如农村娶亲的队伍，敲敲打打穿越森林走向闪光的朝阳，如同进入天国。

然而现实却不能令他们满意，战争使尘世中的一切混乱不堪，映入他们眼帘中的城堡仿佛是一座死亡之城。就在这座城堡中，邓克莉看到花园中的花草树木孤寂冷漠地伫立，风、雨和阳光成为它的园丁，只有麻雀在园中喧哗吵闹，并且花园亭榭已经残破，冷艳的魔女穿行其间。这一切是世俗的衰落之地，自然美好已经与它无缘，这样的花园不再是能够给人带来欢愉与享受的地方。这里已经没有自由，它所给予人的只能是忧郁、迷惘、恐惧与混乱。邓克莉她们穿行在迷宫般的城堡中，茂密的菩提树叶和刺目的晚霞几乎使她辨认不清道路。邓克莉敏锐地观察着周遭的事物，令她倍感惊异的是，她所心仪的人——诗人克拉里内特竟然也在这座城堡之中，显然他已经受到魔女的诱惑，深陷其中不能自拔，对邓克莉的歌声和铃鼓声，对其父亲木偶戏演员的管风琴声和小提琴声以及她哥哥的三角铁打击乐器

---

① Joseph von Eichendorff: Der Glücksritter. In: Mathias Jung und Bernhard Pöllmann (Hrsg.): Eichendorff. Ausgewählte Erzählungen. Dortmund: Harenberg Kommunikation , 1984, S.279. 文中引用都选自这部作品，因此后面仅标注页码。

② Volkmar Stein: Die Dichtergestalten in Eichendorffs „Ahnung und Gegenwart“. Winterthur: Keller, 1964, S.49-50.

声，都失去感受能力，或者说他已经对艺术失去了感知，置身于诗歌的王国之外。侍女的通报更证实了邓克莉的猜测，她给艺术家带来了食物，同时却告知他们主人因疲倦无意于他们的音乐，并且不能留他们过夜。离开城堡时，邓克莉甚至听到了人们取笑他们是乞讨音乐师的声音。对于她来说，此情此景恍如梦中。

此时的邓克莉对身陷城堡之中的诗人克拉里内特满怀忧虑，漫游途中得知士兵们即将进攻城堡夺回宝藏时，她毅然第一个冲入城堡，以自己的歌声去促使诗人醒悟。她唱起了克拉里内特从前在孤独的夜晚经常唱起的歌：

我的心是如此忧郁，
谁若由衷热烈欢迎你，
谁就会巡查，
下来吧别问我是谁？
我带你走出这谷底——
否则你永远也看不到我。（296）

和着邓克莉的歌声，克拉里内特离开了表面上荣华富贵而实质上却虚伪无聊的城堡，经花园重新回到孤独与寂寞当中。“自然如此奇妙和难以理解，如此富有诗意和无限，它抗拒着促使其现代化的任何努力。”[1]坚定勇敢的邓克莉甘冒生命的危险，如歌唱着的仙女警告与解救诗人克拉里内特，促使他弄懂了民间传说的真正意义，从而走上了民歌诗人的道路。艾兴多夫对此有着深刻的认识，他在论述自己所崇敬的浪漫派先辈时曾经说过，诺瓦利斯怀着深深的感情认识到时代的无聊沉落，从另外一种意义上也可以说是世界的痛苦。[2]

“通过邓克莉的帮助，克拉里内特最终明白了自己所承担的使命，

① Joseph von Eichendorff: Schriften zur Literatur. Werke. Band III. München: Winkler Verlag, 1976, S.753.

② Joseph von Eichendorff: Schriften zur Literatur. Werke. Band III. München: Winkler Verlag, 1976, S.753.

找到了适合自己的生存原则。”[①]为什么艾兴多夫对上述诗人形象情有独钟，不遗余力刻画他们的性格特征，细腻地描述女性对于他们的影响呢？不论是在艾兴多夫的日记、书信之中，还是在他的文学论文集当中，艾兴多夫确信，艺术是能够改变人生的。随着时代和艾兴多夫本人经历的变化，他不断地改变着诗人的形象，勾勒出真正的诗人。在他看来，诗人必须接受具体的历史及其条件而不能逃避到幻想当中，迟钝麻木且无所作为地听任现实的摆布。此外，爱情作为人类美好的象征必须引入永恒的隐秘之中，正是由于对女性充满真诚纯洁的爱意，诗人才能决定自己的人生道路，担当自己应有的使命——拯救世界。“未来的‘黄金时代’，是诗与爱的王国，是现实向诗意——神话般世界的转变。”[②]诗人相信，自然和精神的力量有相似性，而宇宙具有统一性。这种相似性和统一性，“一个人只有在他天赋的认识和感觉的‘道德器官’（心灵、良心）中才能感觉到。这一器官的基本力量就是爱，而诗（诗的真理）则是它的表达。如果道德器官得到发挥，那么，为许多人所期待的黄金时代就到来了”。[③]

---

① Josef Kunz: Eichendorff. Höhepunkt und Krise der Spätromantik. Sigmaringen: Wissenschaftliche Buchgesellschaft, 1980, S.137.

② [俄]加比托娃：《德国浪漫哲学》，王念宁译，北京：中央编译出版社，2007，第 205 页。

③ 汉斯·昆、瓦尔特·延斯：《诗与宗教》，李永平译，北京：生活·读书·新知三联书店，2005，第 165 页。

第八章　结　语

在继承前辈和同时代诗人成果的基础之上，艾兴多夫在其作品中发展了对诗人的理解。他的诗人喜欢漫游，而在漫游的过程中，诗人的内心没有脱离现实而沉溺于天马行空的梦幻世界，他们的理想仍然建立在完善现实的基础之上。听从崇高爱情的召唤并且唤醒人们内心中所蕴藏的爱的力量，是他们成为诗人的重要前提之一，是幻想力赋予平凡的生活以奇异的光辉和无限的光泽。在这样的氛围中，诗人不仅追求诗意的生活，同时也希望借助诗的力量使民众摆脱庸俗无聊的小市民圈子，拯救世人进入那美好的阿卡狄亚世界。他们最终都能获得心仪的幸福，在无忧无虑中只有自然的美丽和生命的阳光才是永恒无价的。他作品中的诗人也如诺瓦利斯及蒂克小说中的诗人一样，承担着拯救人的历史使命，尤其他认为民歌诗人、骑士诗人和宗教诗人才是真正的诗人，他们不同于那些“虚伪的诗人”，只有他们才能完成社会赋予的使命。在艾兴多夫作品中，诗负有道德使命，诗可以改变人的生活，诗人应该接触人民大众，为此他必须尽可能深入地体会民众的思想和情感。

《一个无用人的生涯》和《幸运骑士》中的民歌诗人总是沐浴在生命的清晨之中，陶醉于永恒的美丽。他们总是带着全新的惊喜发现世界的古老和美丽，不断以创新的方式来描绘和赞美这个世界乃是其永恒的使命。他们称颂美丽的朝霞，因为它使诗人感到幸福。尽管“无用人”有过徘徊和犹豫，克拉里内特也曾经在尘世生活中迷失自己的目标，但他们最终没有沉溺于庸俗的幸运中。听从自然的召唤，他们再次踏上漫游之路，他们仍然把诗看作自然的代言人。艾兴多夫把自然看作一种创造物，上帝的创造物。不是每个人都能读懂自然这本书，对艾兴多夫而言诗人才是合适的解释者，只有伟大的诗人才拥有“探矿之杖”。[①]

艾兴多夫一生当中对自己的故乡怀有特别美好的回忆，尤其是故乡的自然风光在他的人生和作品当中留下了不可磨灭的印记。他特别热爱自然，尤其热爱深奥莫测的森林。艾兴多夫的文学创作源于“对世事和人事最热忱的洞察和感受”，[②]在鄙视庸碌无为的市民意识的同时，远离其他浪漫派作家神秘超脱的思想，渴望自己能回归自然，充满着对旧日田园般美好生活的向往。他是一个天生的自然之子，始终从内心深处流露和洋溢出一种对自然的欣喜、赞美、爱恋和惜别之情。他笔下的许多自然景物构成了他理想中的境界，体现出一种人和自然息息相通的和谐关系，形成了一种与“城市”意象的对立，隐含着对工业文明的批判。只要以纯洁之心与自然相处，与自然为友，就不会有什么私心杂念。因此，他让作品中的诗人成为自然之中的民歌诗人，让他们心怀无限渴念去发现自然、认识自然，从民歌中吸取营养，创造出超凡脱俗的诗。

《雷声大雨点小》以及《诗人及其同伴》中的骑士行吟诗人与周围的小市民格格不入，他们自称上帝之子，尽情享受着青春的活力和自由。维利巴尔德被人称作游吟诗人，具有坚毅、善良和忍耐等骑士美德，经历了世俗的考验，终于踏上了诗人的路途。弗特纳特始终心怀成为诗人的信仰，努力与小市民阶层保持着距离。他们身上都拥有忠诚、敬畏和温和等骑士精神。正因为如此，艾兴多夫才在作品中把骑士行吟诗人作为主人公，描写他们对诗的追求正是为了创造一个与庸俗的市民生活不同的世界，唤起人们对诗所代表的“高贵、崇高和神性”的向往。[③]

随着工业生产的不断扩展，技术、功利和实用成为小市民中的主

---

① Joseph von Eichendorff: Wünschelrute. In: Regino Otto (Hrsg.): Joseph von Eichendorff. Gesammelte Werke. Band I . Gedichte. Nachlese. Die Freier. Berlin: Aufbau-Verlag, 1962, S.90.

② 韩瑞祥：《作者简介》。见[德]冯・艾兴多夫：《一个无用人的生涯》，韩瑞祥注释，北京：外语教学与研究出版社，1997，第 1 页。

③ 威廉・亨利希・瓦肯罗德：《一个爱好艺术的修士的内心倾诉》，谷裕译，北京：读书・新知・生活三联书店，2002，第 69 页。

流思想，每一个人被局限在个体狭小的范围内，从而导致了人的灵性的丧失。任由这种技术文明扩散，将会抽掉人生存的根基和赖以安身立命的精神依据。艾兴多夫通过行吟诗人告诫世人，诗是人内心世界的表现，诗的王国是根据情感、想象、幻想和爱才建立起来的。没有情感，也就没有诗。“工具理性使现时代具有了散文般的性质，成了功利主义的时代”。[①]诗人的崇高使命就在于传播诗的理念，把人从现实世界的麻木状态中解救出来，从而使人们不再受这个世界的摆布。诗人应该通过诗歌向人们展现一个新的世界，只有在这一新的世界里，人的生命才是有意义的。

《预感和现实》中的弗里德里希就像歌德作品中的浮士德一样，先后经历了情感悲剧以及通过改革或战争改变世界的社会悲剧，最终走向修道院，把宗教和诗的结合看成是拯救处于实用时代中的人的心灵的手段。而《诗人及其同伴》中的维克多历经几次爱情的挫折，终于认识到，诗人肩负着把人的心灵引入那神圣的精神世界的使命。诗的创作来源于上帝的启示，因此，他到修道院隐居，去接受心灵的洗礼，感悟诗的神奇力量。然后，他走向大众，希望凭借诗的神圣而去教化人，使人们的情感和心灵能够重新被神性所光照。弗里德里希和维克多想通过诗的力量挽救其他人，给迷途之人指明天父的存在，引导他们回到真正的故乡。这种愿望建立在为他人做贡献的基础之上，是现时代的崇高使命。实现这种要求必须采取有意义的行动，作为熟悉通向故乡道路之人的向导，诗人应该负有崇高的道德和宗教使命。

艾兴多夫笃信天主教，有着一颗善良而虔诚的高尚心灵，“他把宗教信仰作为人生的第二故乡”。[②]而且艾兴多夫深受诺瓦利斯和蒂克的影响，他在文学论文集中由民族大迁徙开始，从历史的角度论述了宗教在德国形成与发展的过程。通过艺术形式将诗和宗教联系在一起，表达了艾兴多夫要让诗人进入无限的世界，提升他们的道德力量和人格，使他们更富有灵魂。艾兴多夫在《论德国新浪漫诗史》曾经说过：

① 刘小枫：《诗化哲学》，上海：华东师范大学出版社，2007，第 71 页。

② Otto A. Böhmer: Joseph von Eichendorff. Sein Leben erzählt von Otto A. Böhmer. Zürich: Diogenes Verlag, 2007, S.27.

“所有诗歌只能是民族内在历史的表达，就像人心灵的躯干，而民族内在的历史体现在其宗教上，因此只有联系文学中的每一个宗教立场才能尊重并理解这个民族的文学。诗的核心永远是宗教性的，并且只有在宗教生活中才真实存在。”[①]不论是弗里德里希的上山归隐，还是维克多的下山入世，他们的目的都是相同的，那就是通过宗教锻造自己新的灵魂，使自己不断趋于成熟，以便追求济世救人的良方。他们希望通过的自己行为为上帝服务，从而把世人从中庸的小市民生活中拯救出来。

此外，在浪漫派作家看来，爱在诗人的成长中发挥着不可替代的作用。诺瓦利斯通过《海因里希·封·奥夫特丁根》就是想表明，“对诗的感悟、成为诗之圣人需要爱的契机。海因里希成熟的标志是找到了爱，找到了爱便找到了诗。爱是诗的源泉，是诗的核心，是诗的秘密力量”。具体来说，“玛蒂尔德作为爱的化身正是海因里希一直在内心追寻、在灵魂中感悟的蓝花中的面孔”，[②]是诗的理念。在艾兴多夫的作品中，以“玛利亚”为代表的女性形象对诗人有非常重要的作用，她们就是诗人心中的“圣洁女神”。[③]所以说拯救人就是拯救爱，就是以人诗意的力量使爱传遍世界各地。[④]

依照卢梭的看法，人类历史和与之相联系的文化及文明的发展，给人类带来的只是数不尽的灾难和贫困，并且伴随着道德状况的恶化，[⑤]而艾兴多夫“极度厌恶道德的堕落”。[⑥]因此，他设想通过诗人来恢复人与自然的统一，除了诗人，没有谁能够真正理解人与自然的关系。浪漫派作家认为，诗人在历史中起着决定性的作用，因为诗人

---

① Joseph von Eichendorff: Schriften zur Literatur. Werke. Band III. München: Winkler Verlag, 1976, S.9.

② 谷裕：《现代市民史诗——十九世纪德语小说研究》，上海：上海书店出版社，2007，第157页。

③ Xu Pei: Frauenbilder der Romantik. Düsseldorf: Grupello Verlag, 1997, S.126.

④ 刘小枫：《诗化哲学》，上海：华东师范大学出版社，2007，第80页。

⑤ [俄]加比托娃：《德国浪漫哲学》，王念宁译，北京：中央编译出版社，2007，第191-192页。

⑥ Otto A. Böhmer: Joseph von Eichendorff. Sein Leben erzählt von Otto A, Böhmer. Zürich: Diogenes, 2007, S.180.

是通过情感，而不是通过理性揭示自然界的隐秘。唯有诗人才能敏锐地洞察生命的奥秘和伟大时代所蕴含的精神，他知道道德因素对人的内心发展具有重要意义。艾兴多夫作为“浪漫派诗人中的最后一位骑士”，[①]特别强调通过行动来改变现状。诗人是世界的灵魂，他身上保留着世界即将失去的品质，那就是快乐、信仰、真实和良知。“世界一片混乱，上帝必须施以援手”，[②]艾兴多夫希望通过发展沉睡在人们心里和世界内核中的渴望和力量，从而让世界实现欢乐与和谐，只有满怀爱心的民歌诗人、行吟诗人和宗教诗人才能创造和谐的世界。

① Hartwig Schultz: Joseph von Eichendorff. Eine Biographie. Frankfurt am Main und Leipzig: Insel Verlag, 2007, S.320.

② Rüdiger Safranski: Romantik. Eine deutsche Affäre. München: Carl Hanser Verlag, 2007, S.64.

参考文献

外文书目：

1. Bernsmeier, Helmut: Joseph von Eichenderff. Stuttgart: Philipp Reclam, 2000.

2. Böhmer, Otto A.: Joseph von Eichendorff. Sein Leben erzählt von Otto A. Böhmer. Zürich: Diogenes, 2007.

3. Bumke, Joachim: Höfische Kultur. Literatur und Gesellschaft in hohen Mittelalter. Müchen: Deutscher Taschenbuch Verlag, 2005.

4. Eberhardt, Otto: Eichendorffs Taugenichts. Quellen und Bedeutungshintergrund. Untersuchungen zum poetischen Verfahren Eichendorffs. Würzburg: Königshausen & Neumann, 2000.

5. Eichendorff, Joseph von: Aus dem Leben eines Taugenichts. Herausgeben von Konrad Nassbächer. Stuttgart: Philipp Reclam: 1982.

6. Eichendorff, Joseph von: Gedichte. Herausgegeben von Peter Horst Neumann. Stuttgart: Philipp Reclam, 1997.

7. Eichendorff, Joseph von: Gesammelte Werke. Band I. Gedichte, Nachlese und die Freier. Herausgegeben von Regine Otto. Berlin: Aufbau Verlag, 1962.

8. Eichendorff, Joseph von: Gesammelte Werke. Band II. Ahnung und Gegenwart. Dichter und ihre Gesellen. Herausgegeben von Regine Otto. Berlin: Aufbau Verlag, 1962.

9. Eichendorff, Joseph von: Gesammelte Werke. Band III. Novellen. Autobiographisches. Briefe. Herausgegeben von Regine Otto. Berlin: Aufbau Verlag, 1962.

10. Eichendorff, Joseph von: Schriften zur Literatur. Werke. Band III. Herausgegeben von Marlies Korfsmeyer. München: Winkler Verlag, 1976.

11. Fauser, Markus: Kulturwissenschaft. Darmstadt: Wissenschaftliche Buchhandlung,

2004.

12. Fetten, Saskia: Der romantische Frauengesang als Existential. Eine Deutung des weiblichen Außenseitertums in Prosatexten Joseph von Eichendorffs und E.T.A. Hoffmanns. Würzburg: Königshausen & Neumann, 2010.

13. Heide, Herbert von der: Innerlichkeit und Kritik in der Literatur der Romantik. Joseph von Eichendorff. „Aus dem Leben eines Taugenichts. Stuttgart: J.B. Metzlersche Verlagsbuchhandlung, 1977.

14. Hillach, Ansgar: Eichendorff-Kommentar. Band I. Zu den Dichtungen. München: Winkler, 1971.

15. Hillach, Ansgar: Eichendorff-Kommentar. Band II. Zu den theoretischen und autobiographischen Schriften und Übersetzungen. München: Winkler, 1972.

16. Iriarte, Rita Rodrigues: Das Bild des Dichters bei Eichendorff. Dissertation, 1968.

17. Jung, Mathias und Bernhard Pollmann (Hrsg.): Eichendorff. Ausgewählte Erzähhungen. Dortmund: Harenberg Kommunikation , 1984.

18. Käch, Rudolf: Eichendorffs Taugenichts und Taugenichtsfiguren bei Gottfried Keller und Hermann Hesse. Bern und Stuttgart: Haupt, 1988.

19. Kaminski, Nicola: Kreuz-Gänge. Romanexperimente der deutschen Romantik. Paderborn [u.a.] : Ferdinand & Schöningh, 2001.

20. Kessler, Michael und Hermut Koopmann (Hrsg.): Eichendorffs Modernität. Akten des Internationalen Interdisziplinären Eichendorff-Symposions. Tübingen: Stauffenburg-Verlag, 1989.

21. Köhnke, Klaus: Homo viator. Zu Eichendorffs Erzählung „Aus dem Leben eines Taugenichts". In: Aurora 42 (1982), S.24-56.

22. Köhnke, Klaus: „Hieroglyphenschrift". Untersuchungen zu Eichendorffs Erzählungen. Sigmaringen: Thorbecke, 1986.

23. Korff, H.A.: Geist der Goethezeit. IV. Teil Hochromantik. Leipzig: Koehler & Amalang, 1984.

24. Korte, Hermann: Joseph von Eichendorff. Reinbeck bei Hamburg: Rowohlt Taschenbuch Verlag, 2007.

25. Kunz, Josef: Eichendorff. Höhepunkt und Krise der Spätromantik. Darmstadt: Wissenschaftliche Buchgesellschaft, 1980.

26. Lämmert, Eberhard: Eichendorffs Wandel unter den Deutschen. Überlegungen zur Wirkungsgeschichte seiner Dichtung. In: Haus Steffen (Hrsg.): Die deutsche Romantik. Poetik, Formen und Motive. Göttingen: Vandenhoeck & Ruprecht, 1967, S.219-252.

27. Li Changke: Verdient—Joseph von Eichendorff. „Aus dem Leben eines Taugenichts". In: Zhang Yushu und Winfried Woesler: Literaturstraße—Chinesisch-deutsches Jahrbuch für Sprache, Literatur und Kultur (Band 1·2000). Beijing: Volksliteratur Verlag, 2000, S.137-150.

28. Ligniez, Rolf Krafft: Das Bild des Dichters in Eichendorffs Lyrik. Herausgegeben von Roger Schöntag. München: Utz, 2003.

29. Lindhoff, Lena: Einführung in die feministische Literaturtheorie. Stuttgart und Weimar: Verlag J.B. Metzler, 2003.

30. Löhr, Katja: Sehnsucht als poetologisches Prinzip bei Joseph von Eichendorff. Würzburg: Königshausen & Neumann, 2003.

31. Lüthi, Hans Jürg: Dichtung und Dichter bei Joseph von Eichendorff. Bern [u.a.]: Francke, 1966.

32. Nehring, Wolfgang: Spätromantiker. Eichendorff und E. T. A. Hoffmann. Göttingen: Vandenhoeck & Ruprecht, 1997.

33. Nolte, Cornelia: Symbol und historische Wahrheit. Eichendorffs satirische und dramatische Schriften in Zusammenhang mit dem sozialen und kulturellen Leben seiner Zeit. Paderborn [u.a.]: Ferdinand & Schöningh, 1986.

34. Novalis (Friedrich von Hardenberg): Heinrich von Ofterdingen. Ein Roman. Herausgegeben von Wolfgang Frühwald. Stuttgart: Philipp Reclam, 1987.

35. Petersen, Jürgen H und Martina Wagner-Egelhaaf: Einführung in die neuere deutsche Literaturwissenschaft. Berlin: Erich Schmidt Verlag, 2006.

36. Pikulik, Lothar: Frühromantik. Epoche-Werke-Wirkung. München: Verlag C. H. Beck, 2000.

37. Pikulik, Lothar: Signatur einer Zeitwende. Studien zur Literatur der frühen

Moderne von Lessing bis Eichendorff. Göttingen: Vandenhoeck & Ruprecht, 2001.

38. Safranski, Rüdiger: Romantik. Eine deutsche Affäre. München: Carl Hanser Verlag, 2007.

39. Sauter Bailliet, Theresia: Die Frauen im Werk Eichendorffs. Verkörperungen heidnischen und christlichen Geistes. Bonn: Bouvier, 1972.

40. Schiwy, Günther: Eichendorff. Der Dichter in seiner Zeit. Eine Biographie. München: Beck, 2007.

41. Schmidt, Hans-Jürgen: Romantik I. Stuttgart: Philipp Reclam, 1986.

42. Schneider, Gerhard: Studien zur deutschen Romantik. Leipzig: Koehler & Amelang, 1962.

43. Schneider, Roland: Naturgestalten. Zum Problem von Natur, Kultur und Subjekt in den Erzählungen Joseph von Eichendorffs und Adalbert Stifters. Marburg: Tectum-Verl., 2002.

44. Schönhaar, Rainer: Die deutsche Novelle zwischen Klassik und Romantik. Berlin: Erich Schmidt Verlag, 1992.

45. Schultz, Hartwig: Joseph von Eichendorff. Eine Biographie. Frankfurt am Main und Leipzig: Insel Verlag, 2007.

46. Schultz, Hartwig: Zur Form der romantischen Lyrik. Beobachtungen am Vers Eichendorffs. In: Richard Brinkmann: Romantik in Deutschland. Ein interdisziplinäres Symposion. Stuttgart: J. B. Metzlersche Verlagsbuchhandlung, 1978, S.600-610.

47. Schwarz, Egon: Der Erzähler Eichendorff. In: Ernst Ribbat (Hrsg.): Romantik. Ein literaturwissenschaftliches Studienbuch. Königsten/Ts.: Athenäum Verlag, 1979, S.163-191.

48. Schwarz, Egon: Joseph von Eichendorff.„Ahnung und Gegenwart"(1815). In: Paul Michael Lützler (Hrsg.): Romane und Erzählungen der deutschen Romantik. Stuttgart: Philipp Reclam, 1981, S. 302-324.

49. Siegert, Reinhard: Die Staatsidee Joseph von Eichendorffs und ihre geistigen Grundlagen. Paderborn [u.a.]: Ferdinand & Schöningh, 2008.

50. Sommerhage, Claus: Romantische Aporien. Zur Kontinuität des Romantischen bei Novalis, Eichendorff, Hofmannsthal und Handke. Paderborn [u.a.]: Ferdinand &

Schöningh, 1993.

51. Steffen, Hans (Hrsg.): Die deutsche Romantik. Poetik, Formen und Motive. 2. Auflage. Göttingen: Vandenhoeck & Ruprecht, 1967.

52. Stein, Volkmar: Die Dichtergestalten in Eichendorffs „Ahnung und Gegenwart". Winterthur: Keller, 1964.

53. Steindorff, Sibylle von: Sämtliche Werke des Freiherr Joseph von Eichendorff. Historisch-kritische Ausgabe XII. Briefe 1794-1857. Tübingen: Max Niemeyer Verlag, 1992.

54. Stöcklein, Paul (Hrsg.): Eichendorff heute. Stimmen der Forschung. München: Bayerischer Schulbuch-Verlag, 1960.

55. Stöcklein, Paul: Joseph von Eichendorff in Selbstzeugnissen und Bilddokumenten. Reinbeck bei Hamburg: Rowohlt, 1966.

56. Szondi, Peter: Einführung in die literarische Hermeneutik. Frankfurt am Main: Suhrkamp Verlag, 1975.

57. Tewinkel, Christiane: Vom Rauschen singen. Robert Schumanns Liederkreis op. 39 nach Gedichten von Joseph von Eichendorff. Würzburg: Königshausen & Neumann, 2003.

58. Uelings, Herbert: Theorie der Romantik. Stuttgart: Philipp Reclam, 1986.

59. Wiese, Benno von: Die deutsche Novelle. Von Goethe bis Kafka. Interpretationen Band I. Düsseldorf: Pädagogischer Verlag Schwann-Bagel, 1982.

60. Wiese, Benno von: Novelle. Stuttgart: J.B. Metzlersche Verlagsbuchhandlung, 1963.

61. Xu Pei: Frauenbilder der Romantik. Düsselderf: Grupello, 1997.

62. Zmegać, Victor: Geschichte der deutschen Literatur vom 18. Jahrhundert bis zur Gegenwart. Band II / 2. 1700-1849. Frankfurt am Main: Athenäum Verlag, 1984.

中文书目：

63. [德]艾兴多夫：《艾兴多夫诗选》，曹乃云译，上海：上海文艺出版总社百家出版社，2006。

64. [丹麦]勃兰兑斯：《十九世纪文学主流（第二分册）：德国浪漫派》，刘半九译，北京：人民文学出版社，1985。

65. 曹俊峰等:《西方美学史(第4卷):德国古典美学》,北京:北京师范大学出版社,2013。

66. 陈恕林:《论德国浪漫派》,上海:上海社会科学院出版社,2016。

67. [德]蒂克:《施特恩巴尔德的游历——蒂克小说选》,胡其鼎等译,上海:上海译文出版社,2010。

68. 丁建弘、李霞:《普鲁士精神和文化》,上海:上海社会科学院出版社,2012。

69. 范大灿:《德国文学史(第2卷)》,南京:译林出版社,2006。

70. [德]冯·艾兴多夫:《一个无用人的生涯》,韩瑞祥注释,北京:外语教学与研究出版社,1997。

71. 冯亚琳:《德语文学与文化——阐释与思辨》,重庆:重庆出版集团重庆出版社,2007。

72. 冯至:《自然与精神的类比——诺瓦利斯的文体原则》,李永平、黄明嘉译,见范大灿编:《冯至全集第七卷(德国文学简史)》,石家庄:河北教育出版社,1998。

73. [德]富凯等:《水妖》,袁志英、刘德中等译,上海:上海译文出版社,2010。

74. [德]弗·威·约·封·谢林:《艺术哲学》,魏庆征译,北京:中国社会出版社,1997。

75. [德]歌德等:《德国古典中短篇小说选》,刘德中译,上海:上海译文出版社,1983。

76. 谷裕:《试论诺瓦利斯小说的宗教特征》,载于《外国文学评论》,2001年第1期,第119—125页。

77. 谷裕:《现代市民史诗——十九世纪德语小说研究》,上海:上海世纪出版集团股份有限公司上海书店出版社,2007。

78. 谷裕:《隐匿的神学——启蒙前后的德语文学》,上海:华东师范大学出版社,2008。

79. [德]黑格尔:《美学(第三卷下册)》,朱光潜译,北京:商务印书馆,1997。

80. 姜爱红:《痛苦的追寻——评德国浪漫主义诗人约瑟夫·封·艾兴多夫及其诗歌》,见张玉书等编:《德语文学与文学批评(第一卷·2007)》,北京:人民文学出版社,2007。

81. 江山:《德语生态文学》,上海:上海学林出版社,2011。

82. 汉斯·昆、瓦尔特·延斯:《诗与宗教》,李永平译,北京:生活·读书·新知三联书店，2005。

83. 亨利希·海涅：《论浪漫派》，薛华译，上海：上海人民出版社，2003。

84. 胡经之、王岳川主编：《文艺学美学方法论》，北京：北京大学出版社，1998。

85. 黄燎宇：《思想者的语言》，北京：生活·读书·新知三联书店，2013。

86. [俄]加比托娃：《德国浪漫哲学》，王念宁译，北京：中央编译出版社，2007。

87. 李伯杰等：《德国文化史》，北京：对外经济贸易大学出版社，2002。

88. 李伯杰：《“思乡”与“还乡”——〈海因利希·封·奥夫特丁根〉中的还乡主题》，载于《外国文学评论》，1997年第3期，第115—122页。

89. 刘聪：《通往“蓝花”深处——马克思与德国浪漫派研究》，北京：中央编译出版社，2013。

90. 刘小枫编：《夜颂中的革命和宗教——诺瓦利斯选集卷一》，林克译，北京：华夏出版社，2007。

91. 刘小枫编：《大革命与诗化小说——诺瓦利斯选集卷二》，林克译，北京：华夏出版社，2008。

92. 刘小枫：《诗化哲学》，上海：华东师范大学出版社，2007。

93. 刘润芳：《艾兴多夫自然诗的中国阐述》，载于《四川外语学院学报》，2006年第3期，第40—44页。

94. 刘润芳：《德国浪漫派抒情诗探识》，载于《外国文学评论》，2006年第3期，第44—54页。

95. 刘润芳、罗宜家：《德国浪漫派与中国原生浪漫主义——德中浪漫诗歌的美学探索》，北京：中国社会科学出版社，2009。

96. 刘润芳：《王维与艾兴多夫的自然诗——关于“同”与“异”的例说》，载于《长江学术》，2008年第3期，第27—46页。

97. [德]曼弗雷德·弗兰克：《德国早期浪漫主义美学导论》，聂军等译，长春：吉林人民出版社，2006。

98. 任卫东、刘慧儒、范大灿：《德国文学史（第3卷）》，南京：译林出版社，2007。

99. [德]施勒格尔：《浪漫派风格——施勒格尔批评文集》，李伯杰译，北京：华夏出版社，2005。

100. [德]施勒格尔：《雅典娜神殿断片集》，李伯杰译，北京：生活·读书·新知三联书店，1996。

101. [德]施莱尔马赫：《论宗教》，邓安庆译，北京：人民出版社，2011。

102. 舒绍福：《在自由与保守之间——德国早期浪漫主义政治思想研究》，北京：国家行政学院出版社，2009。

103. 孙凤城选编：《德国浪漫主义作品选》，北京：人民文学出版社，1997。

104. 孙凤城选编：《德国散文精选》，太原：北岳文艺出版社，1999。

105. 威廉·狄尔泰：《体验与诗：莱辛·歌德·诺瓦利斯·荷尔德林》，胡其鼎译，北京：生活·读书·新知三联书店，2003。

106. 威廉·亨利希·瓦肯罗德：《一个热爱艺术的修士的内心倾诉》，谷裕译，北京：生活·读书·新知三联书店，2002。

107. 卫茂平：《德语文学汉译史考辩：晚清和民国时期》，上海：上海外语教育出版社，2004。

108. 杨武能：《三叶集——德语文学、文学翻译、比较文学》，成都：四川出版集团巴蜀书社，2005。

109. 余匡复：《德国文学史》，上海：上海外语教育出版社，1991。

110. 余匡复：《德国文学史（修订增补版，上卷）》，上海：上海外语教育出版社，2013。

111. [德]约阿希姆·布姆克：《宫廷文化——中世纪盛期的文学与社会》，何珊、刘华新译，北京：生活·读书·新知三联书店，2006。

112. 张帆：《德国早期浪漫主义女性诗学》，上海：上海大学出版社，2012。

113. 张首映：《二十世纪西方文论》，北京：北京大学出版社，2002。

114. 张威廉主编：《德语文学词典》，上海：上海辞书出版社，1991。

115. 周国平：《诗人哲学家》，上海：上海人民出版社，2005。

后　记

1988年，笔者第一次懵懵懂懂地闯入艾兴多夫的世界，被《德国古典中短篇小说选》里面一个篇名为《一个废物的生涯》的小说所打动，陶醉于其流畅的文笔而不能自拔。将近三十年后的今天，本人才终于把自己心仪的作家及其作品的评析形诸于文字。

此书是本人在北京外国语大学四年潜心研习并且反复修订的成果，也是在授业恩师韩瑞祥教授悉心指导下而完成的作品，在此衷心感谢师恩的深沉与博大。同时，内心也无限感怀如慈母般无私指引我走上德语文学研究之路的谢莹莹教授，在我困惑迷惘时，她予我以指点；在我资料匮乏时，她洒来甘露，诲人之不倦，润物于无声。另外，王炳钧教授和任卫东教授课堂上那精彩纷呈的报告和热烈的讨论，也使本人受益匪浅。

师恩难忘，心中依然感念白云山下广东外语外贸大学相思河畔林茄教授的谆谆教诲，他嗜书惜书的优良品性自此与我如影随形并且将伴我终生。王霹教授、马桂琪教授和刘齐生教授的文学课、语言学课和词汇学课也让我受益匪浅。另外，南京大学张威廉教授及董祖祺教授、北京大学孙坤荣教授、北京外国语大学张才尧教授、上海外国语大学余匡复教授、同济大学黄克琴教授、天津外国语学院韩万衡教授、四川外国语学院冯亚琳教授以及武汉大学的彭肇兴教授和赵乾龙教授，他们都曾给予我无私的关心和帮助，他们都曾是“扶我上战马的人”。

在此还要感谢博士论文答辩委员会谢莹莹教授（北京外国语大学）、李永平教授（中国社会科学院）、任国强教授（中国人民大学）、任卫东教授（北京外国语大学）和刘学慧教授（北京第二外国语学院）

等在答辩过程中给予我的无尽启示，在此也对诸位师长表示衷心的感谢。

此外，德国海德堡大学日耳曼语言文学系的赫尔伯特·基泽尔教授（Prof. Dr. Herbert Kiesel），对外德语教学部的彼得·克雷默博士（Dr. Peter Kremer）和外事处的迪特琳德·温舍博士（Dr. Dietrind Wünsche）等师友在我赴海德堡大学进修访学期间，给我诸多学术上的指导以及生活上的帮助，在此也向他们表示我衷心的感谢！同样，威廉·屈尔曼教授（Prof. Dr.Wilhelm Kühlmann）和桑德拉·克鲁武博士（Dr. Sandra Kluwe）的课程也使我受益匪浅，尤其是狄特·波希迈耶尔教授（Prof. Dr. Dieter Borchmeyer）和德国著名评论家吕迪格尔·萨弗兰斯基（Rüdiger Safranski）的浪漫派文学讲座给我留下了深刻的印象。让我难以忘怀的还有德意志学术交流中心的德国外教罗曼·哈夫曼博士（Dr. Roman Halfmann）及北京外国语大学的同学和朋友张凯、卞虹、黄河清、王彦会、刘颖、付天海、雷海花与任兵，他们在我彷徨、焦虑、紧张的学习生活中让我感受到了友情的温暖。同时学生粟云霞、聂鑫、梁志荣、何丽丽、杨佳和丁卫卫等帮我在德国及北京搜集扫描资料，使我切身感受到了学生大家庭的温暖。

感谢湘潭大学各级领导以及德语系同仁在我读博期间给予我各种各样的关心、支持和帮助。为此我将心怀感恩，在工作中不懈努力加以回报。感念亲恩亲情，父亲母亲和岳父岳母的督促和鼓励，妻子尹赛的担当和理解（论文的打印以及字斟句酌的修改也浸润了她的心血），女儿家佳和凡茜的乖巧和玲琍，这些都是我求学和写作过程中不竭的动力和源泉。另外，南开大学出版社的张彤和于飞两位编辑为本书的出版也付出了艰辛的努力，在此也一并表示衷心的谢意。

最后，本书还得到湖南省社科基金项目（项目编号 201511001102002）的资助，在此也表示诚挚的感谢。

唐艺军

2017 年 6 月